奪還 下

アラルエン戦記 8

ranger's apprentice

ジョン・フラナガン 作
入江真佐子 訳

岩崎書店

奪《だっ》還《かん》　下

アラルエン戦記⑧

"RANGER'S APPRENTICE" series
Vol.7 ERAK'S RANSOM

First published by Random House Australia Pty Limited, Sidney, Australia.
This edition published by arrangement with Random House Australia.

Japanese translation rights arranged with Random House Australia
through Motovun Co., Ltd.,Tokyo.

目次

主な登場人物

ௐ ウィル　すばしこく好奇心旺盛《こうきしんおうせい》な少年。生後まもなく孤児院《こじいん》にあずけられた。レンジャーに弟子《でし》入りし修行。

ௐ ホラス　大柄《おおがら》でたくましい少年。ウィルの孤児院仲間でけんかばかりしていたが親友になる。戦闘学校《せんとうがっこう》で学ぶ。

ௐ アリス　背が高く、おだやかで落ちついた少女。ウィルの孤児院仲間。外交官として修行。

ௐ エヴァンリン　かつてウィルたちに助けられた。じつはアラルエン王国の王女カサンドラ。

ௐ ホールト　アラルエン王国の上級レンジャー。レドモント領《りょう》が任地《にんち》。ウィルの師匠《ししょう》。

ௐ ギラン　アラルエン王国のレンジャー。ホールトの元弟子。

ௐ ダンカン王　アラルエン王国の国王。

ௐ アラルド公　アラルエン王国レドモント領の領主。

ௐ レディ・ポーリーン　アラルエン王国の外交官。アリスの師匠。

ௐ エラク　北方スカンディアの首領《オベリャール》。ウィルやホールトと親しい。

ௐ スヴェンガル　エラクの部下。正義感が強い。

ௐ セレゼン　アリダの武人《ぶじん》。頭の切れる人物。

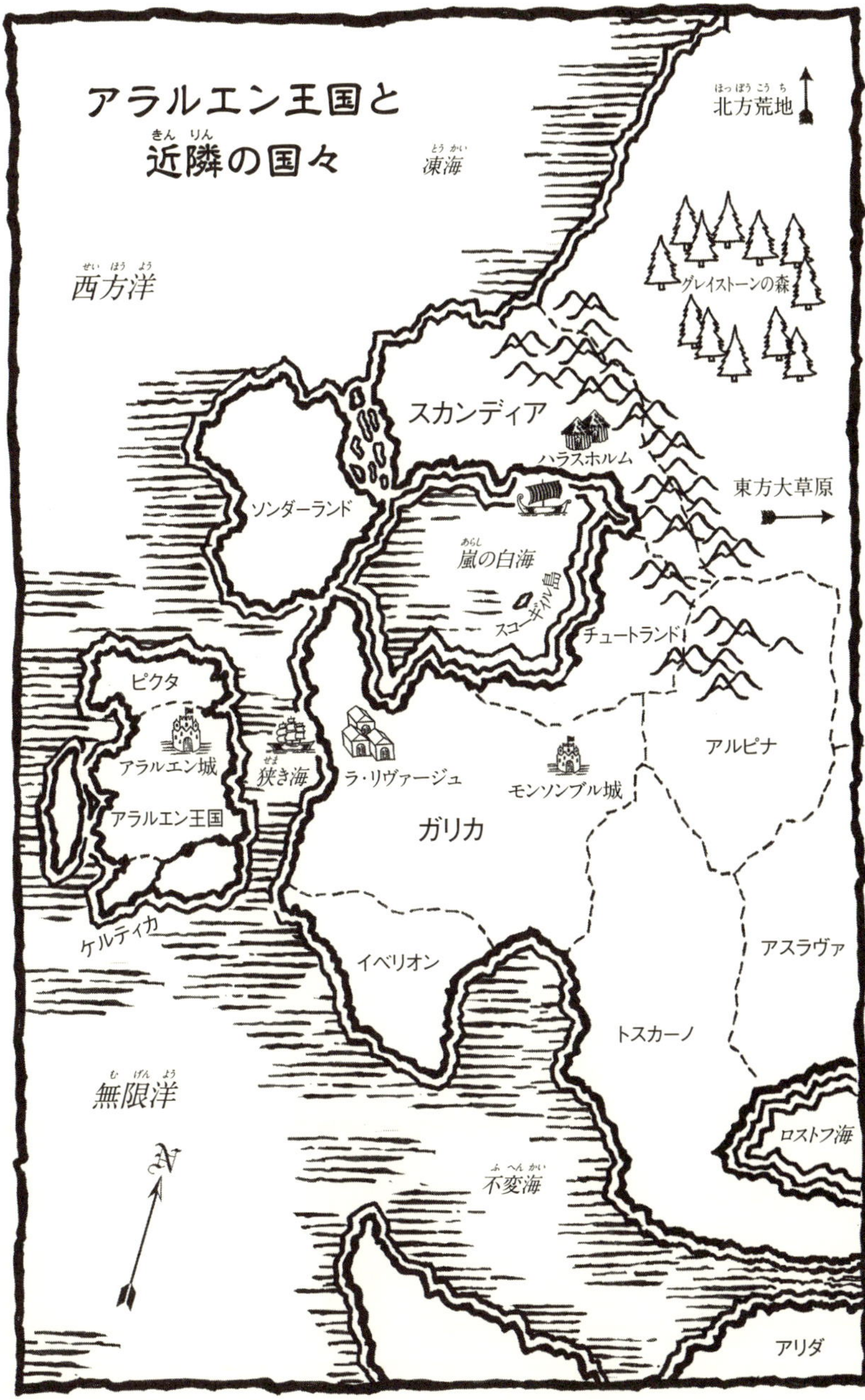
アラルエン王国と
近隣《きんりん》の国々
凍海《とうかい》
北方荒地《ほっぽうこうち》
西方洋《せいほうよう》
グレイストーンの森
スカンディア
ハラスホルム
東方大草原
ソンダーランド
嵐《あらし》の白海
スコーザイル島
チュートランド
ピクタ
アラルエン城
狭《せま》き海
ラ・リヴァージュ
モンソンブル城
アルピナ
アラルエン王国
ガリカ
ケルティカ
イベリオン
アスラヴァ
トスカーノ
無限洋《むげんよう》
ロストフ海
N
不変海《ふへんかい》
アリダ

装画　服部幸平
装丁　中嶋香織

第五部　ベドウィン

rangers apprentice 27

砂漠《さばく》の夜の身を切るような寒さに、ウィルは目をさました。うつぶせになったまま、身体から熱《ねつ》が奪《うば》われていくので激《はげ》しくふるえていた。こんなのずるい、と彼《かれ》は思った。昼間の目もくらむような暑さと夜のこごえそうな低温《ていおん》が相まって、残《のこ》っていたごくわずかの体力を奪おうとしていた。ふるえにエネルギーを奪われ、もう余分《よぶん》の体力などなかった。

ウィルは頭をあげようとしたができなかった。それからものすごい努力《どりょく》をして寝返《ねがえ》りを打ち、仰向《あおむ》けになった。いつのまにかすみきった夜空に輝《かがや》いている星を見つめていた。きれいだ、と思った。だが、ウィルにはなじみのない星ばかりだった。首を伸《の》ばして北の空を見たかった。そうすれば北の地平線ぎりぎりのあたりに、故郷《こきょう》で見たなつかしい星座《せいざ》が見えるだろう。だが、そんな体力はなかった。彼はただここに横たわり、死んでいかなければならないのだ。彼のことを知らず、気にもかけないなじみのない星々に見守られながら。

じつに悲しいことだ。

いま、ウィルの頭は不思《ふし》議《ぎ》とはっきりしていた。まるでその日一日の努力《どりょく》のすべて、自己欺瞞《じこぎまん》のすべてが消え去ったかのように、自分の状況《じょうきょう》を冷静《れいせい》に見ることができた。自分がまもなく死ぬことはわかっていた。今夜でなければ、明日には確実《かくじつ》に。あのかまどで焼《や》かれるような暑さにもう一日耐《た》えるなんて無理《むり》だった。そんなことをすればからからに干《ひ》からび、砂漠《さばく》の風に吹《ふ》きとばされてしまうだろう。

すごく悲しかった。泣《な》きたかったが、涙《なみだ》になるような水分はもうなかった。新たにはっきりしてきた頭で、ウィルは自分を責《せ》めつづけるようないらいらを感じていた。自分のなにがまちがっていたのかを知りたい。それがわからないまま死ぬのはいやだった。自分はすべて正しくやった――というか、彼《かれ》はそう思っていた。それでもどこかでまちがいを犯《おか》したのだ――致命的《ちめいてき》なまちがいを。死ななければならないのは悲しかった。どうしてこんなことになったのかがわからなくていらいらした。

セレゼンからわたされた地図が偽物《にせもの》だったのではないか、とウィルはつかの間《ま》思った。前日にその考えが頭によぎったことを思い出した。だが、ほとんど即座《そくざ》にその考えを打ちけした。セレゼンはりっぱな男だ。ちがう、あの地図は正確《せいかく》だった。まちがいは自分が犯《おか》したのだ。だが、いまとなってはそれが何だったのかは決してわからない。ホールトがっかりするだろうな、と彼《かれ》は思った。おそらくそれがこの状況《じょうきょう》の中で最悪《さいあく》のことだった。この五年間、ウィルはあのひげ面《づら》でにこりともしない、いまでは彼にとって父《ちち》親同然《おやどうぜん》のレンジャーのために、最善《さいぜん》をつくそうとがんばってきた。ほかのだれが何と考えようとも、彼がずっと求《もと》めてきたのはホールトに認《みと》めてもらうことだった。よくやった、とひとつうなずいてもらうこと、あるいはめったにほほえまないホールトがほほえんでくれることが、ウィルが想像《そうぞう》できる最高《さいこう》の称賛《しょうさん》だった。それなのに、いま最後《さいご》の難《なん》関《かん》にきて、自分の師《し》をがっかりさせてしまったと彼は感じていた。しかも、どうやって、なぜこんなことになってしまったのかもわからなかった。ホールトは自分に失望《しつぼう》するだろうと思いながら死ぬのはいやだった。死ぬのは耐《た》えられる、だががっかりされることには耐えられない、とウィルは思った。

空の一部をおおいかくして、なにか大きなものがウィルのそばで動いた。一瞬恐怖《いっしゅんきょうふ》で心臓《しんぞう》が早鐘《はやがね》のように打ったが、やがてそれがアロウだと気づいた。その夜はアロウの脚《あし》をしばっておかなかったことを思い出したのだ。アロウはふらふらと歩いていって迷《まよ》ってしまうか、肉食動物に捕《とら》えられてしまうかもしれなかった。ウィルはもう一度身体をおこそうとしたが、無理《むり》だった。かたく岩だらけの地面から頭をほんの一センチか二センチあげるのが精《せい》いっぱいだった。やがて、彼《かれ》はまた打ちのめされて倒《たお》れこんだ。

タグはどうしただろう、とウィルは思った。どこかで無事《ぶじ》にいてくれますように、と願《ねが》った。たぶんだれかがタグをみつけて、いまごろ面倒《めんどう》をみてくれているかもしれない。だからといって、その人たちにタグを乗《の》りこなすことはできないだろうけどね、と彼は思った。そしてタグが彼に乗ろうとこころみる乗り手すべてを跳《は》ねとばしている様子を思いえがいて、くすくす笑《わら》った。

アロウがウィルからはなれて歩きだした。ひづめに詰《つ》め物でもしたかのようなくぐもった音にウィルは一瞬《いっしゅん》とまどったが、やがてアロウのひづめのまわりに毛布《もうふ》の切れ端《はし》をくりつけてやったことを思い出した。アロウが不思議《ふしぎ》な足どりで歩いているところから考えると、そのひとつがゆるんできているにちがいない。くぐもった音が三つきこえると、そのあとに保護《ほご》されていないひづめが直接《ちょくせつ》かたい地面にあたるコツという音がする。

ウィルは頭の向きを変《か》えると、自分からはなれていく暗い影《かげ》を目で追った。

「もどってこい、アロウ」といった。すくなくとも自分ではいったつもりだった。だが、彼《かれ》の口から出たのは、乾《かわ》ききってかすれた音でしかなかった。アロウはその音を無視《むし》して、ごくわずかでも水分を含《ふく》んでいるかもしれない草を求《もと》めて動きつづけた。もう一度ウィルはアロウを呼《よ》ぼうとしたが、やはりはっきりとした声は出なかった。ついに彼はあきらめた。見知らぬ星たちが彼を見ており、彼も星たちを見た。

「ここの星はきらいだ」ウィルはだれにともなくいった。星たちが色あせていき、冷《つめ》たい輝《かがや》きもうすれてきているように思えた。おかしいな、とは思った。ふつう星は太陽がのぼるまで輝きつづける。星たちはこれまでどおり明るく輝きつづけていることに彼は気づかなかった。徐々《じょじょ》に消えかかっていたのはウィルのほうだったのだ。しばらくのあいだ、ほとんど息もできないまま、じっと横たわっていた。

ウィルの数メートル先をライオンが通りすぎた。弱まり脱水症状《だっすいしょうじょう》をおこしていたアロウは、片方《かたほう》の前脚《まえあし》にからまっている毛布《もうふ》のひもを外すことに夢中《むちゅう》になっていた。だから、最期《さいご》の瞬間《しゅんかん》まで巨大《きょだい》な肉食獣《にくしょくじゅう》に気づかなかった。一度だけするどい恐怖《きょうふ》の悲鳴《ひめい》をあげたが、その声は瞬時《しゅんじ》に大きなあごにかき消されてしまった。

あとで、ウィルはその声を聞いたかもしれないと思うだろうが、たしかなことはわからなかった。じつのところ、その声は彼《かれ》の意識下《いしきか》に入りこんでいたのだが、彼の意識はずっと遠のいていて動くどころではなかったのだ。

アロウは即死《そくし》だった。そしてそうすることで、彼はウィルの命を救《すく》ったのだった。

＊

ウィルは顔のすぐそばで馬の鼻息を感じ、馬がおしつけてくる鼻づらのやわらかさ、その大きな舌《した》が顔をなめるときのざらっとした感触《かんしょく》、彼の手をそっと甘《あま》がみする唇《くちびる》を感じることができた。

そのすばらしいひとときのあいだ、これはタグだとウィルは思った。つぎの瞬間《しゅんかん》、タグは行ってしまったんだ、この荒地《あれち》のどこかで迷子《まいご》になってしまったんだと思い出し、心は重く沈《しず》んだ。きっとアロウがもどってきたんだ、と彼は思った。目があかなかった。だがあけたいとも思わなかった。閉《と》じたまぶたごしでさえまぶしい太陽が見えた。またもや自分に照《て》りつけている太陽に、わざわざ立ちむかいたくなかった。それよりこうして目をぎゅっと閉じて横になっているほうがずっと楽《らく》だった。アロウがまた動き、その影《かげ》が顔に落ちて日よけになるようにしてくれた。ウィルは感謝《かんしゃ》の言葉をつぶやいた。

無理《むり》やり目をあけようとしたが、はれて日に焼《や》けた顔にのりでくっつけられたように閉《と》じたままだった。ウィルは自分がまだ死んでいないことに気づいておどろいたが、それも時間の問題であることはわかっていた。もしかしたらもう死んでいるのかもしれない。そうだとしたら、ここは自分がこれまで聞かされていた天国のイメージとはまったくちがっている。天国でないとすれば、と考えるのも不愉快《ふゆかい》だった。まるで彼《かれ》をおこそうとするかのように、ふたたびアロウの鼻づらがおしつけられた。タグもよくこうしたっけな、とウィルは思い出した。馬というものはみんなそうするのかもしれない。ウィルは目ざめたくなかったし、目をあけたくなかった。そんなこととてもできそうになかった。

おかしなものだ、と彼は思った。数時間前には、寝返《ねがえ》りを打つエネルギーがなかった。それがいままでは、まぶたを上げるというかんたんなことさえとてもできないと感じている。ただここに横たわってねむりながら、すべてから消えていくほうがずっとかんたんだ。

すぐそばで砂《すな》と岩をふむ足音が聞こえた。不思議《ふしぎ》だった。このあたりにだれかがいたことなどおぼえていなかったからだ。やがて手がウィルの頭の下にすべりこんできて持ちあげたかと思うと、だれかのひざらしきところにおき、彼《かれ》の上体をなかばおこすような形に座《すわ》らせた。ウィルはため息をついた。ただただ放っておいてほしかったのだ。

それからなにかすばらしいものを感じた。信《しん》じられないようななにかだ。冷《つめ》たい水の滴《したた》りが、乾《かわ》いてひび割《わ》れた唇《くちびる》にたらされたのだ。ウィルは必死《ひっし》になって口をあけ、そのすばらしい水をもっと求《もと》めた。つぎの滴りが口の中に流れこんだ。彼はおきあがろうとし、水筒《すいとう》に手を伸《の》ばして口のほうに持ってこようとした。そのとき手がそれを制《せい》した。

「落ちつけ」と声がした。「一度にすこしずつだ」

その声と同時に、さらなる水がウィルのからからになった口の中に入ってきて、それからのどの下へと下っていった。水がのどの裏側《うらがわ》に入りこんだので、彼は咳《せき》こんで思わず水をはきだした。それから水を失《うしな》ってはたいへんと、くるったように水をおさえこもうとした。

「あわてなくていい」と先ほどの声がした。「このあたりにはたくさんあるのだから。ただ最初《さいしょ》はゆっくりと飲むように」

ウィルはおとなしくもたれかかる姿勢《しせい》にもどると、その見知らぬ人が口に水を流しこんでくれるがままに身を任《まか》せた。だれだかわからないが、ウィルはその人に感謝《かんしゃ》した。だがあきらかに、この人はウィルがのどのかわきのために死にかけていたことに気づいていないようだった。気づいていたら、この人は水がほしくてたまらないウィルの口にたっぷりと水を浴《あ》びせ、彼《かれ》がごくごくと飲むあいだ、口から水があふれてあごを伝《つた》っていくほどに水をあたえてくれるはずだ。だがウィルはなにもいわなかった。せっかくの恩人《おんじん》を怒《おこ》らせたくなかったのだ。

すぐそばで心配そうないななきが聞こえた。ふたたび、きっとタグだ、と思ったがすぐにタグはいなくなったことを思い出した。

「彼はだいじょうぶだよ」と先ほどの声がいった。この人は馬に話しかけているんだ、とウィルは思った。ぼくのことを心配してくれているなんて、アロウはやさしいな、と思った。アロウとはそれほど長いつきあいではないというのに。ぬれた布《ぬの》で目のまわりがやさしく拭《ふ》かれ、くっついてしまったまぶたをなぞっているのが感じられた。水のしずくが頬《ほお》を伝いおちたので、彼は舌《した》を伸《の》ばしてそれを受けとめた。この水を無駄《むだ》にするなんてもったいなかった。

「目をあけてごらん」と声がしたのでそれにしたがい、渾身《こんしん》の力をこめて目をあけてみた。

一筋《ひとすじ》の光と自分のほうに身を乗《の》りだしている暗い人影《ひとかげ》が見えた。ウィルはまばたきをした。それだけの動作をするのにたいへんな努力《どりょく》がいったが、ふたたび目をあけると、先ほどよりすこしはかんたんにできたし、目もすこしはっきりと見えてきた。浅黒《あさぐろ》い顔だった。ひげ面《づら》が見えた。黄色と白のクーフィーヤに縁《ふち》どられている。鼻は大きなかぎ鼻で、持ち主《ぬし》の人生のどこかでひどくつぶれたようで、片方《かたほう》にまがっていた。しばらくのあいだ、彼《かれ》の目の焦点《しょうてん》はその鼻に向けられていた。それからふたたびまばたきをすると、その鼻の上にある目に注意を引かれた。

濃《こ》い色の、ほとんど黒といってもいい目だった。上から濃い眉毛《まゆげ》がおおいかぶさり、その奥《おく》にその目はあった。力強い顔だ、とウィルは気づいた。だがハンサムではない。大きな曲がった鼻のせいだった。

「大きな鼻だなぁ」とかすれ声でいったが、いった瞬間《しゅんかん》にそんな失礼《しつれい》なことはいうべきではなかった、と気づいた。頭がくらくらしているせいだ、と彼は思った。だがその顔はほほえんでいた。歯は黒い髭《ひげ》と肌《はだ》に映《は》えて異常《いじょう》に白く見えた。

「あいにくこれしかないんでね」と男はいった。「水をもっとどうだ?」

「お願《ねが》いします」ウィルがそういうと、あのすばらしい水がふたたび彼《かれ》の口にもどってきた。

そのとき、信《しん》じられないことに、べつの顔がウィルの視界《しかい》に割《わ》りこんできた。ひげ面《づら》の男をぐいと押《お》しのけてきたので、水がこぼれかけたほどだった。一瞬《いっしゅん》、ウィルの顔にあたっていた影《かげ》がずれて直射日光《ちょくしゃにっこう》があたり、そのために彼はひるんで思わず目を閉《と》じた。やがてまた影になったので、目をあけた。

「タグ?」といったが、あえて信じようとはしなかった。だが、その馬がそうだというふうにいないないたので、もはやまちがいなかった。タグだった。彼のそばに立ち、鼻づらを寄《よ》せ、その大きくやわらかな唇《くちびる》で彼を甘《あま》がみしながら、できるだけそばに近づこうとしていた。

タグはウィルの肩《かた》をいつものなつかしいやり方でぐいぐいついた。大きな目がウィルのなかば閉じた目をじっと見つめていた。

〈ね、わたしがそばにいないと、あなたはひどく困《こま》ったことになるでしょ?〉といっていた。

ひげ面の男は馬から火ぶくれになった外国人の顔へと視線《しせん》を移《うつ》した。

「どうやらふたりは知りあいのようだな」と彼《かれ》はいった。

＊

ウィルはもうろうとしていたが、それでも火ぶくれになった顔と腕《うで》にだれかがやさしく、ひんやりする香油《こうゆ》を塗《ぬ》ってくれているのには気づいていた。それに水もあった。ゆっくり飲むかぎり、水は好《す》きなだけ飲めた。いまでは彼にもわかってきていた。あまりいそいで飲もうとすると、水はとりあげられる。ゆっくり飲めば水はいつまでもあった。数人の人が自分の世話をしてくれているあいだ、タグがいつもそばにいることにウィルは気づいていた。うとうととねむったり目ざめたりをくりかえした。そして目ざめるたびに、自分は夢《ゆめ》を見ていたのではないか、タグはやはり行方不明《ゆくえふめい》のままなのではないか、という恐怖《きょうふ》を一瞬味《いっしゅんあじ》わった。その後あのなつかしい、心配そうな顔が見えてきて、もっと楽《らく》に息ができるようになるのだった。

自分は担架《たんか》に乗《の》せられていて、その担架は水平方向から三十度ほどかたむいていることにウィルはぼんやりと気づいていた。おそらく担架は馬につながれているのだろう、と彼《かれ》は思った。やがて、担架《たんか》が動きだし、自分を引っぱる動物の不思議《ふしぎ》なゆっくりとしたリズムを感じて、考えを修正《しゅうせい》した。きっとラクダだ。異常《いじょう》に長い脚《あし》の、ゆれるような足どりが木の棒《ぼう》を伝《つた》わって担架の底《そこ》をゆらし、それが彼にも伝わってきた。

顔と目を照《て》りつける太陽から守るために、だれかが日よけの布《ぬの》を用意してくれていた。砂漠《さばく》を進んでいくうちに、ウィルはうとうととまどろんだ。どの方向に向かっているのか、まったくわからなかった。だが、そんなことはどうでもよかった。彼は生きていて、タグが数メートル先をゆっくり歩いていた。彼がふたたび危険《きけん》な目にあう兆《きざ》しはないかと神経《しんけい》をとぎすまして。

ウィルには彼らが旅した時間が半時間だったとも半日だったとも思えた。あとでわかったのだが、ウィルは担架に乗《の》せられて一時間半ほど運ばれ、彼を助けてくれた者たちのキャンプ地に着いた。そして、担架からおろされ、ヤシの木立の下の陰《かげ》に敷《し》かれた毛布《もうふ》の上に寝《ね》かされた。日の光がヤシの葉ごしにやさしく届《とど》き、これまでの人生でこれほど心地よかったことはない、とウィルは思った。顔と腕《うで》はまだはれあがっていたが、香油《こうゆ》をさらに塗《ぬ》ってもらったおかげで苦痛《くつう》もやわらいだ。

タグは注意深くウィルを見守りながらそばに立っていた。

「だいじょうぶだよ、タグ」と彼《かれ》は馬に話しかけた。声がふだんの声にもどってきたようだったのでほっとした。まだすこししゃがれていたが、すくなくともきちんと言葉を発《はっ》することができた。「すこししゃがれている」という言葉のことを思って、ウィルは苦笑《にがわら》いを浮《う》かべた。アロウ相手にこの言葉を使って冗談《じょうだん》をいったのを思い出したのだ。もう何ヵ月も前のことのような気がした。

アロウはどうしてしまったのだろうか。目がさめてからアロウの姿《すがた》を見ていなかった。迷子《まいご》になったのでなければいいが、と思った。

「馬を失《うしな》うのをやめないと。悪い習慣《しゅうかん》だ」と彼はねむそうにつぶやいた。

それからねむりに落ちた。

＊

ウィルはぐっすりねむって目をさました。仰向《あおむ》けに横たわり、ヤシの葉を見あげていた。

彼は大きなオアシスにいた。すぐそばで水が滴《したた》る音や、大勢《おおぜい》の人間が動く音や話し声が聞こえた。あたりを見まわすと、低《ひく》いテントがいくつも設営《せつえい》されているのが見えた。オアシスとキャンプ地は両側《りょうがわ》に数百メートルにわたって広がっていた。中央に大きな池があり、それをとりかこむようにほかにもいくつかの池と泉《いずみ》があった。泉からくんだ水を入れた壺《つぼ》を運んだり、料理用《りょうりよう》の火の準備《じゅんび》をしたり、ヤギ、ラクダ、馬などの群《む》れの世話をしたり、と人々が動きまわるのが見えた。キャンプの規模《きぼ》から見積《みつ》もると、数百人はいるにちがいない。全員がゆったりと垂《た》れさがった長い服を着ている。男性《だんせい》はクーフィーヤを身につけ、女性《じょせい》は長いスカーフで頭をおおっていた。スカーフで頭と首は保護《ほご》していたが、顔は見せていた。

「目がさめたのね」

後ろから声がしたのでウィルがふりむくと、声の持ち主《ぬし》が見えた。四十歳《さい》くらいだろうか、小柄《こがら》でほっそりした女の人が、ほほえみながら彼《かれ》を見下ろしていた。その人は果物《くだもの》、パン、肉が入った平らなバスケットと、水入れを持っていた。彼のそばに優雅《ゆうが》にひざをつくと、バスケットをおろし、自由に食べなさいと身ぶりでしめした。

「食べなければ。ずっとなにも食べていなかったんでしょう」といった。

ウィルは女の人の顔をしばらくじっと見ていた。楕円形《だえんけい》の顔は親しみやすい顔立ちだった。黒い瞳《ひとみ》にはユーモアが宿っている。いまのようにほほえむと、その顔はたいへん美しくなった。肌《はだ》はうすいコーヒーの色だ。頭を包《つつ》んでいるスカーフと衣装《いしょう》はあざやかな黄色。この人にはどこかお母さんのような雰囲気《ふんいき》があり、自分を受け入れてくれているようだ、とウィルは思った。

「ありがとう」といって、ウィルは果物《くだもの》をひと切れ手にするとかじりついた。口の中に果汁《かじゅう》がとびちるのを感じると、じゅわっとつばが出てきた。つい先ほどまで、舌《した》とのどがはれあがってからからに乾《かわ》いていたことを思い出しながら、彼《かれ》はこの感触《かんしょく》をおおいに楽しんだ。ねむっているあいだに、だれかがくりかえし口もとに水筒《すいとう》の飲み口をあてがい、「飲みなさい、だが、いまはゆっくりと、だ」とさとすようにいっていたことを彼はぼんやりとおぼえていた。なんだか夢《ゆめ》の中のできごとのようだったが、それがほんとうにあったことだと彼は気づいた。彼を助けてくれた人は実際《じっさい》に彼をおこすことなくきちんと水分補給《すいぶんほきゅう》してくれたにちがいない。

ウィルはもうひと口水を飲んだ。ここはどこかときさたかったが、あまりにも陳腐《ちんぷ》な質問《しつもん》のように思えた。それで、彼はキャンプ地を動きまわっている人々のほうを指していった。

「あの人たちはだれなんですか?」ときいた。女の人はウィルに向かってほほえんだ。

「わたしたちはホレシュ・ベドゥリンという砂漠《さばく》の民《たみ》なの。わたしの名前はシエレマよ」彼女《かのじょ》はそういって、唇《くちびる》、額《ひたい》、唇に手をあてるセレゼンがやっていたのと同じ挨拶《あいさつ》をした。彼《かれ》は同じ挨拶をやり通す自信《じしん》がなかったので、代わりに座《すわ》っている姿勢《しせい》のままぎこちなく頭をさげた。

「こんにちは、シエレマ。ぼくはウィルといいます」

「わたしたちのキャンプにようこそ、ウィル」と彼女はいった。しゃべっているうちに、彼は突然《とつぜん》自分がひどくお腹《なか》が空いていることに気づき、バスケットにあったおいしそうな平たいパンを食べた。あぶった肉を冷《さ》まして切ったものもあったので、それをひと切れ取るとパンで包《つつ》みこみ、がぶりと食べた。肉はおいしかった。完璧《かんぺき》な火の通しかげんで、内側《うちがわ》にはまだ肉汁《にくじゅう》がしたたり、火であぶった煙《けむり》の香《かお》りもかすかに残《のこ》り、おいしいスパイスの芳香《ほうこう》もした。彼はかんでは飲みこみ、それからまたパンの大きな塊《かたまり》をつかんで引きさき、二切《ふたき》れ目の肉をはさんで、口いっぱいにほおばり夢見心地《ゆめみごこち》でかんだ。シエレマはやさしくほほえんでいた。

「これだけ食欲《しょくよく》があればだいじょうぶね」彼女にそういわれて、ウィルはためらった。

こんなふうにがつがつ食べてしまって、ずいぶん行儀《ぎょうぎ》の悪いことだったな、と思ったのだ。シエレマは笑《わら》って、どうぞ食べつづけて、というふうな仕草《しぐさ》をした。

「あなたはお腹《なか》が空いているんですもの。それに、こんなに一生懸命《いっしょうけんめい》食べてくれるのはわたしの料理《りょうり》をほめてくれていることになるわ」といった。

ウィルはありがたく料理をもっと頂戴《ちょうだい》した。人心地《ひとごこち》つくと、彼《かれ》はひざからパンくずを払《はら》い、ふたたびあたりを見まわした。

「ぼくを見つけてくれた男の人ですが、あの人はだれなんですか？」ときいた。

彼女《かのじょ》はキャンプ地の中央を指さした。その男性《だんせい》がキャンプ地の端《はし》にいることにウィルは気づいた。彼のねむりをさまたげないよう気をつかってくれていたのだろう。

「ウマール・イビン・タルードよ。いまはなにか大切な仕事にかかわっているみたい。彼はわたしたちのアシャイフなの」

ウィルがわけがわからないという顔をしていたので、彼女はさらに説明《せつめい》した。「アシャイフというのは、わたしたちの言葉で指導者《しどうしゃ》のことなの。彼はホレシュ・ベドゥリン族の長なのよ。わたしの夫《おっと》でもあるけれど」とつけくわえた。「彼にはテントを補修《ほしゅう》しなければならないことも、もうすぐわたしがカーペットをたたかなければならないこともわかっているの。だから、いまとても大切な仕事をやっているってわけよ」

彼女《かのじょ》の口もとがほころんだ。アシャイフはこの民《たみ》の指導者《しどうしゃ》ではあるのだろうが、世界じゅうの夫《おっと》と同じく、妻《つま》には弱いのだろうとウィルは感じた。

「あの人にお礼をいいたいのです」というと、シエレマはうなずいた。

「きっと彼《かれ》も喜《よろこ》ぶでしょう」

28

「ツアラギの連中《れんちゅう》はこういうのが得意《とくい》ですね」ギランとホールトがそれぞれの馬の背《せ》にもどったときに、ギランがいった。セレゼンも自分の馬にまたがり、レンジャーたちがなにを発見したのかきこうと待ちかまえていた。

彼《かれ》らが先をいくツアラギの戦隊《せんたい》が残《のこ》した痕跡《こんせき》を見失《みうしな》い、ツアラギが行った方角をしめすかすかな手がかりを馬からおりて足で探《さが》しまわらなければならなかったのは、これでその日五回目だった。

ふたたび出発しながら、ホールトはギランの言葉にこたえて不満《ふまん》そうな声をもらした。一日目、ツアラギは自分たちの進路をかくそうともせずまっすぐに進んでいた。だが、その後は小隊《しょうたい》をあとから来させ、徐々《じょじょ》に方向を変《か》えるときには、本隊《ほんたい》が残した痕跡を小隊に消させて、自分たちの進路をわからなくしはじめた。もちろん、そうはいってても彼らが通った痕跡をすべて消し去ることはできなかったが、残されたかすかな跡《あと》を読みとれるのはホールトやギランのような技術《ぎじゅつ》を持っている追跡者《ついせきしゃ》だけだった。

「我々《われわれ》がやつらのあとを追おうとしても、いつもこうなのだ」とセレゼンがいった。

「しばらくのあいだは行った跡がはっきりわかるのだが、やがてやつらはこつ然《ぜん》と消えてしまう」

「なるほど」とホールトがふたりにいった。「このように足跡《あしあと》を消すためには日の光がいる。ちょうど彼《かれ》らを追いかけるのに我々にも日の光がいるようにね。一日目、彼らはできるだけ距離《きょり》をかせごうと前に進むことに一生懸命《いっしょうけんめい》だった。わたしが思うに、彼らは夜明け前に出発し、日中まで進みつづけたのだろう。それから休憩《きゅうけい》をして、夕方から夜までまた進みつづけた。それから、追っ手とのあいだにしっかり距離をかせいだので、ジグザグに移動《いどう》したり、足跡を消したりすることをはじめたのだ」ホールトはセレゼンを見た。「あんたの部下《ぶか》たちが痕跡《こんせき》を見失《みうしな》い、あきらめなければならなくなるのはこの時点だ」と彼はいった。セレゼンは苦々《にがにが》しくうなずいた。

「すくなくとも追っ手をまく動きをしているとスピードが落ちる」とギランがいった。

ホールトはうなずいた。「彼らは我々《われわれ》同様《どうよう》、昼間《ひるま》に移動しなければならなくなる。それに、直線的《ちょくせんてき》なルートはとっていない。思うに、この半日でかなり距離を縮《ちぢ》めたのではないかな」

追いかけているあいだに、ふたりのレンジャーは何度か近道をすることができた。アリダの追っ手を混乱《こんらん》させてきたという過去《かこ》の能力《のうりょく》におそらく自信過剰《じしんかじょう》になっているツアラギが、偽《にせ》の痕跡《こんせき》を作ったりジグザグ移動《いどう》する際《さい》に、ある一定のパターンにおちいってしまっていることが早い時点でわかってきていた。数時間もすると、そのパターンが読めるようになり、ギランとホールトはいくつかの偽の足跡《あしあと》を無視《むし》してもっと直接的《ちょくせつてき》なルートを行きつづけ、何キロか先にあるほんとうに彼《かれ》らが行った道を辿《たど》ることができた。また、彼らがわざとつけた偽の痕跡を消すことにはあまり努力《どりょく》をしていないことも、早い時点でわかってきた。彼らはたしかに優秀《ゆうしゅう》だ、とギランは気づいた。が、彼らには緻《ち》密《みつ》さという重要《じゅうよう》な要素《ようそ》が欠《か》けていた。

もちろん、ホールトとギランがチームとして動けることが役に立っていた。敵《てき》が陽動《ようどう》作戦《さくせん》に出たと思われる地点に来ると、ギランが念《ねん》のためにしばらくそちらを辿り、そのあいだにホールトがアリダの一行を連《つ》れて敵の本隊《ほんたい》が先に辿った道を行った。追跡隊《ついせきたい》が早朝か夕方に進んでいたことも、幸運となった。かたむき、低《ひく》い角度から差《さ》す日の光のために、混乱の跡《あと》や砂漠《さばく》をおおううすい砂《すな》に残《のこ》されたひづめのかすかな跡が見つけやすかったのだ。

　これまでのところ、この戦術《せんじゅつ》をとっているかぎり彼《かれ》らは数キロメートル以内《いない》で本物の痕跡《こんせき》を発見できていた。その地点でギランも彼らに合流した。さいわい、地面が平らだったので、彼らはかなりの距離《きょり》があいていてもおたがいの姿《すがた》が見えるためコミュニケーションができたのだ。

　ホールトがいったように、このおかげで彼らはツアラギにあと半日で追いつけるところまでやってきた。それでもホールトはもっと近づきたかった。彼は手でおおいをしながら太陽を見あげた。まもなくまっ昼間で、暑さのために休憩《きゅうけい》をしなければならなくなる時間だった。

「考えていたんだが」とホールトはセレゼンにいった。「今日の午後、我々《われわれ》三人はこのまま進んでいけないだろうか。そうすれば我々はもっと速く進める。はっきりした目じるしを残《のこ》していけば、残りの者たちもあとをついてこられるだろう。明日の夜までにもっと近づいておきたいんだ。ギランがツアラギの様子を見にいけるように」

　セレゼンはうなずいて同意した。ホールトの提案《ていあん》は理にかなっていた。五十人からなる一行と一緒《いっしょ》だと、グループ内で最《もっと》もおそい馬の速さに合わせなくてはならない。しかも、絶《た》えず止まるので——これはホールトとギランがかたい地面上に残《のこ》された敵の痕跡《こんせき》を調べなければならないことがおこるので、彼《かれ》らのグループのそもそもの性質上《せいしつじょう》しかたないことだったが——さらに時間がかかった。止まるたびに、大規模《だいきぼ》な一行に再集合《さいしゅうごう》をかけふたたび進むことができるまでにさらに長い時間がかかった。馬の腹帯《はらおび》をしめたり、馬のひづめにはさまった石をとったり、備品《びひん》の調整が必要《ひつよう》だったり、水筒《すいとう》から水を飲んだり、というようなことが常《つね》におこった。それらは一ヵ所ずつでは数分のことだったが、積《つ》みかさなると一日以上《いじょう》の差《さ》になってしまう。

「ここから数キロは進みつづける。それから、休憩《きゅうけい》にする。今日の午後、我々《われわれ》三人は先に進む」とセレゼンはいった。

この言葉は彼らの関係《かんけい》に変化《へんか》が生じたことをしめす重要《じゅうよう》なものだ、とホールトは思った。虐殺《ぎゃくさつ》の現場《げんば》を見て最初疑念《さいしょぎねん》を抱《いだ》いていたのに、セレゼンはレンジャーふたりを信用《しんよう》し、彼らに自分の一行を導《みちび》かせることにしたのだ。いま、彼は部下《ぶか》からはなれ、ホールトとギランと一緒《いっしょ》に先に行こうとしている。

いっぽうセレゼンのほうは、ツアラギに一矢報《いっしむく》いることができそうだ、という期待《きたい》が膨《ふく》らんできていた。ツアラギたちはセレゼンがベドゥリンの追跡者《ついせきしゃ》と一緒にいないことを知っていて、あのひげ面《づら》のレンジャーが説明《せつめい》したように自信過剰《じしんかじょう》になっている。もし、自分と部下《ぶか》たちがここ数日のあいだに彼《かれ》らを急襲《きゅうしゅう》することができたら、この宿敵《しゅくてき》どもも将来《しょうらい》はそれほど自分たちを襲《おそ》ってこないかもしれない――なにしろ砂漠《さばく》の荒野《こうや》の中に消えてしまえる彼らの能力《のうりょく》が落ちたということだから。どうやって自分が彼らを追跡《ついせき》できたのか、彼らが知ることは決してない。その知識《ちしき》が彼らに届《とど》くことは決してないのはたしかだった。

セレゼンは地面に残《のこ》った跡《あと》を読みとるこのふたりの北方人の能力に畏怖《いふ》の念《ねん》をおぼえていた。彼らはセレゼンになにを探《さが》しているのか、実際《じっさい》になにを見つけたかを何度か見せてくれた。ほかよりはやわらかい砂《すな》の表面につけられたかすかな刻《きざ》み目、石だらけの地面をかすかにえぐったひづめの跡、どこにでもある貧弱《ひんじゃく》な茂《しげ》みのひとつに引っかかった鞍毛布《くらもうふ》か服の糸くずなど。セレゼンには決して気づくことのできないわずかな痕跡《こんせき》だった。それでもあのふたりのするどい目は、それらの事実を地面に大きな文字で書かれているかのように読みとるのだった。彼はまた自分だけで彼らふたりと一緒《いっしょ》に馬で行きたいという意欲《いよく》を皮肉《ひにく》っぽく思った。最初《さいしょ》は自分の部下をひとりかふたり一緒に連《つ》れていきたいという誘惑《ゆうわく》にかられもした。だが、その思いを断《た》ちきった。自分が彼らのことを信頼《しんらい》している、とこのふたりにしめすことが大事だったからだ。

ギランがまた馬からとびおり、数歩走りでて、地面をじっくりと調べていた。彼《かれ》の鹿《か》毛《げ》の馬がおとなしくあとからついていき、ギランがまた馬に乗《の》るためにもどってこなければいけない時間をかせいでいた。この若《わか》いレンジャーのツアラギを追跡《ついせき》するエネルギーと熱心《ねっしん》さは、セレゼンに探索犬《たんさくけん》を思い起こさせた。

「こっちです」わずかに左のほうを指さして、ギランが叫《さけ》んだ。アリダの一行は彼が指ししめす方向に馬の向きを変《か》えた。

＊

まっ昼間にすこしだけ休憩《きゅうけい》したあと、セレゼンとふたりのレンジャーはほかの者たちがついてこられるように目印《めじるし》を残《のこ》しておくことにして、本隊《ほんたい》より先に出発した。方角を変えるごとに、地面に大きな矢じるしを彫《ほ》っておくことにした。地面がかたすぎる場合は、石などを矢じるしの形にならべることにした。

二時間がすぎたころ、彼らは本隊よりずっと速く移動《いどう》できているのがあきらかになった。馬に乗った一行から立ちあがる小さな砂ぼこりが地平線上にかろうじて見えるくらいになったのだ。その様子を見ながらホールトは顔をしかめて考えこんでいた。

「襲撃可能《しゅうげきかのう》な距離《きょり》になっても、つぎのことは頭に留《と》めておいたほうがいいな。やつらに我々《われわれ》が後ろまでせまってきていることを知られたくない」といった。

太陽が西の地平線に沈《しず》みかけ、追跡《ついせき》がむずかしいほど日の光が弱まってくるまで、彼《かれ》らは夕方じゅうずっと進みつづけた。追跡がかんたんなときにはレンジャーたちがペースをあげ、馬を速足にしたり、時には駆《か》け足にすることさえあることにセレゼンは気づいていた。彼らが乗っているがっしりした体格《たいかく》の馬は、これまでの抑《おさ》えたゆっくりした歩きから速度をあげて旅をしてもちっともいやがらなかった。セレゼン自身が乗っている馬はペースの変化《へんか》を何とも思わなかったが、この馬はアリダ人が育ててきたもっとも優秀《ゆうしゅう》な馬の血統《けっとう》を引くサラブレッドだった。セレゼンは自分の部下《ぶか》たちが乗っていることれほど優秀ではない馬の中には、テンポを速くすることを拒否《きょひ》するものもいることを知っていた。そう思って彼はレンジャーの毛足の長い馬たちをもっと気をつけて見た。美しい体形に育てあげられ手入れされた彼の馬のそばで、この馬たちはこれといった特《とく》徴《ちょう》もなくみすぼらしかった。だが、彼らはたいへんな持久力《じきゅうりょく》とおどろくべき速さを兼《か》ね備《そな》えていた。短距離《たんきょり》なら、自分の雄馬《おうま》、太陽王号はおそらく彼《かれ》らに勝つだろう。だがやがて何キロも何キロも速度を維持《いじ》しつづけるレンジャー馬たちの能力《のうりょく》がはっきりすることになるだろう。

この馬たちのことをもっといろいろ知るべきだ、とセレゼンは思った。このような均《きん》一《いっ》に優秀《ゆうしゅう》な馬を完備《かんび》した騎馬隊《きばたい》を持つ利点《りてん》を考えていたのだ。

夜をすごすために三人が馬を止めたころには、本隊《ほんたい》の姿《すがた》はまったく見えなくなっていた。彼らは鞍《くら》をおろし、馬たちの世話をしてからキャンプを設営《せつえい》した。セレゼンは小さなたき火用の薪《たきぎ》を集めにかかった。ホールトとギランが手伝《てつだ》おうとしたが、セレゼンは手でそれを制《せい》した。

「きみたちは一日じゅう働《はたら》きどおしだったじゃないか。わたしはなにもしなかったから」

彼はホールトとギランの顔に浮《う》かんだかすかなおどろきの表情《ひょうじょう》に気づき、彼らは感謝《かんしゃ》している、ひょっとしたらすこしは尊敬《そんけい》してくれたかもしれない、と内心ひそかに喜《よろこ》びを感じていた。彼らは形式ばったことはきらいだ、そして彼らは真《しん》の信頼性《しんらいせい》というものはきつい仕事を分かちあうところから生まれるのであって、自分をきつい仕事の枠外《わくがい》におこうとするところからは生まれないことを知っている、とセレゼンは思った。セレゼンがすぐにおこしたたき火が、彼《かれ》らのまわりに明るい光の輪《わ》を投げかけた。暗闇《くらやみ》の中でこの光はかなりの距離《きょり》から見えるのが彼にはわかっていた。だからあとからくる本隊《ほんたい》も暗闇の中でも容易《ようい》に彼らを見つけられるはずだ。

「もっと近づいたら、このことも気をつけなくてはならなくなる」とホールトがいった。五、六キロはなれたところからでもこの火は明るく見えるだろう。しかも月がのぼる前だと、火の輝《かがや》きはもっとはなれたところからでも空に反射《はんしゃ》して見えるかもしれない。

彼らが食事をしていると、本隊がようやく合流してきた。夜のとばりがおりてから三時間後のことだった。夕食後兵士《へいし》たちがコーヒーを飲みながら静《しず》かにしゃべってくつろいでいるところを、セレゼンはりっぱな指揮官《しきかん》らしく彼らのあいだをまわっていた。彼は小集団《しょうしゅうだん》ごとに立ちどまり、片《かた》ひざをついて静かに話し、その日の兵士たちの進行具合を査定《さてい》し、兵士や彼らの馬になにか問題はないか調べた。

ホールトとギランのところにはスヴェンガルとほかのアラルエン人たちがやってきていた。彼らは濃厚《のうこう》なアリダのコーヒーを楽しみながら、セレゼンの様子をたいしたものだというように見守っていた。セレゼンも疲《つか》れていて、コーヒー片手《かたて》にまだ温かい地面に大の字になって寝《ね》そべっていたいはずだった。それなのに彼《かれ》は部下《ぶか》たちのあいだを動きまわり、昔からの仲間《なかま》には冗談《じょうだん》をいい、新兵《しんぺい》には助言をしたり気づかいを見せたりしているのだった。

この長身で白い長衣《ながぎぬ》を着た人物がようやく巡回《じゅんかい》を終えた。おどろいたことに、彼はホールトたちが座《すわ》っているところにやってきた。

「わたしも仲間に入れてもらっていいかな?」と彼はいった。

ホールトは歓迎《かんげい》する仕草《しぐさ》をしていった。「どうぞ、どうぞ」

ホラスがあわてて立ちあがろうとした。「コーヒーを持ってきますよ」といったが、セレゼンは彼を手で制《せい》した。

「シダールが行ってくれている」彼がいったので、ホラスたちは彼の兵士《へいし》のひとりが、上司《じょうし》がなにを欲《ほ》しいかを見こして向こうのたき火からコーヒーを運んできていることに気づいた。セレゼンは腰《こし》をおろすと、満足《まんぞく》そうにため息をついた。それから兵士からコーヒーのコップを受けとった。

ゆっくりとコーヒーに口をつけると、ふたたびため息をついた。痛《いた》み、疲《つか》れた筋肉《きんにく》がようやく休むことを許《ゆる》されたことからくる満足のため息だった。

「カファイがなかったらどうしたらいいんだろうな？」この飲み物のアリダでの名前、そして本来の名前を使って、セレゼンは彼《かれ》らにきいた。

「レンジャーはほんとうに困《こま》るでしょうね」とホラスが答えたので、みんなが笑《わら》った。レンジャーたちが、アリダ人のようにこの飲み物が大好きなことにセレゼンはすでに気づいていた。あの背《せ》の高い勇者《ゆうしゃ》も同じようにほぼコーヒー依存症《いぞんしょう》といってもいいくらいだったが、スカンディア人のほうは夜のコーヒーにいつもなにか文句《もんく》をいい、代わりに故郷《こきょう》の濃《こ》いエールがあればいいのにといった。スヴェンガルにしてみれば、長い一日の終わりに飲むに値《あたい》する飲み物はエールしかなかったのだ。

「おまえたちがエールを飲まずにやっていけるなんて、ほんとうにわからんよ。夜に心を落ちつけてくれるもの、それはエールだよ」とスヴェンガルはいった。

エヴァンリンが彼にほほえみかけた。「ホームシックにかかったの、スヴェンガル？」巨漢《きょかん》の海賊《かいぞく》はしばらくエヴァンリンの顔を見て、どう答えたものかと考えていた。

「ほんとうのことをいうと、陛下《へいか》、おれにはここの気候《きこう》が合わないんだよ」と彼はいった。

スヴェンガルはエヴァンリンのことを「陛下」と呼《よ》びつづけていた。彼女《かのじょ》が何度もエヴァンリンかカサンドラと呼《よ》んでくれといいつづけてもだめだった。自分は王女だから、自分への敬称《けいしょう》は正確《せいかく》には「陛下《へいか》」ではなく「殿下《でんか》」だと訂正《ていせい》もしたのだが、それでもスヴェンガルはきかなかった。これはあまり繊細《せんさい》とはいえないスカンディア風のからかいであり、王家の血統《けっとう》や王の世襲制《せしゅうせい》を拒否《きょひ》するスカンディアの平等主義《びょうどうしゅぎ》の表明なのかとエヴァンリンは疑《うたが》ったほどだ。スカンディア人が能力《のうりょく》と人気のある者を選挙《せんきょ》で選《えら》んで指導者《しどうしゃ》を決めていることを彼女《かのじょ》は知っていた。アラルエン王国がその歴史《れきし》のなかで我慢《がまん》してきた何人かの国王のことをふり返ってみると、スカンディア人たちのやり方のほうがすぐれていないとはいいきれないのだった。

「スヴェンガルは馬に乗《の》ることにも向いていないんじゃないか？」とホラスがいいそえた。「ホームシックというよりは、お尻《しり》が痛《いた》いんじゃないのかな」

スヴェンガルはにがにがしくため息をつき、もっと座《すわ》り心地のいい場所を探《さが》してもぞもぞと尻を動かした。もう二十回以上《いじょう》もこんな動作をしていた。

「そのとおりなんだ。これまであることすら知らなかった尻の部分を発見したよ」

セレゼンは、これら外国人たちの間で交わされている静《しず》かなユーモアと友情《ゆうじょう》を楽しみながら笑《え》みを浮《う》かべた。

だが、おしゃべりに加《くわ》わることはなかった。そっと咳《せき》ばらいをすると、すぐさまホールトが注意を向けたことに彼《かれ》は気づいた。

「なにかあるのですかな、セレゼン？」とホールトがきいた。ホールトが彼のことを「ワキール」と肩書《かたがき》で呼《よ》んだり、敬称《けいしょう》の「閣下《かっか》」と呼んでいたのはもう過去《かこ》のことになっていた。

セレゼンは自分の前の砂《すな》をなでながら、身を乗《の》りだした。

「じつはそうなのだ。先ほど部下《ぶか》たちと話していたときに、伍長《ごちょう》のひとりがおもしろいことを口にした」

彼は湾曲《わんきょく》した短刀を引きぬくと、砂に×印《しるし》を描《えが》いた。「ここがいま我々《われわれ》がいる場所だとしよう」そういってから、彼はその地点からジグザグにカーブを描く線を一メートルほど描いた。「そして、ここに来るために、我々はツアラギのあとを追ってきた。もっともやつらはジグザグに進んだり、迂回《うかい》したり、後もどりしたりしたがな」セレゼンは顔をあげてホールトを見た。「きみがいったように、おかげで我々はやつらに追いつくチャンスがでてきた」

ホールトはうなずき、このアリダの指導者《しどうしゃ》がなにをいうつもりなのかを待った。

「こうして迂回《うかい》したり、行ったり来たりしながらも、ツアラギのやつらは常《つね》にある基本《きほん》コースにもどってきている」セレゼンはジグザグの線のまん中にまっすぐ線を引いた。「もしやつらがこのまま進むとしたら、やつらはここに行くはずだ」彼《かれ》はツアラギの基本コースを示《しめ》す予測線《よそくせん》の先にある砂《すな》の中のある地点をつきさした。

「で、そこはどこなのですか？」とエヴァンリンがきいた。セレゼンはちらりと彼女《かのじょ》の顔を見てから答えた。

「ホール・アバシュの泉《いずみ》だ。ここ二百キロ圏内《けんない》で最上《さいじょう》の水源《すいげん》だ」

ホラスは砂につけられたしるしを見て顔をしかめた。「やつらは水を必要《ひつよう》としていると思いますか？」ときいた。セレゼンはこの若者《わかもの》のほうを向いた。質問《しつもん》に答える彼の顔は恐《おそ》ろしいほど真剣《しんけん》だった。

「砂漠《さばく》では常に水は必要だ。賢明《けんめい》な旅人は水筒《すいとう》に水を入れられる機会《きかい》を決して逃《のが》さない」

「水を補給《ほきゅう》できる場所はほかにはないのですか？」とホールトがきいた。セレゼンは短剣《たんけん》の先で砂にべつのしるしをつけた。

「オール・サンの泉だ。こちらのほうが小さいし、あまり信頼《しんらい》できない。しかも西に四十キロも行ったところだ。もしツアラギがわたしが思っているところに向かっているとしたら、ここの水場はやつらのコースからはなれすぎている」

「やつらはどこに向かっていると思うのです？」とホールトがきいた。ほかの者たちはホールトにしゃべるのを任《まか》せておくことで満足《まんぞく》していた。

「ここだ」短剣《たんけん》の先がまた砂《すな》を刺《さ》した。「北に向かっている。北方山塊《ほっぽうさんかい》がここにある」セレゼンは東から西へと線を引いた。「ここには山々、丘陵《きゅうりょう》、崖《がけ》、目もくらむような渓谷《けいこく》がある。それからやつらが基地《きち》として使えるような町もいくつかある」

ホールトが顔をしかめた。「あんたはたしかツアラギは遊牧民《ノマド》だといっていたと思うが」

セレゼンはうなずいた。「そうだ。ここらの町はアリダの町だ。だが、ツアラギはこれらの町を一ヵ月から六週間のあいだ乗《の》っとって占有《せんゆう》するのだ。それからまた砂漠《さばく》や、もっと遠くの丘陵地帯《きゅうりょうちたい》へともどっていく」

ホールトはセレゼンが描《えが》いたしるしをじっと見ながら、あごをなでて考えこんでいた。

「ということは、もしあんたのいうとおり、やつらがこの泉《いずみ》に向かっているとしたら、我々《われわれ》はツアラギのあとを追うのをやめて、まっすぐにその泉に向かうことができる。運がよければ、我々《われわれ》はそこでやつらを待ちぶせすることができる、ということか」

セレゼンはホールトとじっと目を合わせてうなずいた。「もちろん、これは賭《か》けだ。しかし、やつらが向かっている場所はここ以外《いがい》に考《かんが》えられない」

ホールトはためらった。そして仲間《なかま》の顔を見わたした。なんといってもエラクはここにいる全員の友人だった。もしセレゼンの計画にしたがうとしたら、エラクの痕跡《こんせき》を完全に失《うしな》ってしまう危険《きけん》をともなっていた。黙《だま》ったまま、ひとりまたひとりと彼《かれ》らはうなずいた。ホールトはセレゼンのほうに向きなおった。

「それでいきましょう」

ranger's apprentice 29

ウィルが毛布《もうふ》を払《はら》い、木立の下に置《お》かれたベッドから立ちあがろうとしたので、シエレマが手をかした。

彼女《かのじょ》は片手《かたて》をウィルの腕《うで》の下に当てて支《ささ》えた。しばらくウィルはふらふらしていたが、やがて頭もしっかりしてきてきちんと立てるようになった。順調《じゅんちょう》に回復《かいふく》しつつあることに満足《まんぞく》して、シエレマは彼《かれ》に向かってうなずいた。

「体力のある健康《けんこう》な身体なら少し休めばすぐに回復するわ。さあ、無敵《むてき》のウマールに会いに行きましょう」

またもや、彼女の言葉にはおもしろがっているような響《ひび》きがあった。ウィルは自分がはだしで、ブーツが見あたらないことに気づいた。マントもなくなっている。シエレマは彼がきょろきょろしているのに気づいた。

「あなたの持ち物はちゃんとあるわ」と彼女《かのじょ》はいった。彼《かれ》がまだなにかほかのものを探《さが》している様子を見て、それがなにかを推測《すいそく》した。あの小柄《こがら》な馬は彼がねむっているあいだずっと昼も夜も彼のそばにとどまっていたのだ。

「あの馬は仲間《なかま》と一緒《いっしょ》にいるわ。いま水とえさをもらっているところよ」と彼女はウィルにいった。「あなたのそばをはなれるよういいきかせるのにしばらく時間がかかったけれどね」

ウィルはそのことを思って笑《え》みを浮《う》かべた。ひょっとしたらタグがここにいるという夢《ゆめ》を見ていたのかもしれない――そう思ったとき一瞬《いっしゅん》パニックに陥《おちい》りそうになっていたのだ。安心して彼は自分のはだしの足を見た。

「ブーツを。ブーツがいります」と彼はいった。

だがシエレマはただ笑みを浮かべただけで、彼をキャンプ地の中央のほうに案内《あんない》しだした。「砂《すな》はやわらかいから」

彼女のいうとおりだった。ウィルはシエレマとならんで歩いていった。彼がよろけたときに備《そな》えて、彼女が彼の腕《うで》をそっとつかんでいてくれた。まだ焼《や》けつくような太陽に熱《ねっ》せられていない砂は、はだしの足にひんやりとしていてやわらかかった。ウィルは腕と顔がひりひりする感覚《かんかく》に気づきはじめた。見ると両腕《りょううで》のひどく日焼《ひや》けした肌《はだ》がなにかの油でぎらぎら光っていた。

「わたしたちが長年使ってきた軟膏《なんこう》よ。あと一日か二日もすれば、ひどい日焼けも治《なお》るでしょう」とシエレマにいわれて、ウィルはうなずいた。

「ありがとう」彼《かれ》がいうと、シエレマはもう一度ほほえんだ。ウィルはこの親切でユーモアのある女性《じょせい》にあたたかいものを感じた。アシャイフ・ウマールは運のいい人だ、と思った。

彼らがキャンプ地を通っていくと、人々が動作を止めて自分を見ていることにウィルは気づいた。とりわけ子どもたちがそうだった。後ろで〈外国人〉という言葉がささやかれるのが何度か聞こえた。このように好奇心《こうきしん》を持たれるのも当然《とうぜん》だろうな、と彼は思った。だが、ほほえみと歓迎《かんげい》の仕草《しぐさ》――いまではすっかりおなじみになった例《れい》の口と額《ひたい》と口に手をあてる仕草――もあった。そんなとき彼も笑《え》みを返し、うなずくように挨《あい》拶《さつ》した。

「ここの人々はとても親切ですね」とウィルはいった。シエレマは考えこむように顔をしかめた。

「いつもというわけではないわ。原則《げんそく》として、わたしたちは自分たちだけでいるのが好《す》きなの。でも、だれかが残酷《ざんこく》な空の神から助けられたときには、みんな喜《よろこ》びます」そういいながら、シエレマが上のほうをしめしたので、ウィルにも彼女《かのじょ》が太陽のことをいっているのだとわかった。太陽はこの人たちにとってずっと敵《てき》であり脅威《きょうい》だったのだろう。

キャンプの中心あたりに近づいてくると、六人ほどの男たちが車座《くるまざ》になっているのが見えてきた。全員がウィルを救《すく》ってくれた男性《だんせい》のと同じような、黄色と白のチェックのクーフィーヤを身に着けていた。シエレマがウィルの腕《うで》をそっとつかんで、彼《かれ》を止めた。

「ちょっと待って。あの人たちはいま大事なお仕事の最中《さいちゅう》だから」

その声は真剣《しんけん》で、尊敬《そんけい》の念《ねん》に満《み》ちているといってもいいほどのものだった。ふたりは男たちのグループから五メートルほど手前で止まった。男たちは全員身を乗《の》りだし、円《えん》陣《じん》のまん中にある垂直《すいちょく》に立った石を熱心《ねっしん》に見ていた。なんの言葉も聞こえないが彼らは祈《いの》っているのにちがいない、とウィルは思った。

やがて、一斉《いっせい》に彼らは失望《しつぼう》の声をあげて後ろにのけぞった。

「とんでいってしまった！」ひとりがいったが、その声はウィルには聞きおぼえがあった。彼《かれ》を助けてくれた人だったのだ。「あとすこしでてっぺんというところで、飛《と》んでいってしまった！」

何のことだというふうにウィルがシエレマを見ると、彼女《かのじょ》はくるりと目をまわして見せた。「信《しん》じられる？　大の男たちが二匹《ひき》のハエが石をよじ登るのに賭《か》けているのよ！」

「賭けですって？　ぼくはまたあの人たちは祈《いの》っているんだと思いましたよ」

シエレマは片方《かたほう》の眉《まゆ》をあげた。「あの人たちにとっては、どちらも同じようなものよ。ベドゥリンは何にでも賭けるの。ほとんど宗教《しゅうきょう》のようなものよ」円陣《えんじん》が崩《くず》れ、ほとんどの男たちが散《ち》っていったので、彼女はウィルをもっとそばに行くようようながした。「アシャイフ・ウマール！　お客さまが目をさましましたよ」

彼女の夫《おっと》は立ちあがり、大きな笑《え》みを浮《う》かべて彼らのほうを向いた。ウィルは力強い顔と大きくてまがった鼻に見おぼえがあった。ウマールは両手を広げてウィルに近づいてきた。ウィルの腕《うで》をつかんで挨拶《あいさつ》しようとしたが、妻《つま》が小声でそれを制《せい》した。

「気をつけて！　この人の腕はひどい日焼《ひや》けなのよ！」

自分のまちがいに気づいて、アシャイフはかわりに両手を空中にかかげて祝福《しゅくふく》の仕草《しぐさ》をした。「そうだった、そうだった！　さあ、こっちへ来て座《すわ》りなさい。名前を教えてくれ。わしは……」

「この人はあなたがだれだかもう知っていますよ。ハエに賭《か》ける偉大《いだい》な賭博師《とばくし》ウマールだってね。この人の名前はウィルよ」

ウマールは妻《つま》ににやっと笑《わら》った。このような本筋《ほんすじ》からそれたやりとりをふたりはいつもやっているのだろうな、とウィルは思った。やがてウマールは視線《しせん》をウィルにもどした。

「目がさめてよかった。あんたを見つけたときには、もうすこしで手遅《ておく》れになるところだったからな。さあ、ここに座《すわ》って、あんたがなにをしているのか話してくれ」彼《かれ》はそれからシエレマを見た。「愛《いと》しき妻よ、コーヒーを持ってきてくれんか?」

シエレマはいぶかしげに片方《かたほう》の眉《まゆ》をあげ、不審《ふしん》そうにウィルを見た。「あなた、コーヒーを飲みたい、ウィル?」

コーヒーのことを思うだけでよだれが出そうだった。ウィルが回復《かいふく》してきているなによりの証拠《しょうこ》だった。「ぼく、コーヒーが大好きなんです」

シエレマは優雅《ゆうが》にお辞儀《じぎ》をした。「そういうことであれば、持ってきましょう」

彼女《かのじょ》は頭をすっくと伸《の》ばしてその場を後にした。ウマールは彼女の後姿《うしろすがた》ににやりと笑いかけた。それからふたたびウィルに興味《きょうみ》をもどすと、まるくならんでいるクッションのほうに案内《あんない》した。

「では、ウィルという名前なんだな」ふたりそろってあぐらを組んで座《すわ》るとウマールがいった。

「そうです」そういってしばらくしてから、ウィルはつけたした。「命を助けていただいて、ありがとうございました、アシャイフ・ウマール」

ウマールはそんなことどうでもいい、というふうに手で払《はら》った。「あんたの命を救《すく》ったのはあんたが乗《の》っていた馬だよ。しかも二度もな」

「アロウ！」思いだしてウィルは叫《さけ》んだ。助けられてからアロウの姿《すがた》を見ていなかった。「彼《かれ》はどこにいるんです？　彼がなにをしたんです？」

ウマールの笑《え》みが消えた。「あの馬は死んだよ、ウィル。夜のうちにライオンに食《く》われたんだ。それが彼があんたを救った一度目だ。ライオンはあの馬を食った。あんたをじゃなく。我々《われわれ》はライオンのやつの足跡《あしあと》を見たが、それはあんたが倒《たお》れていたところから二、三メートルもはなれていなかった。あの馬が動いて音を出したからライオンはあんたに気づかなかったんだ」

「死んだ」ウィルは悲しくなった。アロウはいい馬だった。ウマールは同情《どうじょう》するようにうなずいた。彼《かれ》は自分の馬を大切にする男が好《す》きだった。

「翌朝《よくあさ》、彼はあんたの命を二度目に救《すく》った。彼を餌食《えじき》にしようとハゲワシが集まってきたところを我々《われわれ》が見たのだ。それで調べに来て……そこにあんたがいた、というわけだ」ウマールはふたたび笑《え》みを浮《う》かべ、もっと明るい話題にもどった。

ウィルは真剣《しんけん》な面持《おもも》ちで頭をふった。「もう一度、感謝《かんしゃ》の気持ちをいわせてください」

先ほどと同じように、ウマールはその言葉をまた手で払《はら》った。「砂漠《さばく》では我々はみんなそうする。じつをいえば、困《こま》っている旅人を助けるのは幸運のしるしとみなされているのだ」そのとき彼が急に、そうだ、という顔をした。「あんたの武器《ぶき》をあずかっているんだった」ウマールは数メートル先の低《ひく》く、広く広がったテントのほうを向くと声をかけた。「アームッド！　外国人の武器を持ってきてくれ！」

しばらくすると、テントから十代の少年があらわれた。にやにやしながら少年は二重の鞘《さや》に入ったウィルのナイフと、弓《ゆみ》と矢筒《やづつ》を下においた。それから折《お》りたたんだ地図と革《かわ》のケースに入った北探器《ほくたんき》もおいた。ウィルは立ちあがって二重の鞘を腰《こし》につけた。これでやっと自分にもどれたという気がした。武器なしで完全に居心地《いごこち》よくいられるレンジャーはいない。ウマールはウィルの様子を注意深く見ていたが、やがて弦《つる》をはっていない弓《ゆみ》を手に取った。

「こんなものは、いままで見たことがない。恐《おそ》ろしく強力なのだろうな」

「そのとおりです」そういいながらウィルはすばやく弓を左足の足首と右足のふくらはぎのあいだにはさんだ。そして背筋《はいきん》を使って弓をたわませ、弦を端《はし》の切り込《こ》みにひっかけて張《は》った。ウィルが弓をウマールに渡《わた》すと、ウマールは引き重量《ドローウェイト》をためし、かすかに顔をしかめてからウィルに返した。

「やって見せてくれ」ウィルに矢筒《やづつ》から抜《ぬ》きとった矢をわたしながら、彼《かれ》はいった。

ウィルは矢をつがえ、なにかいい標的《ひょうてき》はないかとあたりを見まわした。五十メートルほど先で男の子たちが小さな革《かわ》のボールで遊んでいるのに気づいた。彼らは足、頭、身体を使って、ボールを地面につけないようにパスし合っていた。ウィルは弓の腕前《うでまえ》を見せるもっと安全な場所を探《さが》しはじめたが、そのときなにかが目に留《と》まって視線《しせん》をもどした。せいぜい八歳《さい》くらいのいちばん小さい男の子がボールをコントロールできなくなって、ボールは地面をバウンドして平たい岩の下まで転がっていった。男の子は笑《わら》い声をたてながらボールを追いかけ、ボールに手を伸《の》ばそうと四つんばいになった。

ウィルは弓《ゆみ》を引きしぼってねらいを定め、あっという間に矢を放った。矢はオアシスを飛《と》んで、男の子の手の数センチそばをかすめて岩の下に刺《さ》さり、矢がぶるぶると震《ふる》えた。男の子は恐怖《きょうふ》の叫《さけ》び声をあげながら後ずさりした。仲間《なかま》の子どもたちも泣《な》き声をあげ、矢がどこから来たのかとふり返った。

大きな拳《こぶし》がウィルのあごにとんできた。彼《かれ》はふっとばされて、手から弓が落ちた。ウマールの顔は怒《いか》りにゆがんでいた。

「この馬鹿者《ばかもの》が！　孫《まご》の命を危険《きけん》にさらして、わしが感心するとでも思っているのか？もうすこしで孫を殺《ころ》すところだったんだぞ！」

ウマールは片手《かたて》をベルトにぶらさげてある重い短刀の大きな柄《つか》にかけた。突然《とつぜん》なぐられてびっくりしたウィルは立ちあがろうとしたが、ウマールにひどく蹴《け》られてふたたび地面にひっくり返った。遠くのほうから、まだ恐《おそ》ろしくて泣いている男の子の声と、おどろきと怒りと恐怖に叫んでいるさまざまな声が聞こえてきた。

短刀が鞘《さや》から抜《ぬ》かれるシュッというかすかな金属音《きんぞくおん》が聞こえた。そのとき、悲鳴《ひめい》に近い差《さ》しせまったシエレマの声が、ほかの声の上から聞こえてきた。

「ウマール、止めて！　これを見てごらんなさい！」

ウマールが目の前にひっくり返っているウィルから目をそちらに向けた。妻《つま》はコーヒーを運んでもどってくる途中《とちゅう》に、孫《まご》のそばを通りすぎてこのできごとを見たのだった。いまシエレマは両ひざをついて、岩の下にあるなにかに手を伸《の》ばしていた。苦労《くろう》して、彼女《かのじょ》はなんとかウィルの矢を引きぬいた。その矢の三角形の矢じりに引っかかっていたものは、ウィルが射抜《いぬ》いた長さ一メートルはあろうかという砂《すな》コブラだった。矢は蛇《へび》の頭をきれいに貫通《かんつう》しており、瞬時《しゅんじ》にそれを殺《ころ》したのだった。

この矢が一瞬《いっしゅん》おくれていたら男の子は襲《おそ》われていた。

ウマールの手から短刀が落ちた。なにがおこったのか、ウィルがなにをしたのかに気づいたのだ。がく然《ぜん》として、ウマールはかがみこんでウィルが立ちあがるのに手を貸《か》した。

「許《ゆる》してくれ！　すまない！　わしはてっきり……」

矢に突《つ》き刺《さ》さった死んだヘビをこれ見よがしに見せながらシエレマが彼《かれ》らに近づいてきたとき、ウィルはまだあえいでいた。

「あなたはいったいなんていうことをしたの？　この人はファイサルの命を救《すく》ってくれたんですよ！」

ウマールはウィルが立ちあがれるように引っぱりあげ、打ちひしがれた顔つきでウィルの身体から熱心《ねっしん》に砂《すな》ぼこりを払《はら》いはじめた。自分の孫《まご》の命を助けてくれた若者《わかもの》をあやうく殺《ころ》すところだったのだ。

「許《ゆる》してくれ！」ウマールは必死《ひっし》になっていった。だがシエレマは夫《おっと》の言葉を無視《むし》し、夫をウィルから引きはなした。

「はなれていなさい！」と乱暴《らんぼう》にいった。彼女《かのじょ》は死んだヘビを落とすと、両手でウィルのあごを包《つつ》みこんだ。そして、端《はし》から端までそっと動かしながら、首をかしげて耳をすました。「だいじょうぶ?」そうきかれて、ウィルは弱々しくほほえもうとした。が、その瞬間《しゅんかん》、あごが痛《いた》んだのでそんなことをしなければよかった、と思った。

「すこし痛いれす」とウィルは舌《した》がよくまわらないままいった。「れも、らいじょうぶ」

シエレマは大きなテントの外に置《お》いてある水瓶《みずがめ》のところにすばやく走った。そしてスカーフの端を水に浸《ひた》すと、もどってきてひんやりとぬれた布《ぬの》をウィルのあごにあてた。ウマールはもう一度彼女の怒《いか》りをおさめようとした。

「すまなかった！　思ったんだ、てっきり……」それ以上《いじょう》いえなかった。シエレマはウマールに食ってかかった。

「思った？　いったいいつ考えたというの？　あなたはこの人を殺《ころ》すつもりだったじゃないの。あなたがナイフを手にしたところを見たわよ！」

ウィルは彼女《かのじょ》の手を取って、ぬれた布《ぬの》を顔からはずした。それからあごをすこし動かしてみて、どこも不都合《ふつごう》がないかたしかめた。

「だいじょうぶです。どこも折《お》れてない。多少あざにはなるでしょうが。ちょっとした誤解《ごかい》だったんです」

「そのとおり！」とウマールがシエレマにいった。「誤解だったんだ」シエレマは夫《おっと》の顔を激怒《げきど》して見た。

「この人はファイサルの命を救《すく》ってくれたのよ。それなのにあなたはなにをした？」

ウマールはそれにこたえていおうとしたが、怒《いか》りくるう妻《つま》をなだめるようなことはなにもいえないと気づき、がっくりと両手をおろした。自分があせって行動したことも、それがまちがっていたこともわかっていた。だが、どうすればよかったというのだろうか？　あれはどう見ても、このよそ者がおごり高ぶり、自分の弓《ゆみ》の腕前《うでまえ》を軽卒《けいそつ》に見せつけようとして孫《まご》のすぐそばに矢を射《い》たというふうに見えた。そのことをいま考えてみると、このよそ者の弓の腕前が考えうるかぎり最高《さいこう》のものだということにウマールは気づいた。これほどまでの弓《ゆみ》の達人《たつじん》は見たことがなかった。ウマールはふたたび妻《つま》を見たが、その目にも姿勢《しせい》にも怒《いか》りが感じられ、自分にいえることはなにもないとわかった。

この気まずい沈黙《ちんもく》にウィルが割《わ》って入った。「この人はぼくの命を救《すく》ってくれたんです、おぼえてらっしゃるでしょ?」そういってウマールのほうをすこし見てにやっとした。「これでおあいこですよ」ウィルがウマールに片手《かたて》を差《さ》しだすと、ウマールはありがたくその手をとり、ぐっと握《にぎ》った。

「わかったか?」と彼《かれ》は妻にいった。「悪気はない。誤解《ごかい》だったんだよ」

ウィルの反応《はんのう》と、彼がわだかまりを持っていたくないと思っているのを見て、シエレマもすこしほっとした。握手《あくしゅ》をしつづけるふたりの男に向かって、こわばった小さな笑《え》みを向けたほどだった。

「いいでしょう」といってから彼女《かのじょ》はウィルに向かっていった。「だけど、わたしたちがあなたになにをしてあげられるかいってちょうだい」

ウィルは肩《かた》をすくめた。「あなたたちにはすでにじゅうぶんすぎるほどのことをしてもらっていますよ。あと一日か二日だけ休んで体力を回復《かいふく》させてください。それから食《しょく》糧《りょう》と水と、ぼくの馬をください。そしてこれ以上《いじょう》あなたたちの迷惑《めいわく》にならないように、マラロクへ行く方角を教えてください」

ウマールはウィルの言葉に顔をしかめた。「あんたの馬だと？　あんたの馬は死んだじゃないか。話しただろ。ライオンに食われたと」

ウィルは笑《え》みを浮《う》かべて首をふった。「あの馬ではなくて。タグのことです。あなたがぼくを見つけたときに一緒《いっしょ》にいた、あの小柄《こがら》で毛足の長い馬ですよ。あれはぼくの馬なんです」

今度はウマールが首をふる番だった。このよそ者をがっかりさせるようなことはしたくなかったが、事実ははっきりさせなければならなかった。

「あれはあんたの馬ではない。我々《われわれ》の馬だ」

ranger's apprentice 30

ホール・アバシュの泉《いずみ》への直接《ちょくせつ》のルートを取ると決めた以上《いじょう》、ギラン、ホールト、セレゼンの三人が先に行く意味はなくなったようだった。

翌朝《よくあさ》夜明《よあ》け前に一行全体でキャンプをたたみ、一緒《いっしょ》に出発した。最初《さいしょ》セレゼンは一行を大きく真西に振《ふ》れるコースをとらせ、それから北西に向けたコースにもどった。ツアラギがとっている基本《きほん》コースだ。こうすることで、西向きにジグザグに進んでいるツアラギの戦隊《せんたい》と鉢合《はちあ》わせするのを避《さ》けることができる。

ツアラギの跡《あと》をたどる必要《ひつよう》がなくなったので、彼《かれ》らは元々の旅のパターン、つまり夜明け前の暗い涼《すず》しい時間に旅をすることにもどることができた。それに加《くわ》えて、毎日日《にち》没後《ぼつご》も一時間か二時間余分《よぶん》に北西に向けて進みつづけた。このようにして彼らは敵《てき》より比較的優勢《ひかくてきゆうせい》に立つことができるようになった。直接進《ちょくせつすす》むことにしてから二日目、彼らが暗闇《くらやみ》の中でキャンプをしていると、偵察員《ていさついん》のひとりが馬で帰ってきてセレゼンに報告《ほうこく》した。セレゼンは耳をかたむけていたが、やがて満足《まんぞく》そうな笑《え》みを浮《う》かべてアラルエン人たちが座《すわ》っているところに近づいてきた。

「思ったとおりだった。偵察員の話によると、ツアラギは我々《われわれ》と平行したコースをたどっている。やつらはここから北西に約《やく》十キロはなれたところで今夜はキャンプをしている」セレゼンはなかばおおいをかけた小さな料理用《りょうりよう》のたき火に意味ありげに目をやった。彼《かれ》は一行にこういうたき火しか許《ゆる》さなかった。この明かりなら二キロ以上《いじょう》はなれたところからはほとんど見えないはずだ。「どうやらやつらは我々がやつらの追跡《ついせき》に失敗《しっぱい》したと自信《じしん》をもっているようだ。自分たちの火をかくす心配などしていない」

ホールトが考えこみながらあごをなでた。「もちろん、ふつうの状況《じょうきょう》ならあきらめてとっくにもどってしまっている。そうですよね？」

セレゼンはうなずいた。「そのとおり。わが友は我々をまく能力《のうりょく》に自信過剰《じしんかじょう》になってきているようだな」

「そして自信過剰は危険《きけん》なものになりうる」とホールトがつけたした。彼は腰《こし》を鞍《くら》にもたせかけ、いつものコーヒーを手にしてくつろいでいる若《わか》いレンジャーのほうを向いた。

「ギル、今夜やつらのキャンプ地に様子を見にいってくれるか？」

ギランは笑《え》みを浮《う》かべてコーヒーを飲みほすといった。「そういってくれないのかな、と思っていたところですよ」それから西の空低《そらひく》くにかかっている上弦《じょうげん》の月に目をやった。「あと三十分かそこらで月は沈《しず》むでしょう。もう行ったほうがいいかもしれない」

「セレゼンの部下《ぶか》によると、四キロはなれたところからやつらの火がぼんやり見えるそうだ。そのあたりにブレイズはおいておいて、そこからは徒歩《とほ》で行け。足跡《あしあと》を残《のこ》さないように気をつけるんだぞ。それから……」ギランが辛抱強《しんぼうづよ》い笑みを浮かべて自分を見ているのに気づいて、ホールトは言葉を切った。「すまん」と彼《かれ》はいった。このような偵《てい》察《さつ》の仕事に関《かん》してギランの右に出る者はいないのだった。「こんなことはすべて知っているよな」と苦笑《にがわら》いを浮かべていった。

「はい」とギラン。「でも念《ねん》をおすにこしたことはありませんから。とくに見てきてほしいものがなにかありますか？」

ホールトは考えていたが、それから肩《かた》をすくめた。「わかっているだろう。エラクがいるかどうか見てきてくれ。やつらが彼をどう監視《かんし》しているかも。やつらのキャンプにそっと忍《しの》びこんで、彼を奪還《だっかん》できるチャンスがあるかどうか。わたしとしてははでな戦《たたか》いをするより、そちらで行きたいと思っているんだ。それからもちろん敵《てき》の人数だ。そこに実際《じっさい》には何人くらいいるのか見てきてくれ。それ以外《いがい》きみが関心を持つものならなんでも見てきてくれ」

「では、さっそく行ってきます」ギランは鞍《くら》を肩《かた》にかつぐと、その夜馬がつながれている場所に向かっていった。ホラスがあわてて立ちあがり、ひざについた砂《すな》を払《はら》った。

「待って、ギラン。仲間《なかま》はいらない？」とホラスはいった。

ギランはためらった。この若《わか》き戦士《せんし》の気分を害《がい》したくはなかったのだ。

「ギランひとりで行ったほうがいいかもしれないな」とホールトがいった。「彼《かれ》は音もなく動く訓練《くんれん》を受けているが、きみはそうじゃない」

ホラスはわかったというようにうなずいた。「それはわかっています。でも、ぼくはブレイズを置《お》いた場所で待っています。彼の持ち物を見張《みは》りながら。四キロもはなれていたらぼくの出す物音も聞かれることはないでしょう」

「それはどうかな」ホールトがまじめくさった顔でいい、それからギランを見た。

「しかし彼のいうことにも一理《いちり》ある。そばに味方がいるというのもいいかもしれない」

「ぼくはいいですよ」ホラスの気持ちを害する必要《ひつよう》がなくなってほっとしたギランが

いった。「仲間《なかま》がいればうれしいよ。さあ、馬の用意をしよう」

ホラスは自分の鞍《くら》をつかみ、ふたり一緒《いっしょ》に馬のほうに歩いていった。

＊

「きみはここまでだ」とギランがホラスにいった。ホラスがうなずき、ふたりは馬を降《お》りた。ホラスはキッカーの手綱《たづな》をいばらの藪《やぶ》につないだ。ギランはレンジャーのやり方どおり、手綱を地面に垂《た》らしたままにした。

「ここにいるんだぞ」と彼《かれ》はブレイズにいった。主《あるじ》がもどってくるまでこの鹿毛《かげ》の馬が半径《はんけい》二十メートルの範囲《はんい》にとどまっていることを、ふたりとも知っていた。ギランとホラスは北東の地平線を眺《なが》めた。

「やつらはうぬぼれてきているよね」とホラス。この距離《きょり》からでもツアラギのキャンプ・ファイヤーの輝《かがや》きが地平線上の空にくっきりと浮《う》かびあがっているのが見えた。

「ほんとうにそのとおりだ。きみもこのことを肝《きも》に銘《めい》じておいたほうがいい。絶対《ぜったい》にだいじょうぶと確信《かくしん》がもてるまで、決して追っ手からうまく逃《のが》れたなどとは思わないことだ」

ギランは弓《ゆみ》と矢筒《やづつ》を肩《かた》からおろして地面においた。今回の任務《にんむ》には必要《ひつよう》ではないだけでなく、かえって邪魔《じゃま》になるからだ。同様にベルトから鞘《さや》に納《おさ》めている剣《けん》も外した。残《のこ》るはサックス・ナイフと投げナイフだけだったが、これでじゅうぶんだろう。

「ブレイズの鞍《くら》の腹帯《はらおび》をゆるめておこうか？」ホラスがきいたので、ギランは即座《そくざ》に答えた。

「いや。このままにしておいてくれ。キッカーもだ。もしうまく行かなかったら、急いでここを立ち去ることになるかもしれないから」

ホラスは興味深《きょうみぶか》くギランを見た。彼《かれ》はこの若《わか》いレンジャーがレンジャー隊《たい》の中でも人に見られずに動きまわるのが最《もっと》もうまいひとり――いや、おそらくその第一人者だという評判《ひょうばん》を得《え》ていることを知っていた。ギランはしっかりと目ざめている歩哨《ほしょう》のすぐそばまで忍《しの》びこんでベルトと靴《くつ》を盗《ぬす》み、その歩哨にどうして急にズボンがずり落ち、足が冷《つめ》たくなったんだろうと思わせることができる、と言《い》われていた。それが誇張《こちょう》であることはホラスにもわかっていたが、誇張しすぎというほどではないのだろう。

「うまくいかないと思っているの？」とホラスはきいた。ギランは真剣《しんけん》な顔で彼を見て、ホラスの肩《かた》に片手《かたて》をおいた。

「常《つね》にうまくいかないかもしれないと予想しておくんだ。そうすれば、もしうまくいかなくてもがっかりせずにすむだろ。もしうまくいけば、それの準備《じゅんび》はできてるってわけだ」

騎士《きし》で、しかも剣《けん》の達人《たつじん》とされている相手にこんな助言をするなんておかしなものだ、と感じることもあった。それでも、どんなに優秀《ゆうしゅう》であったとしてもホラスはまだ若《わか》いのだ、ということをギランは肝《きも》に銘《めい》じておく必要《ひつよう》があった。

「じゃあ、二時間後に会おう」そういうと、ギランは闇《やみ》に溶《と》けこんでいった。

＊

ギランは荒《あ》れた大地の上を音もなくすばやく進んでいった。自分とツアラギのキャンプとのあいだにある最初《さいしょ》の土地が隆起《りゅうき》している部分のてっぺんまで来ると、一度ふり返って背《せ》の高い人影《ひとかげ》と二頭の馬が待っているのをちらりと見た。それから地面にとびおりると、隆起部《りゅうきぶ》の上を音もなく転がり、その下の暗い部分に移《うつ》った。だれかが見ている場合に備《そな》えて、自分の影《かげ》が隆起部《りゅうきぶ》の上に浮《う》かびあがるのを避《さ》けるためだ。もしだれかが見ていたとしても、地平線上に一瞬《いっしゅん》何ともわからない低《ひく》い影が見えただけで、すぐにその姿《すがた》も消えてしまうはずだ。

いったん隆起部の下に無事着地《ぶじちゃくち》すると、ギランはたき火めざしてふたたび歩きはじめた。

こんなにもわかりやすい目印《めじるし》をめざして行くときには、かえって危険《きけん》が潜《ひそ》んでいることが彼《かれ》にはわかっていた。地平線の上にますますはっきりと見えてくるたき火の明かりに向かって、自分自身が見られることにも頓着《とんちゃく》せずに、ただただ進みつづけるのは気を抜《ぬ》きすぎだろう。自信過剰《じしんかじょう》は危険だ。そこでギランは、見えないところに何十人もの歩《ほ》哨《しょう》がいて、その全員がいまにもだれかが通りぬけようとしているかもしれないと警戒《けいかい》していると思って、用心して進んでいった。

そんなふうに進むと余計《よけい》に時間がかかった。だが、こうすることが結局《けっきょく》は自分の命を救《すく》うことになる、とギランにはわかっていた。

＊

ツアラギのキャンプ地に到着《とうちゃく》したのはそれから一時間後だった。最後《さいご》の隆起部《りゅうきぶ》のてっぺんの手前で、前と同じように地面ぎりぎりまで体を低《ひく》くして、マントのフードを白い顔がかくれるまで引っぱりあげ、じりじりと進んでいった。

稜線《りょうせん》から目だけだして向こうを見たギランは、心の中で口笛《くちぶえ》を吹《ふ》いた。キャンプの規模《きぼ》は思っていたよりもずっと大きかったのだ。彼《かれ》らは八十人くらいの隊列《たいれつ》を追いかけてきた。だが、このキャンプ地には二百人以上《いじょう》がいるにちがいなく、たき火の数も予想していたものの二倍はあった。たき火の明かりがこれほどはっきり見えた理由はここにもあったのだ。

本隊《ほんたい》と合流したのか、あるいはべつの隊《たい》と偶然出会《ぐうぜんであ》ったのだろうか、とギランは思った。

どちらにしろ、そんなことはどうでもよかった。問題は、彼らの人数が自分たちの四倍に近いということだ。となると、直接攻撃《ちょくせつこうげき》するなど問題外だった。

この事実を消化しながら、ギランの目はエラクの姿《すがた》を探《さが》していた。彼をみつけるのにそれほど長い時間はかからなかった。ほっそりした体格《たいかく》の砂漠《さばく》のノマドたちの中で、エラクのたくましく大きな身体は目立っていた。予想どおり、エラクはキャンプ地のほぼ中央にいた。もし彼《かれ》を救出《きゅうしゅつ》する者がやってきたとしても、もっとも近づきにくい位置《いち》だ。ツアラギはセレゼン率《ひき》いるアリダ軍《ぐん》が使っているのと同じような小さくて背《せ》の低《ひく》いテントの中で夜をすごしているのに、捕虜《ほりょ》を野外に出したままにしていた。エラクは毛布《もうふ》一枚《まい》あてがわれただけで、寒い夜気の中ですごさなければならなかった。ギランが見ていると、巨漢《きょかん》のスカンディア人が岩だらけの地面の上で身じろぎした。すると彼がつながれている鎖《くさり》がはっきりと見えた。なににつながれているのだろう、とギランは顔をしかめたが、やがてエラクが一頭ではなく、そばで横になっている二頭のラクダにつながれていることがわかった。ギランはいらいらして首をふった。アリダに来てまだ日が浅《あさ》かったが、それでもこの背にコブのある動物がどれほどがんこかはわかっていた。二頭のラクダのあいだに鎖でつながれていては、エラクが逃《に》げるのはまず不可能《ふかのう》だ。もしだれかがその鎖をいじろうとしたら、この機嫌《きげん》の悪い動物はやかましく騒《さわ》ぎたてるだろう。

ということは、直接攻撃《ちょくせつこうげき》することも、そっと忍《しの》びこんで彼を救出することも無理《むり》だ、とギランは思った。事態《じたい》は刻一刻《こくいっこく》とやりにくくなってきていた。

かすかな動きに警戒《けいかい》せよ、となにが知らせているのかギランにはわからなかった。だが、視野《しや》の外側《そとがわ》になにかがいる。それを見たというよりは、身体で感じたのだ。なにかが、あるいはだれかが、自分がいる長い隆起部《りゅうきぶ》の上を動いていた。それが何であるにせよ、彼《かれ》がいまいる場所から四、五百メートルほど左、ちょうど隆起部が右側《みぎがわ》に折《お》れたあたりだ。ギランはその場所をまっすぐに見たが、夜の闇《やみ》の中ではなにも見えなかった。目をすこし横に動かして、周辺視野《しゅうへんしや》でそこになにかが見えるか試《ため》した。これは暗闇《くらやみ》の中での動きを見る常套手段《じょうとうしゅだん》だ。こういうときには周辺視野のほうが頼《たよ》りになる。

今度は確信《かくしん》した。なにかが動いた。その動きは唐突《とうとつ》で、だからこそギランは警戒《けいかい》したのだった。小さな姿《すがた》が隆起部の下にすべりこんだ。彼はまっすぐその場所を見たが、そこにはなにも見えなかった。歩哨《ほしょう》だろうか？　いや、そうではないだろう。歩哨だったらあんなに人目を忍《しの》ぶ動きをする必要《ひつよう》はない。しかも見わたすかぎりこのあたりにほかの歩哨の姿はなかった。そのことはここに近づいたときに最初《さいしょ》に調べていた。ギランがなにかが動いたのを見た場所に歩哨をひとりだけおくなんて筋《すじ》が通らなかった。ひょっとしたら小さな夜行性《やこうせい》の動物だったのか？　その可能性《かのうせい》はあるが、ギランはそうではないと感じた。レンジャーは自分たちの本能《ほんのう》の声に耳をかたむける訓練《くんれん》を積《つ》んでいた。

ギランの本能は、だれかほかの人間がやはりツアラギのキャンプを偵察《ていさつ》していたのだと告《つ》げていた。

ranger's apprentice 31

ウィルはかっと顔に血がのぼるのを感じた。「あなたの馬ですって？」その声は思っている以上《いじょう》にかん高いものになっていた。「なにをいってるんですか？　あの馬がぼくのものだってあなたも知っているでしょう」

シエレマは夫《おっと》に顔をしかめてみせた。だがウマールは両手でどうしようもないという仕草《しぐさ》をしただけだった。ウマールはこの状況《じょうきょう》に満足《まんぞく》はしていなかったが、彼《かれ》としてもどうしようもないのだった。

「あの馬はあんたのものだった」と認《みと》めた。「だが、いまは我々《われわれ》のものだ。それが我々のやり方なんだ」

「あなたがたは馬を盗《ぬす》むのですか？」ウィルがウマールを責《せ》めた。その言葉を聞いて、それまで気まずそうだったウマールの顔が怒《いか》りにかわった。

「いまの侮辱《ぶじょく》は聞かなかったことにしよう。あんたは砂漠《さばく》での我々のやり方を知らないのだからな。だが、今後二度といまのまちがいはしないように」

シエレマが夫《おっと》のほうに詰《つ》めよった。「ウマール、あなたなら、これを例外《れいがい》とすることも……」彼女《かのじょ》がいいかけるのをウマールは手をあげて止めた。ウマールは華奢《きゃしゃ》な身体全体から怒《いか》りをたぎらせているウィルのほうに向きなおった。

「そのような例外をもうけることは、わしの立場ではできんのだ」ウマールはウィルのほうを向いて話をつづけた。「あんたは我々《われわれ》のやり方を理解《りかい》しなければならん。あんたはあの馬をもともと所有していた。そのことに対してはだれも異《い》を唱《とな》えない」

「あたりまえでしょう?」とウィルはいった。「あの馬の鞍《くら》には予備《よび》の矢筒《やづつ》が乗《の》せてありました。あれと同じ矢を入れた」ウィルはまだ彼《かれ》らの足下の地面に転がっている、砂《すな》コブラを射抜《いぬ》いた矢をしめした。彼はウマールに自分がたったいま彼の孫《まご》の命を救《すく》ったことを思いだしてもらいたかった。

「ああ。それには同意する。我々があんたを見つけたときに、あの馬があんたを知っていたことははっきりしていた。だが、問題はそういうことではないのだ。あんたはあの馬が逃《に》げだすのを許《ゆる》してしまった」

ウィルはその言葉に不意《ふい》をつかれた。彼はいまでもあの嵐《あらし》のときにタグの手綱《たづな》をはなしてしまったことで自分を責《せ》めていた。「あの、ええ……まあ、そうはいえるかもしれませんが。でも、嵐《あらし》だったんです。それで、ぼくは……」

ウマールのほうに利点《りてん》があったので、ウィルはそれ以上《いじょう》いえなかった。「我々《われわれ》の掟《おきて》では、もしあんたが馬を放して馬が走りさってしまったら、その馬はもうあんたのものではないのだ。だれにせよそれを見つけた者のものになる。で、ハッサン・イブン・タルークがあの馬を見つけたのだ。あの馬はのどのかわきで死にかけてよろよろ歩いていた。それをハッサンが助けて世話をした。だからいまではハッサンの馬なのだ」

ウィルは首をふった。その声は悲痛《ひつう》だった。「そんなこと信《しん》じられません。タグを探《さが》していてぼく自身死にかけたというのに、そんなことをいわれるなんて……タグを見つけたから、その……ハッサン・イブン・タルークとかいう人がいまタグの持ち主《ぬし》だなんて」

「まさにそのとおりなのだよ」とウマール。

「ウマール、わたしたちはこの若《わか》い人に恩《おん》があるのよ」と訴《うった》えるような声でシエレマがいった。「あなたにできることがなにかあるはずだわ」

ウマールは首をふった。「ああ、たしかに我々はこの人に恩がある。しかし、おまえも思い出せばわかるだろうが、この人にとっても我々《われわれ》は命の恩人《おんじん》だ。その意味ではおあいこだ。この人自身、自分でそういっていたじゃないか」この状況《じょうきょう》に不満《ふまん》であったとしても、ウマールは自分の部族の掟《おきて》は尊重《そんちょう》しなければならない、と感じていた。「いいか、もしわしがあの馬を見つけたのだとしたら、喜《よろこ》んであんたにあの馬を返すところだ。だが、ことはわしの好《す》きにはできんのだ。ハッサンはあの馬がひどく気に入っている。あの馬に夢中《むちゅう》でずっと手もとにおきたいと思っている」

「彼《かれ》は決してあの馬には乗《の》れませんよ！」とウィルは叫《さけ》んだ。レンジャー馬は絶対《ぜったい》ほかの乗り手に盗《ぬす》まれないように訓練《くんれん》されている。最初《さいしょ》に乗る前に、乗り手は馬に秘密《ひみつ》の暗号をささやかなければならないのだ。

「ああ、そのことには気づいていた。あの馬に乗るにはなにか秘密があるのだろう。残《ざん》念《ねん》なことにそのことでいっそうハッサンはあの馬に興味《きょうみ》をもってしまったのだよ。彼があの馬をあきらめるとはとうてい思えん」

「だったらぼくが買いとります！」とウィル。

ウマールは片方《かたほう》の眉《まゆ》をあげた。「何でだ？　我々があんたを見つけたとき、あんたは金をまったく持っていなかったぞ。この何時間かのあいだにいくらか金を手に入れたとでもいうのかね？」

「ぼくに貸《か》してください。約束《やくそく》します。かならず返す、と。値段《ねだん》をいってください！」

エヴァンリンが約束どおりの金額《きんがく》を払《はら》ってくれるのはわかっていた。しかしふたたびウマールは首をふった。

「どうやって我々《われわれ》に払うというのかね？　どうやってふたたび会える？　我々はノマドだよ、ウィル。将来《しょうらい》の約束はせんのだ。我々は金と銀だけをあつかい、しかも取引はその場でしかしない。あんたは金か銀を持っているのか？　いや、持っていない」ウマールはこれでおしまいだというように、自分の質問《しつもん》に自分で答えた。それから声の調子をすこしやわらげた。

「いいか、我々の掟《おきて》では、砂漠《さばく》でかわきのために死にかけている人を見つけたら、全力をつくしてその人を助けなければならん。我々はあのときただ通りすぎて、あんたをあのまま死なせてしまうこともできたんだ。だが我々の掟がそうはさせなかった。同じように、うろうろしている馬を見つけたら、見つけたものの財産《ざいさん》になるという掟もあるのだ。ひとつの掟の恩恵《おんけい》を受けておきながら、もうひとつの掟を否定《ひてい》するなどということはできんのだよ」

「こんなのあんまりだわ、ウマール」とシエレマが怒《おこ》っていった。「あなたからハッサンにいってやってちょうだい。馬をウィルに返さなければいけないって。あなたはアシャイフでしょう。あなたならできるじゃないの」

ウマールの唇《くちびる》がぎゅっと引きしめられた。「おまえにはわからんのか、シエレマ。わしがアシャイフだからこそ、そういうことはできんということが！　わしからハッサンに掟《おきて》を無視《むし》しろなどと命令《めいれい》できないだろうが！　もしそんなことをしたら、将来同《しょうらいおな》じことをしようとする者にどうやってしめしがつけられるというのだ？　盗《ぬす》みを働《はたら》く者や、他人を傷《きず》つけた者などに？　〈ああ、すみませんアシャイフ、あんたがハッサンにいったように、掟など無視してもだいじょうぶだと思ったんです〉とみんないいだすぞ」

「だったら、ハッサンにそうしてくれとたのめばいいじゃないの」とシエレマはいったが、ウマールはふたたび首をふった。

「そんなことはできん。ハッサンを――そしてわし自身をも困《こま》らせるようなことはしたくない。わしはハッサンがこの馬を持っていたいと思っていることを知っている。また、ハッサンにはその権利《けんり》がじゅうぶんにある。当然《とうぜん》その資格《しかく》があることをするのに彼《かれ》にうしろめたい思いをさせるようなことはしたくないのだ」

シエレマは怒《おこ》って目をそらした。そのこわばった姿勢《しせい》と組んだ腕《うで》から、彼女《かのじょ》がどれほどの怒《いか》りを抱《かか》えこんでいるかがわかった。ウィルは、絶望《ぜつぼう》がつのってくるのを感じていた。

「ハッサンと話すことはできませんか？」声に怒りが出ないように無理《むり》に冷静《れいせい》な話し方をしてウィルがきいた。ウマールはその申し出についてしばらく考えていたが、やがて肩《かた》をすくめた。

「だめだという理由はないな。だがいっておくが、無駄《むだ》だと思うよ」

＊

ハッサンは若者《わかもの》だった。せいぜい二十歳《さい》ぐらいだろうか。感じのいい顔つきで、薄《うす》い髭《ひげ》が生えているのは、これから生やしていくつもりなのだろう。目は黒くてユーモアに富《と》み、こんな状況《じょうきょう》でなかったらウィルはおそらく彼《かれ》のことを好《す》きになっただろう。

だがいまはハッサンのことを全身で憎《にく》んでいた。

ウィルたちが馬がつながれている場所で彼を見つけたとき、この若《わか》いベドゥリン人はタグの世話をしていた。ウマールとシエレマがウィルを案内《あんない》してきたのだが、彼《かれ》らがキャンプを通りすぎたときになにがおこったのかという話がキャンプじゅうに広まった。それで野次馬の小さな群《む》れが彼らのあとからついてきていた。ウィルがサックス・ナイフと投げナイフを身に着け、肩《かた》にはふたたび大きな長弓をかけて完全に武装《ぶそう》しているのが人々の目を引いた。

キャンプ地を歩いていると、後ろからついてくる人々からこんなささやきがウィルの耳に聞こえてきた。「聞いたんだが、あの外国人は馬をめぐってハッサンと戦《たたか》いたいらしいぞ！」そのことについて考えれば考えるほど、ウィルはそれも悪くないと思いはじめた。

ウィルが近づいてくるのを見て、タグがうれしそうにいなないた。タグは足音から主人だと気づいていたのだ。ハッサンは仕事から顔を上げて歓迎《かんげい》の笑《え》みを浮《う》かべた。それからウマールにアリダ風の挨拶《あいさつ》の仕草《しぐさ》をした。

「おはようございます、アシャイフ・ウマール」ハッサンはウィルの顔を見、彼が怒《おこ》っているのを見てとってなにが問題なのだろうと思った。「旅の人は回復《かいふく》したようですね。よかった」

タグは自分の主人のほうに行こうとしたが、ハッサンが手綱《たづな》をしっかりとおさえてそれを止めた。タグは急に動きを止められて困《こま》ったような顔をし、かん高くいなないた。その声にウィルの胸《むね》は引きさかれそうになった。

「ハッサン」とウマールが声をかけた。「こちらはウィルだ。ウィル、ハッサン・イブン・タルークだ」

ハッサンはふたたびていねいな挨拶《あいさつ》の仕草《しぐさ》をした。ウィルはこわばったお辞儀《じぎ》で返した。ハッサンはふたたびウィルが怒《おこ》っているのに気づき、なにを怒っているのだろうと顔をしかめた。

「体調が回復《かいふく》したようだね、ウィル。ぼくもうれしいよ」といいながら、この外国人はここになにをしにきたのだろう、と思った。砂漠《さばく》でウィルを見つけだしたのはハッサンではなかったからだ。ハゲワシがとびまわるので調べに馬ででかけたアシャイフのあとを、ハッサンがその数日前に見つけた小柄《こがら》で毛足の長い馬が急に追いかけだしたので、ハッサンは仕方なくそれについてきただけだったのだ。馬は自分の前の主人のにおいに気づいたのにちがいない、とハッサンは思った。

砂漠で死にそうになっていたところを彼《かれ》らに見つけられたこの若者《わかもの》が、以前《いぜん》はこの小柄な馬の持ち主《ぬし》だったのはあきらかだった。だが、いま自分がタグの持ち主になっていることにハッサンはなんの良心《りょうしん》のとがめも感じなかった。もちろん、この馬の名前がタグだということなど彼《かれ》はまったく知らなかった。彼は馬を見つけたときの時間の記憶《きおく》から、馬に残光《ざんこう》という新しい名前をつけていた。みつけたものが所有者になるというのが砂漠《さばく》の掟《おきて》で、ハッサンもすべてのベドゥリン族も過去《かこ》そういう例《れい》を何度も見てきた。

ウィルがそのことに対して異議《いぎ》を唱《とな》えるなど思いもしなかった。

ハッサンはこのよそ者がなんとか怒《いか》りをおさえようとしているのを辛抱強《しんぼうづよ》く待った。ついにウィルが冷静《れいせい》な声でいった。

「ハッサン、ぼくの馬を返してほしい。お願《ねが》いだ」

ハッサンは顔をしかめた。彼はどういうことかというふうにウマールの顔を見たが、ウマールは彼と目を合わせるのを避《さ》けた。ハッサンはよそ者に対して感じのいい笑《え》みを浮《う》かべた。

「だけど、この馬はもうきみの馬ではない。ぼくのものだ」彼はふたたびウマールを見た。「ここの掟のことをこの人に説明《せつめい》していないのですか、アシャイフ?」

ウマールは気まずそうにもぞもぞ動いた。「説明したよ。だがこの人は外国人だ。この人の国では、掟《おきて》はここととはちがうのだ」

ハッサンはいま聞いたことをゆっくり考え、それから肩《かた》をすくめた。「だったら、ぼくたちがこの人の国にいなくてよかったですよ。ぼく、この馬が気に入ってますから」

ウマールがうれしくなさそうな表情《ひょうじょう》を浮《う》かべたので、ハッサンはためらった。ウマールのそばにシエレマがいることに彼《かれ》は気づいた。シエレマも背中《せなか》をこわばらせ、怒《おこ》った表情をしている。

「アシャイフ・ウマール、あなたはぼくの馬をこの人に返してほしいのですか?」

ウマールは長いあいだためらっていた。この若者《わかもの》が自分のことをとても尊敬《そんけい》していることを彼は知っていた。心酔《しんすい》しているといってもいいくらいだった。もしウマールが彼に馬を返してほしいといったら、ハッサンはアシャイフへの尊敬の念《ねん》からそうするだろう。だからこそ、ウマールとしては彼にそうしろとはいえないのだった。そんなことをすれば自分の影響力《えいきょうりょく》を不当《ふとう》に利用《りよう》することになってしまう。この馬はハッサンのものだ。しかもハッサンの家族は裕福《ゆうふく》ではなかった。彼がまたべつの馬を手に入れるまでには何年もかかるかもしれない。

「わしからそうしろとはいわない」とウマールはついにいい、胸《むね》の前で腕《うで》を組んだ。シエレマは怒《おこ》った表情《ひょうじょう》で彼《かれ》の顔を見たが、なにもいわなかった。

ハッサンはウィルに視線《しせん》をもどした。「悪いな」そういうと、ウィルに背中《せなか》を向けて馬の世話にもどった。

「馬を買わせてほしい！」ウィルが唐突《とうとつ》にいった。

ハッサンは馬の世話の手をとめ、ウィルのほうをふりかえった。「金《きん》を持っているのか？」

ウィルは首をふった。「あとで金で払《はら》う。約束《やくそく》するから」

ハッサンはふたたび笑《え》みを浮《う》かべた。彼は礼儀《れいぎ》正《ただ》しい若者《わかもの》で失礼《しつれい》なことをするつもりはなかったが、このよそ者はここでのものごとのやり方をまったくわかっていないようだった。

「言葉だけでなにかを買ったりすることはできない」とハッサンはいった。このよそ者もこんなに押《お》しつけがましくするのをもうやめてくれればいいのに、と思った。しかし、せっかく彼がここにいるのだから、自分が残光号《ざんこうごう》のことで困《こま》っている件《けん》でなにかわかるかもしれない、と考えた。

「この馬は人を乗《の》せることができるのか？」と興味深《きょうみぶか》そうにきいた。彼がこの馬に乗ろうとするたびに、ふりおとされて全身あざだらけだったのだ。

ウィルはうなずいた。「ぼくは乗《の》れる」

ハッサンはタグを前に連《つ》れてきて、手綱《たづな》をウィルにわたした。ほんとうにそうなのか見たかったのだ。

「ぼくに見せてくれ」ハッサンが見ていると、ウィルは足をあぶみにかけてやすやすと鞍《くら》にまたがった。ハッサンはしばらく待った。いつもこれくらいになるとこの小柄《こがら》な馬は跳《と》びはね、体をよじり、後ろ脚《あし》を蹴《け》りあげる悪魔《あくま》に変身《へんしん》するのだ。だが、馬は耳をぴんと立てて、おとなしく立っていた。

タグにまたがったウィルは、一瞬《いっしゅん》このままタグを疾走《しっそう》させて逃《に》げだしてしまいたいという衝動《しょうどう》にかられた。それを察《さっ》したかのように、ベドゥリンの男たちがウィルを取り囲《かこ》んだのでその機会《きかい》はなくなってしまった。そのうえ、ウィルには自分がいまどこにいるのかさっぱりわからなかった。地図もなければ北探器《ほくたんき》もウマールのテントにおいてあった。ウマールが親指でまちがいようのない合図をしたので、ウィルはしぶしぶ馬からおりた。そして手綱を待ちかまえていたハッサンの手に返した。

「やっぱりこの馬に乗るには秘密《ひみつ》があるんだ。それをぼくに教えてくれなければ」とハッサンがいった。

ウィルがこの申し出を受け入れてくれればいいのだが、と思いながらハッサンは笑《え》みを浮《う》かべた。だが、若者《わかもの》の怒《おこ》った表情《ひょうじょう》から読みとれるものは、はっきりとした拒否《きょひ》だった。

「きみは決して彼《かれ》には乗《の》れない」とウィルはいった。

ハッサンは肩《かた》をすくめた。そして、あいだに入ってこの不愉快《ふゆかい》な状況《じょうきょう》に終止符《しゅうしふ》を打ってくれればいいのだが、と思いながらウマールの顔を見た。

「乗る方法《ほうほう》をみつけるよ」とハッサンは自信《じしん》ありげにいった。彼は馬に乗るのもあつかうのも得意《とくい》だったのだ。ハッサンはウィルがなにかを決意したのを感じた。

「買わせてくれないというのなら、タグのためにぼくはきみと決闘《けっとう》する」とウィルは簡《かん》潔《けつ》にいった。ハッサンは礼儀《れいぎ》も行儀《ぎょうぎ》もないその態度《たいど》に、あきれて一歩退《しりぞ》いた。まわりで見ていた群衆《ぐんしゅう》にどよめきが走ったので、今回はウマールが割《わ》って入った。

「決闘はいかん!」ときびしい声でいい、彼はウィルをにらんだ。「あんたはどういうことを考えておったのだ?　五十歩はなれて、相手が近づく前にその弓《ゆみ》で殺《ころ》そうというのか?　そんなのは決闘ではない。殺人《さつじん》だ!」

ウィルは視線《しせん》を落とした。ウマールのいうとおりだった。それでも、自分の馬を失《うしな》うと思うと心配で胸《むね》が張《は》りさけそうだった。せっかく見つけたタグをこんなふうにまた失うなんて耐《た》えられなかった。前にシエレマがいっていたことが彼《かれ》の頭をよぎったが、まだしっかりとは意識《いしき》していなかった。なにか方法《ほうほう》はあるはずだ、と彼は思った。

「もしぼくがこの馬に乗《の》れなかったら、荷役馬《にえきば》として使う。この馬は頑丈《がんじょう》だし」とハッサンがいっていた。

その言葉がとどめを刺《さ》した。あの頭がよくて愛情豊《あいじょうゆた》かなすばらしいタグが残《のこ》りの生涯《しょうがい》を荷物《にもつ》を運ぶ馬として生きるなんて、ウィルにはとても耐えられなかった。そのとき、前にシエレマがいっていたことがはっきりとよみがえってきて、そこに一縷《いちる》の望《のぞ》みがあることがわかった。

「タグを賭《か》けてあんたたちと競走《きょうそう》する」とウィルは挑《いど》むようにいった。「ぼくがタグに乗り、このキャンプで最高《さいこう》の馬に乗った最高の乗り手と競走します」

これを聞いた群衆《ぐんしゅう》たちが興味《きょうみ》をかきたてられてどよめいた。挑戦《ちょうせん》を聞いてウマールがはっと顔をあげた。彼の妻《つま》がいったように、ベドゥリンの男たちは賭けに抵抗《ていこう》できないのだ。しかも、この賭けでおこりそうだった不愉快《ふゆかい》な出来事を解決《かいけつ》することができるのだ。

「どういう条件《じょうけん》でだ?」とウマールがきいた。ウィルはすばやく考え、それから深く息を吸《す》いこむと公言した。

「もしぼくが勝ったら、タグを返してもらいます。もしあなたたちのほうが勝ったら、ハッサンにタグに乗《の》る際《さい》の秘密《ひみつ》の言葉を教えます。そしてタグのことはすべてあきらめます」

ウマールはこちらを見ている人々の顔を見まわした。すべての目が興味《きょうみ》と期待《きたい》に輝《かがや》いていた。これはベドゥリンの血を騒《さわ》がせるたぐいの挑戦《ちょうせん》なのだった。すでに見物人たちのあいだで賭《か》け金がとりざたされていた。ウィルに視線《しせん》をもどすと、そこにはすべてのものをこれに賭けた挑《いど》むような表情《ひょうじょう》が浮《う》かんでいた。

「ハッサン、どうする?」ウマールがきくと、ハッサンは熱心《ねっしん》にうなずいた。

「ぼくが乗るのであれば、そしてあなたの馬、砂嵐号《すなあらしごう》を貸《か》してくださるのであれば、受けて立ちます」

ウマールはうなずいた。ハッサンはすばらしい乗り手だったし、ウマールのパロミノ〔訳注《やくちゅう》:たてがみと尾《お》が白く、体は黄金色の馬〕の雄馬《おうま》、砂嵐号はベドゥリンの中でも群《ぐん》を抜《ぬ》いていた。
「これで決まりだ」とウマールはいった。

「だれだったのか見なかったのか?」ギランの報告《ほうこく》をきいてホールトがたずねた。ギランは首をふった。「そもそも人ではなかったかもしれません。小動物だった可能性《かのうせい》もあります」

「だけど、きみはそう思っていないんだろう?」とホールトはきいた。ギランはためらってから答えた。

「ええ、思っていません」とついにいった。「たしかめにもっとそばに近づいてもよかったんですが、そいつがもう行ってしまったのか、まだそこにいるのか、わからなかったもので。それと、そいつが仲間《なかま》と一緒《いっしょ》かどうかも。もしあそこで騒《さわ》ぎにでもなったら、ツアラギのところにまで聞こえてしまいます。だから、このまま帰って報告したほうがいいと思ったのです」

「そう、もちろんそれでよかったんだよ」ホールトはいって、この知らせについて考えながら顔をしかめた。そしてセレゼンを見た。「だれか、ツアラギの様子を偵察《ていさつ》しそうな者の心あたりはありますか？」

セレゼンは肩《かた》をすくめた。彼《かれ》もギランが最初《さいしょ》に報告《ほうこく》したときからずっと考えていたのだ。

「あの地域《ちいき》のどこかにベドゥリンの一団《いちだん》がいたのかもしれない。彼らは自由気ままに往来《おうらい》しているからな。もしそうだったら、彼らが敵《てき》を見張《みは》っているというのは理にかなう」

「彼らがツアラギを襲撃《しゅうげき》することはありそうですか？」とホールト。今回、セレゼンは先ほどよりはっきりと答えた。

「それはないと思う。彼らは自分たちからやっかいごとを求《もと》めるようなことはしないし、二百人からなるツアラギと戦《たたか》うとなるとたいへんなことだ……」

「わたしも同じことを考えていました」とホールトが口をはさんだ。

セレゼンは深刻《しんこく》な顔をしてうなずいた。「そのとおりだ。だが、様子を見ていたのがベドゥリンだとしたら、おそらく彼らはツアラギからはなれてできるだけ近よらないようにするだろうな」

「相手に見られたと思うか？」とホールトはきいた。

ギランは首をふった。「それはありません。ぼくがそいつに気づいたのは、相手が突《とつ》然《ぜん》動《うご》いたからです」

ホールトがギランに動いたかときく必要《ひつよう》はなかった。自分の元弟子《もとでし》がそんな基本的《きほんてき》なまちがいを犯《おか》すはずがないことくらいわかっていた。

「もどってくるときに、もちろん自分の足跡《あしあと》は消してきただろうな？」

「もちろんです」とギランは答えた。「ご心配なく。ぼくがあの場にいた痕跡《こんせき》など残《のこ》していませんから」

ホールトは結論《けつろん》に達《たっ》した。「よし。我々《われわれ》はまだ数時間眠《ねむ》ることができる。夜明け前になったころにいつもどおり出発しよう。みんな、すこし休んでくれ」

セレゼンとアラルエン人たちは向きを変《か》えて、それぞれのテントに向かった。状況《じょうきょう》が許《ゆる》すかぎり休んでおくのがどれほど大切か、みんなよくわかっていたのだ。

＊

ギランは何の痕跡《こんせき》も残《のこ》さなかったのだが、残念《ざんねん》ながらもう一方でツアラギを見ていた謎《なぞ》の人物は、それほど注意深くなかったか、あるいは未熟者《みじゅくもの》だった。最悪《さいあく》の偶然《ぐうぜん》で、その人物がツアラギのキャンプ地をあとにしたときにとった道は、アリダ人一行がその夜をすごしたキャンプ地から四分の一キロほどしかはなれていなかった。

セレゼンが一行を率《ひき》いて出発した一時間後、自分たちのキャンプ地の近くで見つけた足跡《あしあと》をつけてきたツアラギの偵察員《ていさついん》たちが、偶然アラルエン人とアリダ人の混合《こんごう》グループが残した足跡にいきあたった。彼《かれ》らがその足跡を注意深くつけていくと、やがてアリダ人一行の姿《すがた》が見えてきた。それから、自分たちの姿が見られないように大きくカーブを描《えが》きながら、彼らは急いで自分たちの指導者《しどうしゃ》のもとにもどり、武装《ぶそう》した一行が自分たちのコースと平行して進んでいると報告《ほうこく》した。

すばやく相談したあと、ツアラギの一行の半分が本隊《ほんたい》からはなれて後方にまわり、セレゼン一行が通った跡《あと》に出会うまで南西に向けて進んだ。

その地点で彼らは速度をあげ、追跡《ついせき》されていることなど疑《うたが》ってもいないアリダ人一行に近づきはじめた。もしなにか問題がおこるとすれば北東からだろうと思っていたホールトとギランは、南から百人もの馬に乗《の》った戦士《せんし》が自分たちに近づいてきていることをなど思ってもいなかった。また、ツアラギの本隊《ほんたい》が速度を速め、ゆっくりと自分たちの通っている道のほうに角度を変《か》えていることにも気づいていなかった。

追うものが追われる身になってしまっていた。

＊

セレゼンたちはいつもどおりまっ昼間に進むのをやめた。これがツアラギの指導者《しどうしゃ》たちに、彼《かれ》らがその日準備《ひじゅんび》していた罠《わな》をしかける最後《さいご》の機会《きかい》をあたえることになった。

昼間のひどい暑さがすぎ、進行をつづける前に、アラルエン人たちはどうしたらエラクを救出《きゅうしゅつ》することができるかその可能性《かのうせい》について話しあっていた。闇夜《やみよ》に乗《じょう》じて、レンジャーふたりのうちのどちらかがツアラギに見られることなくキャンプ地に忍《しの》びこむことはできるだろう。問題は気づかれずにエラクを外に連《つ》れだすことだった。

「だからこそ、彼らはエラクを外に出しているのよ」とエヴァンリンがいった。「もし彼が逃《に》げたら、その方角を見ていただれかが彼がいなくなったことに気づくもの」

「しかもエラクを、ラクダから切りはなす方法《ほうほう》も考えなくては」とホラス。

「鎖《くさり》を切るのは一本だけでいいかもしれん」とスヴェンガルが提案《ていあん》した。「一頭のラクダにつながっている鎖だけを切れば、彼《かれ》はもう一頭のラクダに乗《の》ってキャンプ地から逃《に》げられる」

「ちょっと目立ちますね」とギラン。「スカンディア人とラクダの組み合わせはかなり目立つ——二百人のツアラギ相手に逃げながら戦《たたか》うことだけはしたくない」

ホールトはすこしはなれたところに座《すわ》って、仲間《なかま》たちがいろいろ提案してはそれを却《きゃっ》下《か》するのを静《しず》かに聞いていた。出てきた意見のほとんどは彼がすでに考えたことだった。だが、ちょっとした意見が問題解決《もんだいかいけつ》の引き金になるかもしれないというチャンスは常《つね》にあった。しかし、これまでのところそういうものは出てきていない、とホールトは苦々《にがにが》しく思った。いまのところ、彼らにできる最善《さいぜん》の策《さく》はこれまでどおり進むことだ。もし彼らがツアラギより先に泉《いずみ》に着くことができれば、なにかできるかもしれない——それが正確《せいかく》になにかはホールトにもまったくわからなかったが。だが長年の経験《けいけん》から、じゅうぶん待っていればいずれそのうちに予期せぬ機会《きかい》が訪《おとず》れてくれるものだ、ということをホールトは知っていた。

「静かですね、ホールト」ホールトが座っているほうを向きながらホラスがいった。

「なにか考えが……」彼《かれ》の声が立ち消えになり、ホラスの視線《しせん》がホールトからその百五十メートルほど後ろにある尾根《おね》のほうに移《うつ》った。

「なんてこった」と緊迫《きんぱく》した声でいった。「やつら、どこからやってきたんだ？」

他の者たちもそちらを見た。彼らはツアラギの偵察者《ていさつしゃ》からも見えにくい、大きな受け皿《ざら》のような形をした窪地《くぼち》でキャンプをしていた。問題はほかから見えないということは、相手もこちらから見えないということだ。もちろんセレゼンは尾根の向こう側《がわ》に歩哨《ほしょう》をおいていた。しかし後ほど、彼らはツアラギの偵察員《ていさついん》に殺《ころ》された歩哨たちの死体を見ることになる。

いまこの瞬間《しゅんかん》、彼らの注意は尾根の上に突然《とつぜん》あらわれた武装《ぶそう》した馬人《うまびと》の列に釘《くぎ》づけになっていた。馬人たちはセレゼンたちが行くつもりだったコースを横切るように半円形に広がっていた。

ホールトは小声で毒《どく》づくと、すばやく彼らの後ろを見た。恐《おそ》れていたとおり、別《べつ》の馬人の列がそちら側の尾根の上に立っていた。ふたつの隊《たい》――それぞれがすくなくとも百人はいる――のあいだにはさまれたのだ。いまではほかの者たちも敵《てき》に気づき、アリダの兵士《へいし》たちは自分たちを罠《わな》にはめたふたつの馬人の列を指さし、叫《さけ》びながら右往左往《うおうさおう》していた。そのときセレゼンの声が大きく響《ひび》き、部下《ぶか》たちに馬を中に入れて防衛《ぼうえい》の円陣《えんじん》を組めと命じた。それとともにパニックも収《おさ》まっていった。四人のアラルエン人とスヴェンガルもすばやく武器《ぶき》を集め、セレゼンに合流した。

セレゼンはにがにがしく毒《どく》づいた。つい昨夜《ゆうべ》、ツアラギは自信過剰《じしんかじょう》になっているとえらそうにいったばかりなのに、いまは自分が同じ罠《わな》にはまってしまったのだ。砂漠《さばく》の略《りゃく》奪者《だっしゃ》は抜《ぬ》け目がなく、なにをしでかすかわからなかった。ツアラギが自分たちはだれかにつけられていると気づくかもしれないということを、つねに想定しておくべきだったのだ。ツアラギがこのことに気づいたのは、たまたまたいへんな幸運にみまわれたからだということをセレゼンは知らなかった。だが、たとえそれを知っていたとしても、事《じ》態《たい》が変《か》わるわけではなかった。優秀《ゆうしゅう》な指導者《しどうしゃ》というものは運の悪いときに合わせて計画すべきなのだ。

ホールトたちが合流してきたので、セレゼンは短くうなずいた。いまさら相手を非難《ひなん》したところで何にもならないのはわかっていた。いま彼《かれ》らにできることは、最善《さいぜん》の防衛《ぼうえい》策《さく》を作ることだけだった。

「やつらと徒歩《とほ》で戦《たたか》うつもりですか?」とホールトがきいた。

セレゼンはうなずいた。「馬に乗《の》ってやつらに攻《せ》めこんでいく意味はないだろう。我々《われわれ》は人数が足りなさすぎる」

「しかも、突撃《とつげき》するとしたら傾斜《けいしゃ》を攻めのぼることになります」とホラスがいった。「利点《りてん》はすべて敵側《てきがわ》にあります。やつらにこっちに来させましょう」

セレゼンはすこしおどろいてホラスを見た。こんなに若《わか》いのにホラスは戦略上《せんりゃくじょう》の状況《じょうきょう》をすばやく見ぬいていた。セレゼンの部下《ぶか》の若い兵士《へいし》たちだったら敵《てき》に突撃していくことを選《えら》んでいただろう。ホラスはセレゼンの表情《ひょうじょう》を見て、その裏《うら》で彼《かれ》が考えていることを想像《そうぞう》し、肩《かた》をすくめた。ホラスはよき教師《きょうし》たちに恵《めぐ》まれていた。彼は剣《けん》をシュッという音をたてて鞘《さや》から抜《ぬ》いた。

スヴェンガルはアリダの戦士《せんし》たちの円陣《えんじん》を見渡《みわた》していた。彼らはたがいの盾《たて》をきっちりと寄《よ》せあい、それぞれがいつもなら馬上で使う細身の槍《やり》を手にしていた。それに加《くわ》えてみんな接戦《せっせん》にそなえて湾曲《わんきょく》した剣も身につけていた。

「盾の壁《かべ》か」とスヴェンガルは満足《まんぞく》げにいった。「いい作戦《さくせん》だ」

それはスカンディアの標準的《ひょうじゅんてき》な戦術《せんじゅつ》だったので、スヴェンガルは急になつかしさを感じた。彼はためしに巨大《きょだい》な戦闘斧《せんとうおの》をふりまわした。大きくて重い刃《やいば》がシュッという重い音を響《ひび》かせて空《くう》を切った。いまは控《ひか》えとして外側《そとがわ》に立っていたが、盾《たて》の壁《かべ》にすき間《ま》ができればすぐにそこを埋《う》めるつもりだった。壁を突破《とっぱ》しようとやってくるツアラギの戦士《せんし》は自分を待ちうけているこの恐《おそ》ろしい斧《おの》におどろくことだろう。

ホラスはスヴェンガルを見て彼《かれ》の考えを読みとった。「ぼくも加《くわ》わるよ」静《しず》かにそういうと、クマのような北方人と肩《かた》をならべて立った。スヴェンガルはホラスににやっと笑《わら》いかけていった。

「おれたちふたりがいれば、残《のこ》りの坊《ぼう》やたちは帰ってもらってもいいかもな」

ギランとホールトも隣《とな》りあって立っていたが、ふたりは盾の壁でできた円陣《えんじん》の中央にいた。エヴァンリンはふたりを見ているうちに、心臓《しんぞう》がどきどきしてきた。みんなとても落ちついている。それなのに自分は手がぶるぶるふるえていた。一瞬《いっしゅん》エヴァンリンは自分の投石具《とうせきぐ》をかくしてある場所からもってこようかと考えたが、レンジャーふたりの長弓のほうがはるかに長距離《ちょうきょり》の攻撃力《こうげきりょく》があることに気づいた。代わりに彼女《かのじょ》は予備《よび》の盾をセレゼンから受けとり、自分の剣《けん》を鞘《さや》から出したり入れたりした。まだ剣を抜《ぬ》く必要《ひつよう》はないわ、と思いなおし、ごくりとつばを飲みこんだ。

ホールトがエヴァンリンを見てやさしく声をかけた。

「エヴァンリン、こっちに来て」彼女《かのじょ》が移動《いどう》してきてレンジャーふたりのそばに立つと、ホールトは自分たちの後ろの尾根《おね》をしめした。「ギランとわたしは正面の敵《てき》に弓《ゆみ》を射《い》ることに集中することになる。だから背後《はいご》にいるツアラギを見張《みは》っていてください。そしてやつらが五十メートル以内《いない》に近づいてきたら、我々《われわれ》に知らせてほしい。そうすればそちらに切りかえるから」

「はい、ホールト」とエヴァンリンはいったが、口はからからに乾《かわ》き、それ以上《いじょう》なにかいえる自信《じしん》がなかった。

ギランが彼女ににやっと笑《わら》いかけた。「ぼくたちにちゃんと聞こえるような声でいってくれよ。まわりは叫《さけ》び声ですごくやかましくなるだろうからね」

ギランはすごくリラックスしていて心配なんかしていないみたい、とエヴァンリンは思った。彼《かれ》の気軽な態度《たいど》が彼女の胃《い》の中でうごめいていた不安《ふあん》をなだめてくれた。

セレゼンが彼らに近づいてきた。「やつらはまずかんたんなやり方をこころみるだろう。我々の円陣《えんじん》を崩《くず》せるかどうか見るために総攻撃《そうこうげき》してくるはずだ」

「やつらが思うほどかんたんではない、ということになるかもしれませんけどね」ギランがそういいながら、弓の引き具合をたしかめた。セレゼンはしばらくギランを見ていた。そして、まもなく自分はこのふたりのマントを着た外国人がどれほどうまく弓《ゆみ》を射《い》るのかを見ることになるのだ、と思った。がっかりさせられることはないだろう、という気がした。

「あんたの部下《ぶか》を四人スヴェンガルとホラスと一緒《いっしょ》に配備《はいび》してもらえますか?」とホールトがいった。「円陣《えんじん》がくずれたところの補充《ほじゅう》として使ってもらいたい」

「それはいい考えだ」とセレゼンはこたえた。彼《かれ》らは数の上では敵《てき》の四分の一しかいなかったが、ツアラギは鼻をへしおられることになるだろう、とセレゼンは思っていた。彼は四人の名前を呼《よ》んだ。選《えら》ばれた兵士《へいし》たちは盾《たて》の壁《かべ》からはなれて、いそいでセレゼンのもとに走ってきた。残《のこ》りの者たちは彼らが抜《ぬ》けたすき間《ま》を埋《う》め、スヴェンガルがこの四人に出て行く順番《じゅんばん》を決めた。

「あいつらにおれが自由に動ける余地《よち》はあけておいてくれといってくれよ」とスヴェンガル。彼がにやにやしているのにエヴァンリンは気づいた。暑さと砂《すな》と乗馬で苦労《くろう》したあとに、ようやくスヴェンガルは自分がほんとうに楽しめることをしようとしているのだ。そう思うとエヴァンリンもいつの間《ま》にか笑《え》みを浮《う》かべていた。

エヴァンリンの唇《くちびる》がかすかにほころんでいるのにホールトが気づき、いい子だ、と思った。

何の動きも感じられないうちに、馬具の音が聞こえていた。やがて二列になった馬人《うまびと》が前に進みだした。

「来なすったぞ」とホラスが静《しず》かにいった。

33

「ここで折《お》りかえすんだよ」とウィルはタグにいった。その地点をしめすために背《せ》の高い棒《ぼう》が地面にハンマーで打ちこまれていた。タグは興味深《きょうみぶか》そうにそのしるしを調べていた。

ウィルはオアシスのほうをふりかえった。オアシスはここからは地面のうねりに隠《かく》れて見えなかったが、四キロ先だということはわかっていた。行き四キロ、帰り四キロ、合計八キロ。ウィルは最初《さいしょ》十二キロ走ってみて、それから十キロにした。そしてついに八キロのレースコースに落ち着いた。この距離《きょり》がタグのスタミナと砂嵐号《すなあらしごう》にしっかりと存在感《そんざいかん》をしめすパワーがつづくのにじゅうぶんであればいいが、とウィルは思った。この競走《きょうそう》が接戦《せっせん》になるのはわかっていた。

短距離《たんきょり》ではアリダの馬のほうが断然速《だんぜんはや》い。最初の一キロか二キロは、砂嵐号がタグを抜《ぬ》いていくだろう。だがそれからレンジャー馬が距離《きょり》を縮《ちぢ》めていくだろう。アリダの雄《お》馬《うま》のスピードが落ちていき、タグはスピードを維持《いじ》していくからだ。

「折《お》り返し地点をすぎてからぼくたちは勝つ」とウィルはタグにいった。彼《かれ》はタグにコースを歩かせていた。コースになれさせるためと、転倒《てんとう》のおそれのあるかくれた穴《あな》や地面がでこぼこしているところを自分とタグ両方ともに気づかせるためだ。

タグは頭をふって小さくいないた。このようなとき、タグはただ主人の声に反応《はんのう》しただけなのかウィルにはいつもわからなかった。まるでタグがウィルのいったことをすべて理解《りかい》していて、それに対して賛成《さんせい》したり反対したりしているように思えることがよくあったからだ。

あるいは、ぼくたちは折り返し地点のあとで負けるかもしれない、とウィルは思った。だが、それがタグの心にネガティブな影響《えいきょう》をあたえてはいけないと思って、声に出してはいわなかった。後半の四キロがレースの前半で負けた分をとりもどすチャンスをタグにあたえてくれればいいのだが、とウィルは思った。アリダの馬と乗《の》り手にならぶところまで行けば、そこからさらなる競走《きょうそう》がはじまる。

タグや砂嵐号《すなあらしごう》のような馬は負けずぎらいで、相手の馬に先を行かれるのをいやがる。

タグが砂嵐号《すなあらしごう》の横にならぶと、砂嵐号はこの外国の小さな馬をまた追いぬこうとそれまで以上《いじょう》にがんばって地面を蹴《け》るだろう。一方タグのほうもこのアリダの馬を追いこそうといっそう速度を上げるはずだ。どの地点で馬を自由に走らせるか、二頭の乗《の》り手の判《はん》断《だん》がものをいうことになる。

早すぎると、ゴールに辿《たど》りつく前にエネルギーを使いはたしてしまい、速度が続《つづ》かない。おそすぎると、追いぬく時間がない。どちらの乗り手もなんとか相手を早く消耗《しょうもう》させようとするだろう。タイミングの判断がまさにものをいうのだ。そうでないと負けてしまう。ウィルは顔をしかめて考えこんだ。彼《かれ》はハッサンが砂嵐号を駆《か》けさせているのを見たことがある。だが、ハッサンはなにかをおさえているにちがいなかった。

オアシスまで歩いてもどっているときに、タグに頭で肩《かた》を突《つ》かれてウィルはつんのめりそうになった。

〈心配するのはおやめなさい。あなたはわかっていなくても、わたしは万事飲みこんでいますから〉といっているかのようだった。

「とにかく早くスピードを出しすぎない。それだけだ」とウィルはタグに警告《けいこく》するようにいった。ふたたびタグはさも馬鹿《ばか》にしたように頭をふりあげた。

彼《かれ》らはゆっくりと歩いてオアシスにもどった。ハッサンとはちがって、ウィルは馬の癖《くせ》になれる必要《ひつよう》がなかった。彼とタグはお互《たが》いのことをすみずみまで知りつくしていた。彼らがキャンプ地に入ってくるのを物見高《ものみだか》いベドゥリン人の群衆《ぐんしゅう》が見ていた。いまは早朝で、競走《きょうそう》はその日の夕方、日中の暑さがすぎたころに行われることになっていた。

この競走をめぐってさかんに賭《か》けが行われているのをウィルは知っていた。そんなことには超然《ちょうぜん》としていようと思っても、キャンプ内での話が耳に入ってくるのはどうしようもなかった。賭けの大半が競走の実際《じっさい》の結果《けっか》についてではないこともウィルにはわかっていた。砂嵐号《すなあらしごう》がどれくらいの差《さ》で勝つかについての賭けなのだ。ベドゥリン人たちはハッサンが乗ることになっているあの体形の美しいアリダ馬をよく知っていた。北《の》からやってきた毛足が長くてずんぐりした小柄《こがら》な馬のほうに勝つ可能性《かのうせい》があるなど、彼らのだれも思っていないようだった。

ウィルはタグに全幅《ぜんぷく》の信頼《しんらい》を寄《よ》せていたが、それでもみんながみんなタグのことを信《しん》じていない場に直面すると、気持ちを高揚《こうよう》させるのはむずかしかった。それでも、自分たちは勝てる――いや、勝つのだ、と信じなければならなかった。負けることなど恐《おそ》ろしくてとても考えられなかった。こんなやり方でタグを失《うしな》うかもしれない危険《きけん》を冒《おか》すなんて、あまりにも衝動的《しょうどうてき》ではないか、とウィルは思った。それでも、じゃあほかにどんなことができるのかとその日一日じゅう頭を絞《しぼ》って考えたが、どんな答えも出てこなかった。タグをとりもどそうとするのなら、彼《かれ》を失《うしな》う危険《きけん》を冒《おか》さなければならなかった。

その日の長く重い日中のあいだじゅう、この思いはウィルを苦しめた。やがて、太陽がかたむきはじめ、ヤシの木の影《かげ》が長く長く伸《の》びてきて、いよいよそのときが来た。

オアシスを通ってタグをスタートラインまで連《つ》れていくウィルの顔は、きびしくこわばっていた。ハッサンは美しいパロミノ馬に乗《の》って、砂地《すなじ》にうがたれた線のそばで待っていた。競走《きょうそう》のためにマントを脱《ぬ》いでいたウィルと同様、ハッサンもシャツ、ズボン、ブーツ、それからクーフィーヤを身につけていた。頭に巻《ま》いたクーフィーヤは競走のあいだ逆巻《さかま》く砂埃《すなぼこり》から乗り手の顔を守ってくれる。ウィルとタグがスタートラインのほうに進んでくると、ハッサンは挨拶《あいさつ》がわりにうなずいた。ウィルもうなずき返した。彼は口をきかなかった。とてもハッサンの幸運を祈《いの》ることなどできなかった。ハッサンに訪《おとず》れてほしいのは悪い運だけだ。もしハッサンが最初《さいしょ》の五十メートルで砂嵐号《すなあらしごう》から落馬して脚《あし》を折《お》ったとしても、ウィルはそんなこと気にもしないだろう。だが、早く競走したくてたまらない砂嵐号が神経質《しんけいしつ》に動きまわり、わずかに跳《は》ねあがったり、耳を立てたりしているのに、いともたやすくその上に座《すわ》っているこのベドゥリンの若者《わかもの》を見ていると、落馬などとてもおこりそうになかった。ハッサンは馬の一部のように鞍《くら》に張《は》りついていた。

ウィルはあぶみに片足《かたあし》をかけ、タグにとびのった。

「いよいよだぞ、タグ」とウィルはささやいた。タグは頭をふりあげた。ウィルはクーフィーヤの片方《かたほう》の端《はし》を引っぱって顔をおおい、反対側《はんたいがわ》の端をねじってその上に這《は》わせて固定《こてい》した。いまではせまいすき間から目が見えているだけだ。それ以外《いがい》の顔は布《ぬの》でおおわれている。ウィルの横でハッサンも同じことをした。

砂嵐号《すなあらしごう》はしきりにひづめで地面をひっかき、後ろ脚《あし》を蹴《け》りあげて小さな砂煙《すなけむり》をおこしていた。その横でタグは四本の脚をしっかりと踏《ふ》みしめ、悠然《ゆうぜん》と立っていた。二頭の馬のちがいはだれの目にもあきらかだった。一方はじっとしていられなくて軽やかな足取りで跳《は》ねまわり、毛並《けなみ》はよく手入れされて光り輝《かがや》いている。もう一方は樽《たる》のようにずんぐりした頑丈《がんじょう》な体格《たいかく》で毛足が長い。最後《さいご》の瞬間《しゅんかん》まで賭《か》けが行われ、手から手へと金が動いていた。

「用意はいいか？」ウマールが前に進んできて声をかけた。

ハッサンは片手《かたて》をふり、「いいです、アシャイフ！」と叫《さけ》んだ。ベドゥリン人たちが歓声《かんせい》をあげたので、ハッサンは見物している彼《かれ》らにも手をふった。

「いいです」とウィルもいった。彼の声はクーフィーヤにさえぎられてくぐもり、心配のためにしめつけられそうなのどから言葉を無理《むり》やりおしださなければならなかった。今回歓声はあがらなかった。ウィルの知るかぎり、だれも彼には賭《か》けていなかった。彼らが賭けていたのはどれだけの差《さ》で彼が負けるか、ということだけだった。

そんなことで歓声をあげるわけがなかった。

「スタートラインまで進んで。だがいいか、もしスタートの合図の前にラインをこえたら、向きを変《か》えてもどってもう一度ラインの向こうにいってもらう。いいな」

ハッサンは砂嵐号《すなあらしごう》を横歩きさせながらじりじりと前に進ませた。ハッサンにとっては油断《ゆだん》ならない瞬間《しゅんかん》だった。跳《と》びはね、興奮《こうふん》している砂嵐号がスタート前にラインを越《こ》えないように、ハッサンは馬をラインの一メートルから二メートル手前で抑《おさ》えておかなくてはならなかった。ウィルがタグを軽くおすと、タグはおとなしくラインのところまで移動《いどう》した。

「そのままそこにいるんだ、タグ」とウィルは静《しず》かにいった。ウィルの声にこたえるようにタグは耳をピクリと動かし、前のひづめがラインからほんの数センチのところでぴたりと止まった。スタートラインを調べる係のベドゥリン人のひとりが、しゃがみこんでタグのひづめに近づいて見た。それからタグが違反《いはん》していないことに気づき、立ちあがった。それでも、その男はラインとタグのひづめから目をはなさなかった。これを見て、ウィルは踵《かかと》でタグに軽く触《ふ》れた。

「すこしさがろう、タグ」ウィルは審判《しんぱん》が勇《いさ》み足でタグにペナルティを課《か》すかもしれないので、そんな危険《きけん》を冒《おか》したくなかったのだ。タグはおとなしく一歩さがった。数人のベドゥリン人が考えこむように顔をしかめた。この馬はじつによく調教されている。この馬には自分たちが知らないなにかがもっとあるのだろうか？

「乗《の》り手はおたがい妨害《ぼうがい》をしないこと。もしどちらかが相手を妨害するようなことがあったら、その時点で即《そく》その者は負けとなる」

砂漠《さばく》の中を自分たちの前にまっすぐ伸《の》びているコースをじっと見つめているふたりの乗り手は、わかったというふうにうなずいた。ふたりがいんちきをしないように、コースのところどころに係員が張《は》りついていた。

「目印《めじるし》のところまでまっすぐに走り、そこで折《お》り返してまたもどってくる。スタートラインがゴールだ」とウマールがいった。ふたりとも今度はうなずかなかった。ふたりともコースのことはよくわかっていた。その日一日じゅう何度も走ってみていたのだ。

「スタートの合図はタリクの吹《ふ》くラッパだ。それが聞こえたら、スタートしてくれ」

部族の年長者であるタリクが大きなラッパを手にして前に出てきた。そしてふたりによく見えるようにラッパをふりまわした。その日の早いうちに、ウィルはそのラッパの音にもなじんでいた。

「タリク、任《まか》せたぞ。神のご意志《いし》のもとに」とウマールが歌うようにいった。これは次に聞こえる音がスタートの合図だということを知らせる正式なせりふだった。群衆《ぐんしゅう》が期《き》待《たい》するように静《しず》まりかえった。どこかで子どもが質問《しつもん》をした。ウマールが腹《はら》を立ててそちらを見たので、母親があわてて子どもを黙《だま》らせた。ウマールがタリクに合図を送ると、タリクは大きなラッパを持ちあげて口にあてた。ウィルは彼《かれ》をじっと見た。そのベドゥリン人が息を大きく吸《す》いこみ、胸《むね》がふくれあがる。自分の横、わずか後ろにさがったところで、ハッサンもタカのような目で彼を見ているのがわかった。

ウィルは手綱《たづな》を握《にぎ》る手に力をこめ、タグの胴体《どうたい》につけている足の力をむりやり抜《ぬ》いた。時間の前にうっかりタグに合図を送るようなことはしたくなかった。

いまだ！

ラッパが金属質《きんぞくしつ》の低《ひく》い音を響《ひび》かせたのと同時に、ウィルは両ひざでタグをおした。ハッサンが砂嵐号《すなあらしごう》を進めようとして「ヤアァ！」と叫《さけ》んだのがぼんやり聞こえた。群衆《ぐんしゅう》から大きなどよめき声があがった。が、やがてショックを受けたようにその声がとだえた。

それまでこおりついたように立っていたタグが、矢のようにとびだした。ほんの数メートルで不動《ふどう》の位置《いち》から全速力に変《か》わったのだ。興奮《こうふん》し跳《と》びはねていた砂嵐号は、最《さい》初《しょ》の数歩を無駄《むだ》に跳《は》ねたり、頭をふりあげたりしたためにおくれをとった。ハッサンは踵《かかと》を砂嵐号の脇腹《わきばら》に打ちつけ、全速力でタグを追った。

立っている位置からのタグの信《しん》じられないような加速《かそく》に一瞬《いっしゅん》声を失《うしな》っていた群衆は、ふたたび叫びだし、タグに追いつけとハッサンと砂嵐号を応援《おうえん》した。

タグのおどろくべき加速能力《かそくのうりょく》をよく知っているウィルでさえ、自分たちがすでにリードしていることに多少おどろいていた。砂嵐号がまもなく追いついてくることはわかっていた。いったん走り出すと、一キロから二キロほどの距離《きょり》を走るあいだはアリダ馬のほうが断然《だんぜん》タグより速い。スタート時におくれをとったショックで、ハッサンが馬に負《ふ》荷《か》をかけすぎ、最後《さいご》の二、三キロでひじょうに重要《じゅうよう》になってくる貴重《きちょう》なエネルギーを早くに使ってしまえばいいのだが、とウィルは思った。

後ろのほうでベドゥリン人の群衆《ぐんしゅう》が叫《さけ》んでいる声がぼんやり聞こえてきた。石の多い地面を蹴《け》る砂嵐号《すなあらしごう》のひづめの音が雷鳴《らいめい》のように近づいてきた。タグは耳をぴんと立て、脚《あし》を激《はげ》しく動かして砂煙《すなけむり》をあげている。

ウィルはタグの首に手をふれた。

「落ちつけ、タグ。自分のペースで走ればいい」

それにこたえてタグは必死《ひっし》になって頭をふりあげた。それでもペースやバランスを失《うしな》いたくなくて、それほど大げさな身ぶりではなかった。タグがすこし力を抜《ぬ》いたのを感じて、ウィルはうなずいた。砂嵐号のひづめの音が先ほどよりも近づいてきていた。アリダ馬は光のように速い、とウィルは思った。

数メートル後ろにいるハッサンは心配だった。この外国馬がどれくらい速いのか見当もつかなかった。この馬の体形や外見から、まさかこんなおどろくほど出足が速いなんて思ってもみなかった。そして砂嵐号はかなり加速《かそく》してきたといっても、ハッサンが期《き》待《たい》しているよりはずっとゆっくり走っていた。彼《かれ》はもっと走れと砂嵐号をうながし、馬があの外国人と毛足の長い小柄《こがら》な灰色《はいいろ》の馬にならびはじめたのでようやく安堵《あんど》のため息をついた。相手の乗《の》り手はふり返って彼《かれ》らのほうを見なかったが、彼がならんだときに馬のほうは目をぐるりとまわして自分たちを見たのにハッサンは気づいた。

速い馬はレースで相手に先をこされるのをいやがる。この馬はまちがいなく速い馬だった。砂嵐号《すなあらしごう》ほどではないにしても、ハッサンが予想していたよりは速かった。ハッサンの経験《けいけん》では、馬はいったん自分が追い抜《ぬ》かれたことに気づくと、降参《こうさん》するか、あるいはふたたび追いぬこうと必死《ひっし》になってがんばりすぎてしまうことが多かった。自分の馬がすぐれていることをしめすのはいまだ、ということがハッサンにはわかっていた。彼が砂嵐号の首に手綱《たづな》をふりおろすと、このパロミノの馬はさらに数メートル差《さ》をつけた。砂嵐号はタグを引きはなしてぐんぐん前に進んでいった。

タグが相手に反応《はんのう》しはじめたのをウィルは感じた。そしておぼえているかぎり初《はじ》めて、手綱をしっかりと引いた。タグは怒《おこ》って鼻を鳴らした。タグはこのはでなアリダ馬にレースとはどういうものかを見せてやりたかったのだ。だが、タグはおとなしくウィルの指示《しじ》にしたがい、全速力で駆《か》けぬけたいという本能《ほんのう》をおさえた。

「まだだ、タグ。まだまだ先は長い」というウィルの声が聞こえてきた。

彼《かれ》らは閃光《せんこう》のように二キロ地点をしめす標識《ひょうしき》を駆《か》けぬけた。そこに立っている係員たちの歓声《かんせい》が聞こえてきた。歓声はすべて砂嵐号《すなあらしごう》に向けてのもので、いま砂嵐号はタグより四十メートル先を走っていた。このアリダ馬は長く強力なストライドと完璧《かんぺき》なリズムで美しく走っている、と思いウィルは顔をしかめた。四十メートルはなされればじゅうぶんだろう。彼がもう少しペースをあげるようタグに合図を送ると、タグはすぐにそれに応《こた》えた。ウィルは自分の下にいるこの馬への愛情《あいじょう》がこみあげてくるのを感じた。タグはこのまま一日じゅうでも走りつづけることができる。砂嵐号にも同じことができるだろうか、とウィルは思った。

五メートルから十メートル追いついたとウィルが思ったころ、ハッサンと砂嵐号が折《お》り返し地点をまわった。優勢《ゆうせい》であることに気をよくして、ハッサンは馬の速度をすこし落とした。全速力を出す必要《ひつよう》はもうないとわかっていたからだ。

相手の乗《の》り手と馬にすれちがったとき、ハッサンは手をふった。ウィルからは返事がなかったので、ハッサンはクーフィーヤの裏側《うらがわ》でにやりとした。負けていたら自分だって手をふったりしないだろう、と思った。

折り返し地点をまわろうとするタグのひづめが石の多い地面でカタカタと鳴り、まわりこんだところでわずかに滑《すべ》った。が、すぐに砂嵐号《すなあらしごう》を追いかける態勢《たいせい》に入った。砂嵐号が折《お》り返したときには、彼《かれ》らはすこし距離《きょり》を縮《ちぢ》めていたが、ここでまたすこし引きはなされてしまった。いま両者の距離は三十メートルないくらいだろうか。

「行け、タグ!」ウィルが叫《さけ》ぶと、タグはためこんでいた強さと耐久力《たいきゅうりょく》と勇気《ゆうき》を一気に出して加速《かそく》した。砂煙《すなけむり》の向こうに砂嵐号の姿《すがた》が見えた。ぴったりの名前だな、とウィルは苦々《にがにが》しく思った。砂嵐号の脇腹《わきばら》は汗《あせ》で縞模様《しまもよう》になっており、奮闘《ふんとう》のために体側《からだがわ》は大きく波打っている。ゆっくりとタグはこのアリダ馬との距離を縮めていった。あと二キロという地点で、タグは砂嵐号にならんだ。二頭の馬が横《よこ》ならびになりながらの、抜《ぬ》きつ抜かれつのレースがつづいた。

ラストスパートをかけるタイミングというものがあることをウィルは知っていた。両方の馬、両方の乗《の》り手がそのことに気づいていた。すべては完璧《かんぺき》なタイミングにかかっていた。早すぎると馬はゴールする前に疲《つか》れはててしまう。だがおそすぎるとレースに負けてしまう。

横ならびになった二頭の馬はおたがいにらみながら、相手が見えるように白目をむいていた。やがてタグがとびだした。ウィルにそれを抑《おさ》えることはできなかった。いまそんなことをすればスピードを落とすことになってしまう。タグはタイミングを自ら感じとって勝負に出たのだった。砂嵐号《すなあらしごう》よりも首ひとつ前に出、それから一馬身の差《さ》をつけ、タグはウィルがこれまで経験《けいけん》したことがないほどの速度で駆《か》けていった。ウィルの頭の中は二頭の馬のひづめのたてる音でいっぱいになった。やがてハッサンが砂嵐号を激励《げきれい》する声が聞こえた。わずかに首を動かして見ると、アリダ馬が巻《ま》きかえしをはかろうとしていた。信《しん》じられないことに、砂嵐号がふたたびタグに追いついてきていた。

そのときタグにためらいが見られた。

リズムとペースのごくわずかな乱《みだ》れだったが、ウィルはそれを感じ、これで終わりだとわかった。砂嵐号もそれに気づいたようで、彼《かれ》らの前にとびだしてきた。一メートル、二メートル……五メートル……。舞《ま》いあがった泥《どろ》や砂《すな》の小さな粒《つぶ》がウィルの顔にあたり、目のまわりのむき出しの肌《はだ》を打った。ウィルは目を閉《と》じるほどせばめざるをえなかった。

ゴールまであと三百メートルで、砂嵐号は十五メートル先を行っていた。競走《きょうそう》に負けた——そして自分の馬を失《うしな》うのだ、と気づき、ウィルの目に涙《なみだ》がもりあがってきて視界《しかい》を曇《くも》らせた。

タグにもっと要求《ようきゅう》できることはわかっていた。追いつけ、とタグをうながすことはできる。そうしたら、この小柄《こがら》な馬が主人の要求《ようきゅう》に応《こた》えようと死ぬまでがんばるのはわかっていた。だが、タグはすでに壁《かべ》にぶちあたっていた。砂嵐号《すなあらしごう》のペースはすごすぎた。最初《さいしょ》にリードされたときに追いつくのに体力を使いすぎたのだ。砂嵐号は彼《かれ》らの二十メートル先にいた。

そのとき、砂嵐号がよろめいた。

足どりがわずかにつんのめり、リズムがくずれて猛烈《もうれつ》な速さにおくれがでたのをウィルは見た。このまま待っていてくれれば、とウィルは痛切《つうせつ》に思った。タグはなんとか追いつこうと必死《ひっし》だ。だが、二十メートル差《さ》をつけられていれば、疲《つか》れはてた砂嵐号がやはり疲労困憊《ひろうこんばい》の相手馬に先んじてゴールを切れるだろう。

そんなことを考えていたとき、ウィルは自分の下でタグが加速《かそく》しだしたのを感じた。足どりには力強さと自信《じしん》とバランスがしっかりともどってきており、タグはこれまでとはべつのレベルに入った。ウィルがこれまで見たこともないようなレベルに。タグはとぶように走って砂嵐号にぐいぐい近づき、まるで砂嵐号がじっと立っているように見えた。おどろいたウィルは、ただ馬に乗《の》せてもらっているだけの人のように、身を低《ひく》くしてタグの首にしがみついた。タグがどれほど速く走れるのか、自分はまったくわかっていなかったことにウィルは気づいた。タグには上限《じょうげん》などないかのようだった。タグはただただその状況《じょうきょう》が要求《ようきゅう》するとおりに走ることができるのだ。

タグはわざとよろめくふりをして、砂嵐号《すなあらしごう》にラストスパートをかけるようしむけ、レースをコントロールしていたのだ、とウィルは気づいた。足どりやバランスの乱《みだ》れはフェイントだったのだ。それに砂嵐号が食《く》いつき、加速《かそく》したためにちょうど三十メートル手前で残《のこ》っていた体力を使いはたしてしまったのだ。その距離《きょり》をタグはロケットのような速さでこえてゴールを切った。

ウィルがすでに馬からおり、タグの首を抱《だ》きしめていると、その後ろから、ゆる駆《か》けに速度を落とし、汗《あせ》を流して荒《あら》い息をした砂嵐号が、よろめきながらゴールラインを越《こ》えた。いまやベドゥリン人の群衆《ぐんしゅう》はこの外国馬に歓声《かんせい》をあげていた。彼《かれ》らは優秀《ゆうしゅう》な馬が大好きで、たったいま優秀な馬のいい例《れい》を見たことに気づいたからだ。そのうえ、タグが勝つことを予想して賭《か》けた者はだれもいなかったので、だれも金を失《うしな》うこともなかった。もっとも、その差《さ》三十メートルというところに賭けた者は、自分たちが勝ったといいたがるだろうが。

ハッサンが鞍《くら》からすべりおりると、ウマールが砂嵐号の手綱《たづな》をとった。ハッサンがまだなにもいえないうちに、アシャイフは彼《かれ》の肩《かた》を軽くたたいた。

「よくがんばったよ。いいレースだった」

ハッサンが群衆《ぐんしゅう》をかきわけて進んでいき、ウィルに握手《あくしゅ》の手を差《さ》しのべると、人々もウマールと同じ気持ちをあらわした。ハッサンは参《まい》ったというように首をふった。

「ぼくには到底勝《とうていか》ち目はなかったね。きみにはそれがわかっていたんだろう」とハッサンはいった。

ウィルは満面《まんめん》に笑《え》みをたたえて、彼の手を握《にぎ》った。「ほんとうはぼくもわかっていなかったんだ」そういってから、タグのほうをあごでしめした。「彼はわかっていたみたいだけどね」

rangers apprentice 34

ほぼ三十人の馬に乗《の》った男たちが斜面《しゃめん》を下って彼《かれ》らのほうに向かっている、とホールトは見つもった。

「こちら側《がわ》からもやってきているわ」とホールトの後ろでエヴァンリンがいった。ホールトがすばやく肩《かた》ごしにふり返ると、同じくらいの人数の馬に乗った男たちが後ろからもやってきていて、待ちかまえているアリダ兵《へい》たちを囲《かこ》むように扇型《おうぎがた》に広がっていく。ホールトはふたたび正面を向いた。彼とギランは相手が近づいてくる速度を読み、それからひとつになって動きだした。

「行くぞ」とホールトが静《しず》かにいうと、ふたりは弓《ゆみ》を引きしぼり一度矢を放った。つぎに二度目、それから三度目、四度目と、急速にせばまってくる範囲《はんい》に合わせてその都度《つど》仰角《ぎょうかく》を低《ひく》くして矢を放ちつづけた。ふたりからの矢が四回たてつづけに放たれたあと、エヴァンリンがうしろからふたりに声をかけた。

「五十メートル後ろ！」

ふたりの射手《しゃしゅ》は一八十度くるりと向きを変《か》えると、後ろから突進《とっしん》してくるツアラギに向けてさらに矢を放った。すでに乗《の》り手を失《うしな》った馬六頭が正面から突撃《とつげき》してくるグループに交じって荒々《あらあら》しく走りまわっており、その馬の乗り手たちは後ろの砂《すな》の上に転がっていた。今度は後ろから攻《せ》めてきたグループからさらに五人が、ホールトとギランが矢を放つことのできない盾《たて》の壁《かべ》に近づく前に、同じ目にあった。エヴァンリンは高速で確《かく》実《じつ》に矢を放つふたりのレンジャーに驚嘆《きょうたん》した。あっという間《ま》に敵兵《てきへい》を十一人も倒《たお》すなんて！　どんな司令官《しれいかん》にもまねのできない損耗率《そんもうりつ》だった。

馬に乗った男たちがなだれこんできたので、今度は盾の壁の中で待ちかまえていた者たちの出番だった。

しかし、頭から直接《ちょくせつ》つっこんでくる馬はほとんどいなかった。盾の壁にはとがった刃《は》先《さき》が太陽に反射《はんしゃ》してぎらりと光る槍《やり》が林立しているので、乗り手たちが頭からつっこめと馬をせきたて、鞭打《むちう》っても、ほとんどの馬は最後《さいご》の瞬間《しゅんかん》にわきによけてしまうのだった。乗り手たちは急速に勢《いきお》いをなくし、アリダの長い槍が自分たちめがけて襲《おそ》ってくるのを見て自分たちが不利《ふり》な状況《じょうきょう》にいることに気づいた。彼《かれ》らの大半は馬からおりて、馬を係の者に託《たく》し、徒歩《とほ》での戦《たたか》いに加《くわ》わった。戦いは湾曲《わんきょく》した剣《けん》をふりあげ、ふりおろし、相手を切ったりついたりという至近距離《しきんきょり》での乱闘《らんとう》になった。両軍《りょうぐん》で苦痛《くつう》の叫《さけ》び声をあげて、兵士《へいし》たちが倒《たお》れていった。やがて、その上を味方も敵《てき》もふみつけて進んでいくので、ふたたび叫び声があがった。

ホラスは集中して目をせばめ、盾《たて》の壁《かべ》を見て、ツアラギが突入《とつにゅう》してくるような弱い場所はないかと探《さが》した。左側《ひだりがわ》の正面にいたアリダの騎《き》兵《へい》が足をすべらせたところをツアラギのひとりに切りつけられ、そのツアラギが即座《そくざ》に円陣《えんじん》の割《わ》れ目に入りこんできた。そして右に左にと刀剣《とうけん》をふりまわしてほころびを大きくし、仲間《なかま》ふたりがそこに入りこめるようにした。円陣はその部分が内側《うちがわ》にえぐられるような形になった。

ホラスは息を吸《す》いこみ、そばにいた四人の騎兵に目をやった。だが、ホラスが動きだす前に、後ろからうなり声が聞こえたかと思うと、スヴェンガルが頭の上で大きな斧《おの》をぶんぶんふりまわしながら駆《か》けだしてきた。いま自分が出ていってもスカンディア風のやり方の邪魔《じゃま》になるだけだと気づいてホラスは力を抜《ぬ》き、四人にもそのままそこにふんばっているようにと身ぶりでしめした。

スヴェンガルは円陣《えんじん》をくずしたツアラギをまるで羊《ひつじ》を打ちすえるように打った。そして盾《たて》を構《かま》えて円陣の中におし入ると、外からおしよせてくる敵《てき》のバランスをくずし、つんのめさせるとぐいぐいおしもどしていった。そして、敵が態勢《たいせい》を整《ととの》える前に斧《おの》をふりまわし、ばったばったと倒《たお》していった。

これとほぼ同時に、盾の壁《かべ》のほころびが回復《かいふく》し、円陣がしっかり組まれた。スヴェンガルがホラスが待っている場所にもどってきた。

「助けが必要《ひつよう》なときにはいつでも知らせてくれよ」とホラスがおだやかな声でいった。スヴェンガルは彼《かれ》をにらみつけた。その目には危険《きけん》な光が宿っていた。

「そんなことはないだろうよ」とスヴェンガルはいった。それから、ツアラギがまたべつの場所から円陣をくずそうとしていたので、スヴェンガルはふたたびホラスのそばをはなれた。そして盾と斧をふりまわしてその場におし入って敵をおしもどし、彼の一撃《いちげき》で倒れた敵を踏《ふ》みつけた。だが、今回ホラスにはそれをずっと見ている時間はなかった。困《こま》っているべつの場所から声がかかったのだ。彼は四人の従者《じゅうしゃ》を楔形《くさびがた》に並《なら》ばせて、ツアラギが盾の壁の内側《うちがわ》に入りこもうとしている場所に走った。ホラスがその場に近づいたとき、ツアラギのひとりが胸《むね》を矢で射《い》ぬかれて倒れた。それを機《き》にホラスと四人が突入《とつにゅう》して、ツアラギをおしもどした。

すばらしい剣術《けんじゅつ》の腕前《うでまえ》を見せるひまなどなかった。とにかく剣《けん》をつきだし、切って切って切りまくり、盾《たて》で相手の剣をかわしてはまた攻撃《こうげき》に出る、そのくりかえしだった。ホラスの抜群《ばつぐん》の剣さばきが大いにものをいい、彼《かれ》がおどろくほどのスピードと強さでツアラギに剣を浴《あ》びせるうちに、ツアラギはパニックを引きおこし、引きさがっていった。

パニックは次々《つぎつぎ》に広がっていき、ツアラギは盾の壁《かべ》から撤退《てったい》しはじめた。最初《さいしょ》はひとり、ふたりと撤退しはじめたのが、やがて大勢《おおぜい》に広がっていった。彼らは馬を回収《かいしゅう》するとそれにとびのって斜面《しゃめん》を駆《か》けあがった。その彼らにアリダ軍《ぐん》から勝ちほこったヤジがとんだ。

ギランが弓《ゆみ》を構《かま》えて、うかがうようにホールトを見た。ホールトは首をふった。

「矢をとっておけ。あとでまた必要《ひつよう》になる」

「敵《てき》の後ろから矢を放つというのはいやですしね」とギランも賛成《さんせい》した。そして矢を矢《や》筒《づつ》に収《おさ》めた。

セレゼンが彼らに近づいてきた。セレゼンの白い長衣《ながぎぬ》はびりびりにやぶれ、血と泥《どろ》でよごれていた。やってくると、彼は刀身《とうしん》をぬぐった。

「やつら、ずいぶん痛手《いたで》を受けた」といってから「きみたちの腕前《うでまえ》は大したものだ」とつけくわえ、ふたりのレンジャーを認《みと》めるようにうなずいた。彼《かれ》らの弓《ゆみ》での高速攻撃《こうそくこうげき》が相手の攻撃を挫折《ざせつ》させたのだとセレゼンにはわかっていたのだ。

「ふたたび正面から攻撃してくることはおそらくないでしょう」ホールトがいうと、セレゼンもうなずいた。そして丘《おか》の縁《ふち》をしめした。そこでは馬に乗《の》った男が三人、罵声《ばせい》を浴《あ》びながら撤退《てったい》してくる兵《へい》たちを見つめていた。ある時点で、三人の中で最《もっと》も背《せ》の高い男が馬の上から身を乗りだして、撤退してくるひとりの兵士《へいし》を乗馬用の鞭《むち》で打った。

「わたしの見当ちがいでなければ、あそこにいるのはユサル・マカリだ。ツアラギの中でも優秀《ゆうしゅう》な戦《たたか》いの指導者《しどうしゃ》のひとりだ。やつは狡猾《こうかつ》で残酷《ざんこく》で、そして馬鹿《ばか》ではない。いま正面からの攻撃が多大な犠牲《ぎせい》を払《はら》うことになるのを知ったばかりだ。やつがつぎにどんな手でくるのか、様子見としようか」

「我々《われわれ》の側《がわ》にも犠牲が出ましたよ」ギランが静《しず》かな声でいい、アリダ兵たちが傷《きず》ついた仲間《なかま》の手当てをしているほうをあごでしめした。傷ついた者が大勢《おおぜい》いた。ツアラギ勢《ぜい》は攻撃で兵士を失《うしな》ったかもしれないが、アリダ兵もすくなくとも十人が死傷《ししょう》していた。

スヴェンガルとホラスもホールトたちのそばに来ていた。ふたりとも、セレゼンがしたように武器《ぶき》をきれいにぬぐっていた。スヴェンガルの顔はまだ戦《たたか》いの際《さい》の激情《げきじょう》で紅潮《こうちょう》しており、目もらんらんとしていた。

「なにを待ってるんだ?」そういったスヴェンガルの声は、この状況《じょうきょう》では必要以上《ひつよういじょう》に大きかった。「なんでさっさとやつらを追いかけていかないんだ?」

ホールトは心配そうな目でスヴェンガルを見て、「落ちつけ、スヴェンガル」と警告《けいこく》した。何週間もじっとしていたために欲求不満《よっきゅうふまん》がたまっていたスヴェンガルが、いまにも戦いのまっただ中に突進《とっしん》していく狂暴《きょうぼう》の徒《と》と化してしまいそうなのが、ホールトにはわかった。「おそらくやつらはもう攻撃《こうげき》してこないだろう。あんたのおかげで敵側《てきがわ》にたいへんな数の犠牲者《ぎせいしゃ》が出たからな。それから、ホラス、きみもよくがんばってくれた」とホールトはつけたした。彼《かれ》はホラスの圧倒的《あっとうてき》な反撃《はんげき》を見ていたのだ。ホラスはうなずいた。彼はきれいに拭《ぬぐ》われた剣《けん》を鞘《さや》におさめた。

「やつら、つぎにどう出てくると思いますか、ホールト?」とホラスがきいた。

それに答える前に、ホールトは目を細めて太陽を見た。太陽はほぼ彼らのま上にあり、容赦《ようしゃ》なく照《て》りつけていた。

「やつらはこの暑さとのどのかわきが収《おさ》まるまで待ってから、つぎの仕事にとりかかるだろうな。わたしが彼《かれ》らの立場ならそうするだろうから」とホールトはいった。

＊

ホールトのいったとおりだった。その日はツアラギからのさらなる攻撃《こうげき》もなくすぎていった。一方で、アラルエン人とアリダの仲間《なかま》は照《て》りつける太陽の下で汗《あせ》だくになっていた。

彼らの水は残《のこ》りすくなくなってきていた。その日のうちにホール・アバシュの泉《いずみ》に着くつもりだったので、いつもはきびしく水を管理《かんり》していたセレゼンも気を許《ゆる》していたのだった。セレゼンが見積《みつ》もったところ、摂取《せっしゅ》をきびしくしてもあと二日分の水しかなかった。

もちろんツアラギのほうは使者をやって必要《ひつよう》なだけいくらでも水を手に入れることができた。彼らは窪地《くぼち》のまん中でキャンプをしている敵《てき》を見張《みは》っていればいいだけだった。敵の中にいるふたりの弓《ゆみ》の達人《たつじん》の技《わざ》を警戒《けいかい》して、ツアラギは尾根《おね》の裏側《うらがわ》の低《ひく》いところにいつづけた。だが、見張り役が交代するときなどに、ときどき彼らの姿《すがた》がちらりと見えることはあった。尾根《おね》をこえてすぐのところに彼《かれ》らの低《ひく》くて黒いテントが張《は》られているのはまちがいない、とホールトは思った。

夜のとばりがおりてくると、セレゼンは部下《ぶか》たちを呼《よ》びこんで円陣《えんじん》を小さくし、部下の半分がねむれるようにした。すくなくとも、そのつもりだった。だが、夜になってから一時間後、すばやい攻撃《こうげき》がはじまった。

攻撃してくるツアラギの人数はいつも十二人以下《いか》だった。それでも、彼らは砂漠《さばく》からかん高い声を上げて突進《とっしん》してきて、キャンプに石を投げれば届《とど》くあたりまでやってきた。それから盾《たて》の壁《かべ》に突進し、ここでひとり殺《ころ》したかと思うと、あちらで彼らのひとりが倒《たお》れ、その傷《きず》ついた仲間《なかま》を抱《かか》えて撤退《てったい》していく。ただただこちらの気持ちをいらだたせるような攻撃だった。だが、彼らは夜どおしアリダのキャンプ全体を警戒《けいかい》させ、アリダ人たちに休むひまをあたえなかった。

攻撃が見せかけだけのものであったとしても、ホールトもほかの者たちもいつ本物の総攻撃《そうこうげき》がくるともわからないので、いちいち反撃《はんげき》しないわけにいかなかった。

その結果《けっか》、アリダの兵士《へいし》たちにとっては、ときおり暴力《ぼうりょく》と突然《とつぜん》の恐怖《きょうふ》に見舞《みま》われる、緊張《きんちょう》したねむれない夜となった。夜が明けてきて、ホールトはしょぼしょぼし、赤くなった目を稜線《りょうせん》のほうに向けた。ときどき動きが見えるものの、弓《ゆみ》でねらうほどのことはなかった。最初《さいしょ》の総攻撃《そうこうげき》でアリダ勢《ぜい》は四人の兵士《へいし》を殺《ころ》されていたが、負傷《ふしょう》していた兵《へい》が夜のうちにふたり亡《な》くなった。さらに負傷兵数名《ふしょうへいすうめい》がおり、そのほとんどが水を必要《ひつよう》としていたが、いまやその水が足りなくなってきていた。負傷兵にあたえる水の量《りょう》を減《へ》らすように、とセレゼンはしぶしぶ衛生兵《えいせいへい》に命じた。つらい決断《けつだん》だった。砂漠《さばく》では水が唯《ゆい》一《いっ》の慰《なぐさ》めだったからだ。

負傷兵を見舞《みま》っていたセレゼンを、ホールトが呼《よ》んだ。尾根《おね》のてっぺんで白旗《しろはた》がふられていたのだ。

「やつらが和平交渉《わへいこうしょう》をしたがっている」とホールトがいった。

＊

セレゼンがユサル・マカリだといった背《せ》の高い男が、白旗をかかげた部下《ぶか》を伴《ともな》って馬で斜面《しゃめん》を駈《か》けおりてきた。同じような旗《はた》をかかげたホールトとともに、セレゼンがアリダ兵の列をつっきって前に出、歩いて彼《かれ》らと会いにいった。

「ユサルはわたしが休戦《きゅうせん》の旗《はた》を尊重《そんちょう》することを知っている。だが、やつのほうは好機《こうき》が来ればすぐにそれを無視《むし》するだろう」とセレゼンは苦々《にがにが》しくいった。「やつが乗《の》りこんでくるときに矢で射《い》ってくれ、ときみにたのめればいいんだがな」

ホールトは肩《かた》をすくめた。「もちろんそうすることもできますが、それでは問題の解《かい》決《けつ》になりません。なにしろ我々《われわれ》は罠《わな》にはめられているし、人数でもかなわないのだから。それに、そんなことをしたらもう交渉《こうしょう》する機会《きかい》はないでしょう」

ふたりは馬に乗った男たちから五メートルほどはなれたところで止まった。ユサルが鞍《くら》からとびおり、彼《かれ》らのほうに近づいてきた。

ホールトが見たところ、彼は平均的《へいきんてき》なアリダ人やツアラギ人より背《せ》が高かった。ホールト自身より頭ひとつ高く、セレゼンと比《くら》べても数センチ高かった。白くて流れるような長衣《ながぎぬ》とクーフィーヤを身に着けている。砂漠《さばく》の焼《や》けつくような暑さの中では白は理にかなった色だった。だが、セレゼンの長衣が白一色なのに対して、ユサルのは濃《こ》い青色で縁取《ふちど》りがしてあった。そして、アリダ人は顔を保護《ほご》するためにクーフィーヤの端《はし》を顔にそって後ろにまわしているのに対し、ツアラギはただ垂《た》らしていた。だが、彼の顔の下半分は、濃い青色のマスクのようなベールにかくされていた。ホールトはアリダ人がこの敵《てき》のことを「ベールをつけた者、神に見すてられし者」というのを聞いたことがあった。

ベールの上に見えるユサルの肌《はだ》は、長年砂漠《さばく》で日焼《ひや》けし風にさらされたため、濃《こ》い褐《かっ》色《しょく》だった。ベールが顔の下半分を隠《かく》してはいるが、鼻が猛禽類《もうきんるい》のくちばしのように高く、湾曲《わんきょく》しているのはあきらかだった。濃くもじゃもじゃの眉毛《まゆげ》の下で深くくぼんでいたが、その目は黒といってもいいほどの濃い茶色だった。もしホールトがベールを外した顔を見ることがあれば、ユサルだとわかる唯一《ゆいいつ》の特徴《とくちょう》はこの目だった。その目は冷《つめ》たく、黒く、容赦《ようしゃ》なかった。慈悲《じひ》や温かさのかけらもない。人殺《ひとごろ》しの目だ。

「で、ワキール・セレイ・エルゼン、どうしておれのあとをつけている?」

その声はベールのせいですこしくぐもっていたが、目と同様荒々《どうようあらあら》しく不愛想《ぶあいそう》だった。社交辞令《しゃこうじれい》もなにもあったものではないな、とホールトは思った。

その点においてはセレゼンも同じだった。「おまえにわたしの部下《ぶか》二十人が殺《ころ》された。それから、おまえには捕虜《ほりょ》がいるはずだ。その捕虜を返してもらいたい」

ユサルは肩《かた》をすくめた。人を馬鹿《ばか》にしたような仕草《しぐさ》だった。「だったら、やってきて連《つ》れもどせばいいじゃないか」と挑発《ちょうはつ》するようにいった。一瞬沈黙《いっしゅんちんもく》が流れ、それからこうつけたした。「おまえは不利《ふり》な態勢《たいせい》にいるんだぞ、セレイ・エルゼン。おまえたちは包囲《ほうい》されているし、人数でも劣《おと》っている。しかも水が不足《ふそく》してきている」

最後《さいご》の言葉はもちろん推測《すいそく》だった。ユサルはセレゼンたちの水が残《のこ》りすくないことなどまったく知らなかったし、セレゼンにしたところがそれをいうつもりはなかった。

「水はたっぷりある」とセレゼンが無表情《むひょうじょう》にいうと、ふたたびユサルは肩《かた》をすくめた。セレゼンの言葉など彼《かれ》にはほとんど意味がなかったのだ。

「そういうなら、それでもいいさ。だが、おまえたちにはいずれ水がなくなる。だが、おれたちは必要《ひつよう》なだけ水をくんでこられる、ってことだ。かわきと暑さで、おまえの部下《ぶか》が死んでいくのを、おれには待っているよゆうがある。おまえにはそんなよゆうはないがな」

ユサルはふり返って斜面《しゃめん》にちらりと目をやった。四方すべてが包囲されていた。

「やりたかったらおれたちを攻撃《こうげき》してこい。だが、ここからは上り斜面だし、おれたちの人数はおまえたちの四倍だ。そんな攻撃の結末《けつまつ》はひとつしかない」

「あんたをおどろかせることになるかもしれんぞ」とホールトがいうと、くぼんだ黒い目が彼のほうに向けられ、穴《あな》のあくほどホールトをじっと見つめた。おしだまったままこちらをじっと凝視《ぎょうし》しているのは、こちらの神経《しんけい》を逆《さか》なでしようとしているのだ、とホールトは気づいた。それでうんざりだ、というふうに片方《かたほう》の眉《まゆ》を上げた。

「おまえは射手《しゃしゅ》のひとりだな?」とユサルがいった。「しかし、おまえほどの腕《うで》があっても、いったん至近距離《しきんきょり》での戦《たたか》いとなれば数がものをいう」

「この休戦《きゅうせん》はそちらから要求《ようきゅう》してきたんだろう、ユサル」とセレゼン。「我々《われわれ》の立場がどれほど絶望的《ぜつぼうてき》かをいうためだけに、こういうことをしてきたのか? それとも、なにかいうだけの価値《かち》のあることがほかにあるのか?」セレゼンもユサルと同じく相手を軽《けい》蔑《べつ》したような口調でいった。

ユサルはセレゼンをふり返って見た。

「降伏《こうふく》しろ」彼《かれ》がひと言《こと》こういったので、セレゼンは笑《わら》い声をあげた。

「そうして、ただちにおまえに全員殺される、というわけか?」

ツアラギのリーダーは首をふった。「おれにとっておまえはたいへんな価値があるのさ、セレゼン。おまえを盾《たて》にばく大な身代金《みのしろきん》を要求できる。そんなおまえを殺《ころ》すわけないだろう。それに、おまえと一緒《いっしょ》にいる外国人のために金を払《はら》うというやつもきっといるはずだ。おれがもうひとりのスカンディア人を生かしておいているのも、まさにその理由からだ。おまえが相手でも同じことだ」

セレゼンはためらった。ツアラギはほかのなによりも貪欲《どんよく》さで動く民《たみ》だったので、彼《かれ》はユサルのいうことを信《しん》じるほうにかたむいてきた。彼がそんなことを考えていると、ユサルがもうひとつの可能性《かのうせい》についてしゃべりだした。

「それとも、ここにずっととどまってかわきで死ぬか。そうなるのも時間の問題だ。おまえたちが弱ってきたら、おれたちが歩いてここにやってきて、何の問題もなくおまえたちの手から武器《ぶき》をとりあげることができる。おれを待たせるようなことをしたら、おれだってそんなにやさしくはしてやれないぜ」

セレゼンがどちらを選《えら》んだとしてもそんなことはどうでもいいというふうに、ユサルは背《せ》を向けた。セレゼンはホールトのそでをつかみ、彼を数歩はなれたところに引っぱっていった。

「このことはきみたちにもかかわることだ。どう思う?」とセレゼンは低《ひく》い声できいた。

ホールトは自分たちに背中《せなか》を向けて数メートルはなれたところに立っている背の高い男を見た。

「やつのいったことを信じているのですか?」とホールトがきくと、セレゼンは頭をわずかに動かしてうなずいた。

「ツアラギは金のためだったらどんなことでもする。こっちを選《えら》べば、すくなくとも我々《われわれ》にチャンスはある。やつのいうとおり、もしここで待機《たいき》したら、我々はどんどん弱っていっていずれにしても降伏《こうふく》しなければならなくなる」

ホールトはいまの状況《じょうきょう》についてじっくり考えた。彼《かれ》とギランは闇夜《やみよ》に乗《じょう》じてツアラギの戦列《せんれつ》を突破《とっぱ》することができるかもしれない。だが、それにしたところで確実《かくじつ》ではなかった。ふたりは気づかれずに動く達人《たつじん》だとしても、ここの地面には身をかくすところはほとんどなかった。しかも何十という目が常《つね》に見張《みは》っている。それに、もしツアラギの隊列《たいれつ》を突破することができたとしても、それからどうするのだ？　ふたりは徒歩《とほ》だし、もっとも近くで助けを求《もと》められる場所は何キロもはなれたところだ。助けを求めにマラロクに着くころには、セレゼンと部下《ぶか》たちは殺《ころ》されているだろう。エヴァンリン、ホラス、スヴェンガルもそうだ。もしいま降伏すれば、全員がまともな状況でいられるだろうし、逃《に》げられる可能性《かのうせい》や形勢《けいせい》が逆転《ぎゃくてん》する可能性もあるかもしれない。降伏するのだったら、体力が弱り、のどのかわきのために気がくるいそうになってからより、いまのほうがいい。

「わかった。条件《じょうけん》を話しあおう」とホールトはいった。

第六部

砂漠《さばく》の兵士《へいし》

ranger's apprentice 35

ウィルが自分の荷物《にもつ》をタグの鞍《くら》にくくりつけるベルトやひもの確認《かくにん》をしていると、後ろから砂《すな》をふみしめる足音が聞こえた。ふりむくと、心配そうな顔をしたウマールが近づいてきていた。

「ここを発《た》つ前に知っておいてもらいたいことがある」とウマールはいった。

競走《きょうそう》から四日後のことだった。あの競走はすでにベドゥリンの伝説《でんせつ》のひとつになっていた。今日までウィルとタグはこの部族みんなから敬意《けいい》を表され、シエレマは絶《た》え間なくあれこれ世話をやいてくれた。明るくてにこにこしている外国人と、ずんぐりとしたおどろくべき彼《かれ》の愛馬《あいば》はこのキャンプ地で人気者になっていた。ハッサンとウィルもいい友達になり、ハッサンは競走に敗《やぶ》れてタグを失《うしな》ったことをもうらんではいなかった。ベドゥリンの人々はウィルが気づいたとおり根っからの賭《か》け事好《ごとず》きだが、負けたときは文句《もんく》をいわずにそれを受けいれた。

競走《きょうそう》の結果《けっか》に喜《よろこ》んだウマールが自分の持ち馬の一頭——砂嵐号《すなあらしごう》の兄弟——をプレゼントしたことも、ウィルとハッサンとの友情《ゆうじょう》にひと役買っていた。ハッサンは大喜《おおよろこ》びし、ウィルにマラロクへ行く道を案内《あんない》すると申しでた。

北探器《ほくたんき》の調子が悪かった謎《なぞ》もついに解決《かいけつ》した。道のない砂漠《さばく》をどうやって旅しようと計画していたのかとたずねられて、ウィルは彼《かれ》らに北探器を見せ、この磁力《じりょく》を持つ道具の秘密《ひみつ》を説明《せつめい》した。実際《じっさい》しめしてみようと、ウィルはサックス・ナイフの刃《やいば》を北探器の針《はり》に近づけ、針が地球の磁場《じば》からふれてゆれる様子をみんなに見せた。またたく間《ま》にウマールはこの関連《かんれん》を理解《りかい》した。

「『赤い丘陵《きゅうりょう》』を抜《ぬ》けてきたのか？」ときかれて、ウィルはそうだといった。「だが、あそこはほとんど鉄《てつ》そのものだぞ。巨大《きょだい》な鉄の鉱脈《こうみゃく》だ。だからその道具がきかなくなったんだ」

ことの真実がわかってくるにつれて、ウィルはどこかほっとしたのを感じた。頭の片隅《かたすみ》で、彼はまだセレゼンから偽《にせ》の地図をわたされたのかもしれないとぼんやり疑《うたが》っていたのだ。その気持ちの中で、自分を信《しん》じてくれているホールトをどこかで裏切《うらぎ》っているような、うまく説明《せつめい》できない後ろめたさも感じていた。自分が道に迷《まよ》った理由がわかったいま――そして自分がそれを前もってわからなかったことに気づいたいま――このような不安《ふあん》をわきにおくことができた。

ウィルが出発に向けてタグの準備《じゅんび》をしているあいだに、疲《つか》れた馬に乗《の》って砂《すな》まみれになった男が砂漠《さばく》からやってきていた。男はまっすぐにウマールのテントに行って報告《ほうこく》していた。それをウィルは特《とく》に何ということもなく見ていた。きっとベドゥリン人だけが関心《かんしん》を持つなにか仕事の話なのだろう、と思ったのだ。しかし、いまになってそうではないのかもしれない、という気になってきた。

ウィルはウマールのあとについて、彼《かれ》がシエレマと使っている広くて天井《てんじょう》の低《ひく》いテントに行った。かがみこんで中に入り、例《れい》の唇《くちびる》、額《ひたい》、唇に手をあてる挨拶《あいさつ》をする。この数日のうちにこの挨拶も身についていた。

テントの床《ゆか》にはぶ厚《あつ》いじゅうたんが敷《し》かれ、あちこちにやわらかいクッションがおかれていた。ウィルはクッションのひとつを選《えら》び、その上にベドゥリン風にあぐらを組んで座《すわ》った。べつのクッションに彼が見たことのないベドゥリン人が座っていて、シエレマが次々《つぎつぎ》に差《さ》しだす果物《くだもの》と水をがつがつと食べたり飲んだりしていた。男はウィルを上目づかいに見てから、だれだというふうにウマールに目をやった。

「こちらはジャミール、我々《われわれ》の偵察員《ていさついん》のひとりだ」とウマールが説明《せつめい》すると、そのベドゥリン人はうなずいて挨拶《あいさつ》した。ベドゥリンの男たちの肌《はだ》は褐色《かっしょく》で、太陽に灼《や》けて深くしわが刻《きざ》まれているので年齢《ねんれい》をあてるのはむずかしいが、ウィルの見たところ男は三十代くらいだろうか。

「こちらが先ほど話した外国人だ。名前はウィルという」

ふたたびウィルは例《れい》の挨拶の仕草《しぐさ》をした。そうするのがふさわしいだろう、と思ったのだ。外国人がベドゥリン風の礼儀《れいぎ》をわきまえていることにジャミールはすこしおどろいたようで、彼《かれ》もあわてて同じ挨拶を返した。ウィルは顔に疑問《ぎもん》を浮《う》かべてウマールをちらりと見た。ウマールはジャミールに話をつづけるようにという身ぶりをした。

「さきほど我々にした話をウィルにしてやってくれ」

ジャミールはオレンジを食べおえ、指についた果汁《かじゅう》をなめてから布《ぬの》で口を拭《ふ》いた。

「あんたはアリダの兵士《へいし》たちと一緒《いっしょ》に旅をしていたんだな？」と彼はきいた。質問《しつもん》というよりは断定《だんてい》したようないい方だった。ウィルは眉《まゆ》をひそめながらうなずいた。この男の深刻《しんこく》な様子から、なにかよくないことがおこったと感じたのだ。

「そのとおりです」とウィル。

「そこにはほかにも外国人がいた……そのうちのふたりはあんたと同じような服装《ふくそう》をしている」男はウィルが身につけているまだら模様《もよう》の茶色のマントをしめした。ふたたびウィルはうなずいた。ベドゥリンの偵察員《ていさついん》がこの確認《かくにん》に不快《ふかい》そうに首をふったので、悪い知らせが待ちかまえているのでは、というウィルの予感はますます深まった。

「彼《かれ》らがどうしたんです?」とウィルはきいた。このベドゥリン人は一瞬《いっしゅん》ウィルの顔を見、それからありがたいことに、知らせをやわらげようとするような無駄《むだ》な試《こころ》みはせずに単刀直入《たんとうちょくにゅう》に話してくれた。

「彼らはツアラギに捕《つか》まった」

ウィルはすばやくウマールを見ると、「ツアラギ?」ときいた。

ウマールは苦虫をかみつぶしたような顔をした。

「盗賊《とうぞく》。無法者《むほうもの》。神から見すてられた者たちだ。やつらも我々《われわれ》のようなノマドだが、やつらは旅人や無防備《むぼうび》な村を餌食《えじき》にする。やつらはあんたの仲間《なかま》をとりかこんで捕まえたのだ。いまやつらはあんたの仲間を連《つ》れて北の山塊《さんかい》に向かっている。ワキール・セレイ・エルゼンと彼の生き残《のこ》った部下《ぶか》たちも一緒《いっしょ》だ。小競《こぜ》り合いがあったようだ」ウマールが最後《さいご》にこうつけ加《くわ》えたので、ウィルは恐怖《きょうふ》を感じた。

「小競《こぜ》り合いですって？　外国人がだれか負傷《ふしょう》したのですか？」

ジャミールが首をふった。「いや。彼《かれ》らは別《べつ》の外国人と鎖《くさり》でつながれて連《つ》れていかれた。彼らもあの男のように捕虜《ほりょ》になったんだ。どうやら――」

あまりにことが速く動きすぎていてウィルにはついていけなかった。彼は片手《かたて》を上げてベドゥリンの男の話をさえぎった。

「ちょっと待って！　べつの外国人？　どのべつの外国人のことをいってるんですか？」

ジャミールはもっと説明《せつめい》すべきだったことに気づいて、申しわけなさそうにうなずいた。

「ツアラギはもうひとりべつの外国人を捕《つか》まえていたんだ。北方から来た荒《あら》くれ男のひとりだ。あんたのグループにもそういう男がひとりいた」と男はつけ加えた。

ウィルの頭は目まぐるしく動いていた。男が話しているのにあてはまる人物はひとりしかいなかった。しかし、ウィルが最後に聞いたときにはエラクはアリダ人たちに捕《とら》えられていたはずだ。

「わけがわからない。あなたがいっているのはエラクにちがいないけれど、彼《かれ》はアリダの隊商《たいしょう》と一緒《いっしょ》にマラロクに連《つ》れていかれたはずだ。その彼がどうして突然《とつぜん》そのツアラギと一緒にいるんですか?」

ジャミールは肩《かた》をすくめた。ウマールは考えこむように鼻をこすっている。

「おそらくツアラギがその隊商を襲《おそ》って、その北方人を捕《つか》まえたんだろうな」と彼はいった。

ウィルはうなずきながら猛烈《もうれつ》に頭を働《はたら》かせていた。もしそうだとしても、ギランとホールトは攻撃《こうげき》の予兆《よちょう》を読みとることができたはずだ。そうだったら、セレゼンや彼の部下《ぶか》も連れて、待ちぶせているやつらをこちらから攻《せ》めにいったはずだ。ウィルは考えをはっきりさせるために頭をふった。どのようにおこったかなどいまはどうでもいいのだ、ということに彼は気づいた。それが実際《じっさい》おこったのは事実なのだから。

しかし、ツアラギの盗賊《とうぞく》たちにかぎつけられてしまうほどホールトとギランが不注意《ふちゅうい》だったことにウィルはおどろいた。

「ぼくの仲間《なかま》が彼らをつけていることがどうやってツアラギにわかったのか、なにか考えはありますか?」

これをきいて、このベドゥリンの男ははずかしそうに目をそらせた。そして一瞬《いっしゅん》ためらってから、勇気《ゆうき》を出して答えはじめた。

「残念《ざんねん》ながら、おれがやつらをあんたの仲間《なかま》のキャンプに誘導《ゆうどう》してしまった」と彼《かれ》はいった。ウィルが怒《おこ》って座《すわ》っていた場所から立ちあがりそうになったので、男はあわてて片手《かたて》を出した。

「ちがうんだ！　おねがいだ！　そんなつもりではなかったんだ！　あんたの仲間があそこにいるなんて全然《ぜんぜん》知《し》らなかったんだ。ツアラギの集団《しゅうだん》がいるのが遠くから見えたので、もっとくわしく見ようと近づいていった。ふだんよりずっと大きな集団だった。すくなくとも二百人、いやもっといたかもしれない。暗くなってから、おれはもっとはっきり見ようと、やつらのキャンプの近くに忍《しの》びこんだ。そのときにその北方人を見たのだ。その男は鎖《くさり》につながれて外に出されていた。

おれは夜明け前にそこを後にして、ここに向かった。そのときにあんたの仲間のキャンプ地のそばを、そうとは知らずに通ってしまったにちがいない。『ベール《ツ》をかぶった《アラ》奴《ギ》ら』の後方守備《こうほうしゅび》の偵察員《ていさついん》がおれの足跡《あしあと》を見つけ、翌朝《よくあさ》そのあとをつけたところ――あんたの仲間を見つけてしまった、というわけだ。あんたの仲間はツアラギと平行して旅をしていたのだ。数キロはなれたところをな。もしおれがうっかりあんたの仲間《なかま》のそばを通らなかったら、ツアラギは彼《かれ》らがそこにいたことに気づかなかったはずだ」

「どうしてあなたはそういうことをすべて知っているのです？」とウィルはきいた。

その偵察員《ていさついん》は申しわけなさそうに答えた。「翌日《よくじつ》、もっとくわしく調べようと思ってあの場所にもどったのだよ。そのときまで自分の足跡《あしあと》を見つけられたなんて思いもしなかった。しかし、ツアラギがおれの跡《あと》をつけてきて、途中《とちゅう》であんたの仲間の足跡を見つけ、今度は向きを変《か》えてそれを追っていったのがわかったのだ。やつらはきっとおれもあんたの仲間のひとりだと思ったにちがいない。申しわけない、ウィル。自分があんたの仲間に危険《きけん》をもたらしていたなんて、思ってもいなかったんだ」

ウィルは謝罪《しゃざい》の言葉をもういいというふうに手で払《はら》った。それがジャミールのせいではないことに気づいたのだ。ただただ運が悪かっただけなのだ。ジャミールはホールトたちが捕《つか》まってしまうことになるぐうぜんのきっかけ、予期せぬ要素《ようそ》となってしまっただけなのだった。ホールトが何度もウィルにいっていたとおり、なにかがうまくいかないときは、どうしてもうまくいかないのだ。

「あなたにもわからなかったのだから。ところで、やつらがぼくの仲間をどこに連《つ》れていったか、わかりますか？」ウィルはこの質問《しつもん》をジャミールとウマールのふたりに向けていった。

「山塊《さんかい》に向かったんじゃないかな」とジャミールがいった。

ウィルがウマールの顔を見ると、彼《かれ》が説明《せつめい》してくれた。

「北西の方角に伸《の》びている巨大《きょだい》な崖《がけ》、丘陵《きゅうりょう》、山の連《つら》なりだよ。丘陵地《きゅうりょうち》にはアリダの村々が点在《てんざい》していて、ツアラギのやつらはたびたびそこを襲《おそ》っては村々にいすわる。村人たちの穀物《こくもつ》を盗《ぬす》み、家畜《かちく》を殺《ころ》してな。二百人もいれば、容易《ようい》にひとつの村を乗《の》っとれるだろう。いや、小さな町さえ自分たちのものにすることができる。おそらくやつらはどこかの村か町を頭に描《えが》いていて、そこを一ヵ月か二ヵ月のあいだ拠点《きょてん》にするつもりだろう。そして、そこの家畜や食糧《しょくりょう》がつきてしまったら、また先に移動《いどう》する……」

ウィルはシャツの中に手を入れて、セレゼンからもらった地図をとりだした。

「やつらのあとを追わなくては！　この地図でしめしてください」と彼はいった。だが、ウマールは手をウィルの手に重ねて彼を落ちつかせた。

「落ちつくんだ、ウィル。計画もなしに砂漠《さばく》にいそいで行っても何事もなしえない。ツアラギは危険《きけん》な敵《てき》だ。まず評議会《ひょうぎかい》と話をする必要《ひつよう》がある。それからどうしたらいいかわかるだろう」

ウィルはいい返そうとしたが、重ねられたウマールの手に力が加《くわ》わった。

「わしを信用《しんよう》してくれ、ウィル。一時間くれ」

しぶしぶウィルは力を抜《ぬ》き、地図を折《お》りたたむとシャツの内側《うちがわ》の元あったところに戻《もど》した。

「わかりました。一時間だけですよ。それがすぎたらぼくは出かけます」

＊

ウィルはタグが辛抱《しんぼう》づよく待っている場所にもどり、タグがもっと楽《らく》になるように鞍《くら》の腹帯《はらおび》をゆるめた。それから地面に腰《こし》をおろすとヤシの木の幹《みき》に背中《せなか》をあずけ、目を閉《と》じて、いまの状況《じょうきょう》についてじっくり考えようとした。

なんとかして仲間《なかま》たちを助けださなければならない。そのことは重々《じゅうじゅう》わかっていた。だが、どうやって？　ウィルはひとりだったし、このあたりのことをよく知らなかった。それなのに、仲間たちは二百人の武装《ぶそう》した盗賊《とうぞく》どもに捕《つか》まっているのだ。しかも、なんのためらいもなくのどをかっ切るような残酷《ざんこく》で容赦《ようしゃ》ない連中《れんちゅう》に。たとえ彼《かれ》らがいる村を見つけだすことができたとしても、外国人であるウィルはそこでひどく目立ってしまう。ツアラギが残《のこ》した足跡《あしあと》をどこで探《さが》しだせばいいかすらわからないことにウィルは気づいた。つい最近《さいきん》砂漠《さばく》を旅してきた自分のやり方を考えたら、その足跡などおそらく決して見つからないだろう。

昼間の暖《あたた》かい日差《ひざ》しのせいか、ウィルはいつのまにかうとうとしていたにちがいない。彼はウマールがかすかにうめき声をあげて自分のそばの砂地《すなじ》に腰《こし》を下ろす物音で目がさめた。

「我々《われわれ》で話しあったのだが」とウマールは言葉すくなにいった。ウィルは彼を見たが、その無表情《むひょうじょう》な顔からは彼と評議会《ひょうぎかい》のメンバーたちがなにを決めたのかはなにも読みとれなかった。

「ツアラギがぼくの仲間《なかま》を捕《つか》まえたところまで、ハッサンにぼくを案内《あんない》させてくれませんか?」

ウマールは手のひらを外側《そとがわ》に向けて手をあげ、ウィルの言葉をさえぎった。「わしに説明《せつめい》させてくれ。わしが評議会にかけた事実はつぎのようなことだ。ツアラギは我々の友人ではない。今回のような大きな戦隊《せんたい》がいるというのは、やつらがなにかよからぬことを企《くわだ》てているということだ。ほかのベドゥリンのグループ——我々《われわれ》よりも小規模《しょうきぼ》なグループ——を襲撃《しゅうげき》することもじゅうぶんありうる。それから、セレイ・エルゼンのこともある。わしは彼《かれ》がやつらにつかまえられているということが気に入らん」

「あなたはセレゼンを知っているのですか?」とウィルはきいた。

ウマールはうなずいた。「我々はともにツアラギと戦《たたか》ってきた。彼はいいやつだ。勇《ゆう》敢《かん》な戦士《せんし》だ。それ以上《いじょう》に重要《じゅうよう》なのは、彼が正直な人間、わしが信頼《しんらい》できる人間だということだ。こういうことはワキールが持つべきよい資質《ししつ》だ。べつのワキールが出てきたとしても、彼ほど公平な心を持っている者はめったにおらんだろう。しかも、アリダ人の多くは我々に腹《はら》を立てている。彼らは我々のことを彼らの国への侵入者《しんにゅうしゃ》と見ているのだ。だが、ワキール・セレイ・エルゼンはずっと我々のことをまともにあつかってくれた。彼ほど正直でも公平でもない人物が彼に代わって出てくるのは、我々にとってもあまりいいことではないかもしれん」

ウマールが状況《じょうきょう》の分析《ぶんせき》をつづけるにつれて、ウィルの心の中で小さな希望《きぼう》の光がともりはじめた。

「つまり、あなたがおっしゃっていることは……?」といいかけたが、またしてもウマールは例《れい》の片手《かたて》をあげる仕草《しぐさ》でウィルを黙《だま》らせた。

「それから考えなければならないことがさらに二点ある。ひとつは、あんたがベドゥリンの友人になったということ。あんたはわしの孫《まご》の命を救《すく》ってくれたし、レースでもきちんとしたふるまいをした。ここのみんなはあんたのことが好《す》きなんだよ、ウィル。それに、我々《われわれ》は友情《ゆうじょう》を重んじる」

「あなたは二点ある、とおっしゃいましたよね」とウィルが口をはさんだ。

ウマールはとても深刻《しんこく》な表情《ひょうじょう》で首をふった。「ジャミールが話したように、あんたの仲間《なかま》がつかまってしまったのは彼《かれ》のせいだ。あいつがあれほど不器用《ぶきよう》でなかったら、ツアラギもあんたの仲間がそこにいたことには気づかなかったはずだ。あいつの落度、あいつの失敗《しっぱい》は一族全体の落度になる。そのことがジャミールの心にたいへん重くのしかかっているのだ……それからわしの心にもな」

自分が考えはじめていることがほんとうになってくれればいいのだが、などと望《のぞ》むなんてしょせん無理《むり》なことだった。それでも試《ため》しに、一か八《ばち》かきいてみよう、という気になってウィルはいった。「ということはつまり……」

ウィルは最後《さいご》まで発言できなかった。彼《かれ》の代わりにウマールがいってくれたからだ。

「つまり、我々《われわれ》全員《ぜんいん》が合意したということだ。あのベールをつけた者たちからセレイ・エルゼンとあんたの仲間《なかま》を助けだしにいく、とな」ウマールは自分のそばで大喜《おおよろこ》びしているウィルにほほえみかけた。「もちろん、あんたが我々と一緒《いっしょ》に行きたいというのなら、大歓迎《だいかんげい》だ」

rangers apprentice 36

　アリダの兵士《へいし》たちは武器《ぶき》を取りあげられ、地面に座《すわ》らされていた。その周《まわ》りを百人以上《いじょう》のツアラギの戦士《せんし》たちがとりかこんでいる。セレゼン、四人のアラルエン人、そしてスヴェンガルは一ヵ所に寄《よ》せられていた。彼《かれ》らは手を前でしばられ、ユサルとふたりの参謀格《さんぼうかく》の部下《ぶか》が座らされているアリダ兵《へい》たちのあいだを歩いているのを見ていた。

「おまえたちをいまここで殺《ころ》すこともできる」とユサルはアリダ兵たちにいった。「おまえたちもそのことはわかっているだろう。だが、そうはせずに慈悲《じひ》をかけてやることにした」

　それを疑《うたが》わしそうな目で見ていたホールトが「もしここで彼らを殺しはじめたら、報復《ほうふく》されることがやつにはわかっているんですよ」とエヴァンリンに小声でいった。「たとえ武器をとりあげられてはいても、ユサルは部下の何人かを失《うしな》うことになるでしょうからね」自分が死ぬとわかっている人間は最後《さいご》まで必死《ひっし》で戦《たたか》うということを、ホールトは知っていたのだ。たとえどんなにわずかでもひと筋《すじ》の希望《きぼう》があれば、人間はそれをつかみとる。

「おまえたちの馬はあずかっておく」とユサルがつづけていった。「それから、ブーツもな。そうしたら、もう行ってもいい」

セレゼンは腹《はら》を立てて前に進みでようとしたが、ツアラギの歩哨《ほしょう》に止められた。

「行けだと？　どこへ行けというのだ？」とセレゼンは叫《さけ》んだ。長身の指導者《しどうしゃ》がセレゼンのほうを向いた。青いマスクの上の目は無慈悲《むじひ》そのものだった。彼《かれ》は肩《かた》をすくめた。

「そんなことはおれの知ったことじゃない」とユサルは荒々《あらあら》しい声でいった。「おれはあいつらにおれのあとをつけて来いなどといわなかったぞ。そういったのはおまえだ。おれがやつらをいま砂漠《さばく》で放りだしたとしても、責任《せきにん》はおまえにある。おれじゃない。すくなくともおれはやつらにチャンスをあたえてやっているんだ」

「砂漠で水もなしにどんなチャンスがあるというのだ？」セレゼンが挑《いど》むようにいうと、ユサルは皮肉《ひにく》っぽく両手を広げて見せた。

「やつらを水なしに放りだすとおれがいったか？　おれはやつらのブーツと馬をあずか

る、といっただけだ。やつらにおれたちの跡《あと》をつけてほしくないからな。だが、掟《おきて》で決して旅人を水なしに砂漠《さばく》に放りだしてはいけないことになっている。もちろんやつらに水は持たすよ」ユサルはそういってから部下《ぶか》のひとりに向かっていった。「やつらに革《かわ》の水筒《すいとう》ふたつをわたしてやれ」

「三十人以上《いじょう》にそれだけか？　しかもけが人もいるというのに？　掟がいっていることはこんなことではない。おまえにはそれがわかっているはずだ。この人殺《ひとごろ》し！」

ユサルは肩《かた》をすくめた。「おまえとはちがってな、おれは神のご意志《いし》がわかっているようなふりはせんのだよ、セレイ・エルゼン。掟はよそ者には水をあたえなければならない、といっているだけだ。どれだけの量《りょう》とはいっていないはずだ」

セレゼンは苦々《にがにが》しく首をふった。「おまえが神にわすれられた者といわれているのも無理《むり》はないな、ユサル」

ユサルはこの侮辱《ぶじょく》の言葉に、まるで鞭《むち》で打たれたようにたじろいだ。彼《かれ》は向きを変《か》えると部下たちに命令《めいれい》を下した。すると鋼《はがね》の鳴る音がしたかと思うと、百の剣《けん》が抜《ぬ》かれて無防備《むぼうび》なアリダの兵士《へいし》たちの頭上にふりあげられた。

「どちらか選《えら》べ、セレイ・エルゼン。おまえのひと言《こと》で、おれの部下が捕虜《ほりょ》をいますぐ殺《ころ》す。それとも、おれの慈悲《じひ》にすがるほうがいいか？」

いつでも号令《ごうれい》を発《はっ》せられるようにユサルの手が上がった。怒《いか》りといらだちをおさえこもうとして、セレゼンのあごの筋肉《きんにく》がぐっとかたまった。彼《かれ》の部下《ぶか》のひとりである副官《ふくかん》が顔をあげて、セレゼンに呼《よ》びかけた。

「閣下《かっか》、我々《われわれ》のことは心配ご無用《むよう》です！　我々はだいじょうぶですから！　助けを探《さが》して、それから閣下のあとを追います！」

ユサルは笑《わら》い声をあげた。「なんと勇敢《ゆうかん》な！　こいつは殺すべきだな。こんな勇猛果《ゆうもうか》敢《かん》な戦士《せんし》がおれの跡《あと》をつけてきていたと思うと気にくわん」彼はその若《わか》き副官に近づくと自分の剣《けん》を抜《ぬ》いた。副官は挑《いど》むようにユサルの顔を見あげた。

「はやく選《えら》べ、セレイ・エルゼン」とユサルがくり返した。セレゼンは負けた、というような身ぶりをした。

「彼らを生かしてやってくれ」とセレゼンが小声でいうと、ユサルはふたたび笑い声をあげた。

「おまえの気が変《か》わると思っていたよ」彼が手で部下たちに合図をすると、剣が鞘《さや》に納《おさ》められた。それからユサルは先ほどしゃべった若いアリダの副官のほうに身をかがめた。

猛禽《もうきん》のような暗くて残酷《ざんこく》な目がじっと副官《ふくかん》の目を見すえた。

「いまはおまえは勇敢《ゆうかん》だがな」と彼《かれ》は静《しず》かな苦々《にがにが》しい声でいった。「だが、いまに見てろ。そのうちおまえの舌《した》はからからに乾《かわ》いて大きくはれあがり、のどをふさいでほとんど息ができなくなる。暑さと石ころのせいで、足は傷《きず》だらけになり水ぶくれになる。照《て》りつける太陽で目も見えなくなる。そうなったら、頭《かしら》があのときおれにお前たちをいまここで殺《ころ》させてくれていたらよかったのに、と思うぞ。今日、やつはおまえたちのためにいいことをしてはくれなかった、ということだ」

若者《わかもの》の挑戦的《ちょうせんてき》な視線《しせん》がユサルからそらされた。ユサルは馬鹿《ばか》にしたように鼻を鳴らした。

「やつらを砂漠《さばく》に放せ！」それから、ホールトやセレゼンたちをとりかこんでいた見張《みは》り兵《へい》に向かって命じた。「そいつらをキャンプに連《つ》れていけ！」

ユサルは背中《せなか》を向けると自分の馬のほうに歩き、馬に乗《の》ると後ろをふりむきもせずに尾根《おね》の頂《いただき》のほうに駈《か》けていった。

見張り兵たちは人質《ひとじち》たちのほうに移動《いどう》してきた。四人がスヴェンガルをとりかこみ、さらにふたりがスヴェンガルの後ろについた。エラクをあつかってきて、この荒《あら》っぽい海賊《かいぞく》がどう反応《はんのう》するかがわかっていたようだった。スヴェンガルが抵抗《ていこう》する間《ま》もなく、兵士《へいし》のひとりが後ろから彼《かれ》のひざの後ろを槍《やり》の柄《つか》でなぐった。ふいに衝撃《しょうげき》を受けてスヴェンガルの足はがくっとくずれ、彼は地面に倒《たお》れた。すかさず四人が彼の上に馬乗《の》りになり、小股《こまた》でちょこちょことしか歩けないように革《かわ》ひもで足をしばった。それから、彼をもう一度引きあげて立たせた。スヴェンガルは怒《いか》りをたぎらせて彼らをにらみつけた。しかし、抜《ぬ》いた短剣《たんけん》に囲《かこ》まれているのを見ると、おとなしくせざるをえなかった。ここで自殺《じさつ》に等しい行為《こうい》をしても意味がない、と気づいたのだ。

べつの見張《みは》り兵《へい》が前に進みでて、エヴァンリンをグループから引きだした。それをじゃましようとホラスが行きかけたが、槍の柄で胃《い》をつかれた。彼はその場でひざをつき、はあはあああえいだ。

「その娘《むすめ》は貴重《きちょう》な人質《ひとじち》だぞ。もし傷《きず》でもつけたらユサルがどう思うかな」とホールトが見張り兵に警告《けいこく》した。

見張り兵はためらった。じつのところ、男はエヴァンリンが身につけていたネックレスに興味《きょうみ》があっただけなのだった。ネックレスをつかんで引っぱられたので、エヴァンリンはよろめいた。男はネックレスをじっと調べている。だが、細いひもに通されたまるい石は価値《かち》のない大理石だった。

「着けておけ！　何の価値もない！」と男はうなった。

男はエヴァンリンを仲間《なかま》のところにおしもどすと、きびきびと命令《めいれい》を発《はっ》した。見張《みは》り兵《へい》たちは馬に乗《の》り、徒歩《とほ》で行く捕虜《ほりょ》たちをキャンプ地まで連《つ》れていった。捕虜たちの手は身体の前でかたく革《かわ》ひもでしばられていた。槍《やり》の柄《つか》でつっつかれ罵声《ばせい》を浴《あ》びながら、捕虜たちは起伏《きふく》のある地面をよろよろ歩いていった。

見張り兵のひとりがギランのそばで馬を進めていた。彼《かれ》はその朝の攻撃《こうげき》のときに、このレンジャーの矢で三人の仲間を失《うしな》っていた。それで、彼はことあるごとに槍の柄でこのレンジャーの肩《かた》から背中《せなか》にかけて強くついた。四回目に男がそうしたとき、ギランはふり返って男の顔を見あげると一風変《いっぷうか》わった笑《え》みを浮《う》かべた。

「なにを見ているんだ、外国人め？」とその見張り兵は荒々《あらあら》しい声できいた。ギランのほほえみには人を不安《ふあん》にさせるものがあったのだ。捕虜が自分を捕《つか》まえた者にこのようにほほえむはずはない、と男は思った。

「ただおまえの顔をしっかりおぼえておこうとしているだけだよ」とギランはいった。

「いつそれが役に立つかわからんからな」

槍《やり》の柄《つか》がギランの肩《かた》に激《はげ》しく打ちつけられた。彼《かれ》は思わず顔をしかめたが、すかさず意味ありげにツアラギ兵《へい》に向かってうなずいた。それからギランはふたたびとぼとぼと丘《おか》を登っていった。

*

人質《ひとじち》たちが自分のそばの地面に乱暴《らんぼう》に突《つ》きだされてきたので、エラクは顔をあげた。何日か前の夜にギランが偵察《ていさつ》していたとおり、エラクは二頭のうるさいラクダにそれぞれ鎖《くさり》でつながれて、地面に座《すわ》らされていた。顔には青あざがあり、髪《かみ》の毛には乾《かわ》いた血がこびりついている。片目《かため》はほとんどふさがり、腕《うで》や背中《せなか》には鞭《むち》で打たれた傷《きず》があった。

「おやおや、猫《ねこ》がなにを運んできたかと思ったら」とエラクは楽しそうな声でいった。

「どうしてここにいるんだ、ホールト?」

「あんたを助けに来たんだよ」とホールトがいうと、エラクは自分の友人たちをしっかりとしばっている革《かわ》ひもをいぶかしげに見た。

「それにしては不思議《ふしぎ》なやり方を選《えら》んだものだな」そういってから、セレゼンがいるのに気づくと、眉《まゆ》を不愉快《ふゆかい》そうにひそめた。「たいしたもんだな、ワキール」その声には苦々《にがにが》しさがこめられていた。エラクは自分の手錠《てじょう》をかけられている手をあげて見せた。

セレゼンは首をふった。彼《かれ》の苦々しい思いはエラクと同じだった。

「こんなことになるはずではなかったのだ。わたしはよき部下《ぶか》を大勢《おおぜい》失《うしな》った」と彼はエラクにいった。

エラクはセレゼンの言葉についてしばらく考えていたが、やがて表情《ひょうじょう》をやわらげるとうなずいた。彼はスヴェンガルに目をやった。

「スヴェンガル。おまえにアラルエン人たちに会いにいくよう頼《たの》んだときには、まさかこんなことになるとは思わなかったんだ」

スヴェンガルは肩《かた》をすくめた。「心配しなくていい、チーフ。おれたち、ツアラギを包囲《ほうい》してきたんだよ——内側《うちがわ》からな」

「なるほどな」とエラクは皮肉《ひにく》っぽく答えた。それから岩だらけの地面に手まねきした。

「まあ座《すわ》ってくれ」

ほかの者たちが腰《こし》をおろす中で、エヴァンリンはエラクのそばにひざをついた。そしてやさしく彼《かれ》の頭の傷《きず》や目のまわりの大きなあざなどの様子を調べた。

「だいじょうぶ、エラク?」

エラクは肩《かた》をすくめた。「ああ、だいじょうぶだとも。やつらも歩けないほどには痛《いた》めつけないからな。それにやつら、おれのことを大事な客のようにもてなしてくれている。手のひらいっぱいのカビだらけのナツメとかたくなったパンとひと口の水でな。それから日の照《て》りつけるところでの散歩《さんぽ》だ。これ以上《いじょう》のもてなしを要求《ようきゅう》するなんてばちがあたるだろ?」

「トーシャクのことはなにか聞いたか?」とホールト。

エラクの表情《ひょうじょう》が暗くなった。「やつの名前は聞いていない。だが、あのユサルのブタがおれはもうすぐ同郷《どうきょう》の者と会うことになる、とほのめかしていた。やつがいっていたのはおまえのことじゃないと思うんだ、スヴェンガル。待ちきれないよ。あのトーシャクののどに手をかける機会《きかい》があったら、やつに生まれてこなければよかったと思いしらせてやる」それからエラクはホールトに目をやった。「ふいを襲《おそ》われるなんて、あんたらしくもないじゃないか、ホールト。あんたも焼《や》きがまわったかな?」

ホールトは片方《かたほう》の眉《まゆ》をあげた。「わたしが聞いたところによると、あんたもアル・

シャバーでそれほどうまく立ちまわれなかったそうじゃないか」と彼《かれ》が指摘《してき》すると、エラクは残念《ざんねん》そうに肩《かた》をすくめた。

「どうやらおれたちみんなが不注意《ふちゅうい》になっていたようだな」

「この集団《しゅうだん》がどこに向かっているのか、なにかわかっているのかね、チーフ?」とスヴェンガルがきいた。

「やつらはおれには相談してくれないのでね。おれはただここにいるマチルダの後ろから引かれていくだけだから」とエラクは二頭のラクダのうちそばにいるほうを親指でしめした。「おれたちすっかり仲《なか》よくなっちまったんだ」といいながら、口をもぐもぐさせているラクダを悪意に満《み》ちた目でにらんだ。

「どうやら北方山塊《ほっぽうさんかい》に向かっているようだ」とセレゼンがいったので、エラクは関心《かんしん》を持ったように彼を見た。

「その言葉をやつらが口にするのを聞いたよ。とにかく、休めるときに休んでおいたほうがいい。歩きはじめると長い一日になるぞ」とエラクがいった。

ホラスが耳をかいたが、両手がしばられているので、ぶかっこうな動作になった。

「やつらはいつ食事をくれるのかな?」ときいた。エラクは彼を改《あらた》めてしげしげ見て、それからにやっと笑《わら》った。

「おまえは変《か》わらないな、ホラス」

37

ウィル、ウマール、そして百二十人のベドゥリンの戦士《せんし》たちは砂漠《さばく》を横ぎる行軍《こうぐん》に出ていた。

彼《かれ》らは夜明けの四時間前におきて、最初《さいしょ》の光が差《さ》してから四時間後まで馬で進み、それから日中の暑い時間は休んだ。日没《にちぼつ》数時間前の夕方になるとふたたび行軍に出て、とっぷりと暗くなるまで馬を進めてからふたたび止まって休憩《きゅうけい》した。夜のキャンプを設営《せつえい》するのは夜の九時ごろだろうな、とウィルは見積《みつ》もった。しかし、一回は日中、もう一回は夜おそくにとる休憩時間は、馬に水とえさをやり、つぎの行軍への体力を回復《かいふく》させる時間がたっぷりあった。

日程《にってい》はきびしいが賢明《けんめい》なものだった。彼らは馬を全力で走らせたり駆《か》け足をさせたりせずに、だく足で進めるという着実なペースで進んでいった。ウィルはもっと速く進みたいという誘惑《ゆうわく》にかられはしたが、着実なペースで進むほうが長距離《ちょうきょり》を進むときにはいいのだということにすぐに気づいた。タグのひづめで何キロも進んでいくにつれて、長い目で見ればこっちのほうがいいことがわかったのだ。

ツアラギは北方山塊《ほっぽうさんかい》の町のひとつを目指しているというジャミールの意見に基《もと》づいて、ウマールは行動することに決めていた。その結果《けっか》、彼《かれ》らは戦《たたか》いの現場《げんば》までもどってそこからツアラギの跡《あと》をつけるのではなく、彼らによる襲撃《しゅうげき》を阻止《そし》するために直接町《ちょくせつまち》に行く計画をした。この計画と、毎日たいへんな距離を進んで行くことから、彼らは途中《とちゅう》で敵《てき》に追いつくはずだった。

ウィルは彼の持っている地図上でその山塊の位置《いち》をしめしてくれ、とウマールとジャミールにたのんだ。だが山塊はセレゼンの地図がしめす地域《ちいき》よりもはるか北にあった。ベドゥリン族は地図というものは使わないのだが、ふたりはすばやくそれが合っていることを認《みと》めながら地図を興味深《きょうみぶか》げに調べた。ベドゥリンの旅は、何百年も脈々《みゃくみゃく》と伝《つた》えられてきた部族の体験《たいけん》と知識《ちしき》に基づいて行われていた。ふたりはセレゼンが描《えが》いた目じるしを指さしながら、それぞれの場所を「光る石の川」「アリの丘《おか》」「ヘビのワジ〔訳注《やくちゅう》：アラビア、北アフリカなどの涸れ谷《ワジ》〕」などと呼《よ》んだ。名前がそのまま説明《せつめい》になっているものもあれば、どうしてそう呼《よ》ばれるのかは時の流れの中にかくれてしまっているものもあった。たとえば、アリというのがだれなのかだれもおぼえていなかったし、その川を特徴《とくちょう》づける光る石はとっくの昔に消えてしまっていたし、川そのものさえも消えていた。

これは戦隊《せんたい》だったので、ホレシュ・ベドゥリンの女性《じょせい》と子どもたちはオアシスのキャンプに残《のこ》り、ウマールの戦士《せんし》七十人が彼《かれ》らを守っていた。ウマールは攻撃隊《こうげきたい》からここまで大勢《おおぜい》の戦力《せんりょく》をそぐのに気が進まなかったが、砂漠《さばく》ではなにがおこるかわからず、七十人というのは自分の民《たみ》たちを守るために必要《ひつよう》な最低《さいてい》の人数だったのだ。

「我々《われわれ》は人数では劣《おと》るだろうな」とウマールはウィルにいった。

「でも、やつらはぼくたちが来るとは思ってないでしょうよ」とウィルがいうと、ウマールは満足《まんぞく》そうにうなずいた。

「そう期待《きたい》しているのだがな」

旅に出て三日目。人数の問題がすこし解決《かいけつ》した。先に偵察《ていさつ》に行っていた者が馬を全速力で走らせてもどってきて、砂漠を歩いている三十人の集団《しゅうだん》を発見したと報告《ほうこく》したのだ。

ウマール、ウィル、ハッサンは馬を早駈《はやが》けにさせて、本隊《ほんたい》より先に偵察員《ていさついん》と一緒《いっしょ》にもどっていった。三キロほど行ったところで、彼らは涸れ谷《ワジ》のそばのわずかな影《かげ》に座《すわ》って、偵察員《ていさついん》が置《お》いていったわずかな水を分け合っている男たちの集団《しゅうだん》に出会った。

「アリダの騎兵《きへい》たちだ」男たちが身につけていた制服《せいふく》の名残《なご》りを見てウマールがいった。男たちのだれもブーツをはいていず、その代わりにマントやシャツをやぶって、それを足を保護《ほご》するために巻《ま》きつけていることにウィルは気づいた。水筒《すいとう》にはひとりにつきひと口もないくらいしか水は残《のこ》っていなかったが、副官《ふくかん》の記章《きしょう》をまだ身につけている若者《わかもの》が公平に分配するように目を光らせていた。この集団はぼろぼろになり疲労困憊《ひろうこんぱい》していたが、規律《きりつ》はしっかりと守られていた。確信《かくしん》は持てなかったが、ウィルはこの副官に見おぼえがあるような気がした。セレゼンの部下《ぶか》のひとりなのかもしれない。

馬に乗《の》ってきた三人は追加《ついか》の革水筒《かわすいとう》を持ってきていたので、それがただちに配られた。副官はウマールに近づくと、伝統的《でんとうてき》な挨拶《あいさつ》の仕草《しぐさ》をした。

「ありがとうございます、アシャイフ」と話しはじめた。クーフィーヤに巻いている三重の馬の毛のロープからウマールの位《くらい》を知ったのだ。「わたしは、副官アルームと申し――」

ウマールが手ぶりで彼《かれ》がしゃべるのを止め、自分用の水筒を差《さ》しだした。若者の声は干《ひ》からびて割《わ》れていたのだ。「まず飲みなさい、副官どの。そのあとのほうがしゃべりやすいだろう」

ありがたそうに副官《ふくかん》は水筒《すいとう》を自分の口もとまで持ちあげて、水を飲んだ。からからに干《ひ》あがっているはずなのに、彼《かれ》はほんのすこしだけ水を含《ふく》むと、突然大量《とつぜんたいりょう》の水分が入ってきて身体がびっくりしないように、ゆっくりとそれを流しこんだ。アリダの人々は水の規律《きりつ》がすばらしい、とウィルは気づき、ウマールに発見されて水をあたえられたときに自分がどれほど必死《ひっし》で水を飲もうとしたかを思い出した。

そろそろ朝の十時ごろだった。いつもならウマールが最初《さいしょ》の休憩《きゅうけい》をとるために止まれと声をかける時間だった。ウマールはほかの者に馬からおりるよう合図すると、自分も馬をおりた。

「ここでキャンプしよう。アリダ兵《へい》たちは休憩時間のあいだに回復《かいふく》できるだろう」といった。

のどのかわきをいやしたアルーム副官は、ツアラギが襲《おそ》ってきてその後戦《あとたたか》いになったこと、ホールトたちが捕虜《ほりょ》として連《つ》れていかれ、自分や部下《ぶか》はユサルによってブーツなしにごくわずかな水だけを持たされて砂漠《さばく》に放りだされたことなどを彼らに話した。それが二日前のことだった。

「たった水筒《すいとう》二個だけの水しかないのに、三十人の部下《ぶか》を生かし、歩かせてきたのか？」とウマールがきいた。その目には尊敬《そんけい》の念《ねん》が宿っていた。

アルームは肩《かた》をすくめた。「彼《かれ》らはりっぱな騎馬兵《きばへい》です。規律《きりつ》が大切だということを理解《りかい》してくれました」

「上官《じょうかん》がりっぱだったんですよ」とウィルがいった。彼はすぐにでもアルームの話に割《わ》りこんで、自分の仲間《なかま》がどうなったかききたくてたまらなかった。アルームはへとへとに疲《つか》れていたので、彼のペースで話をさせたほうがいいと思った。だが、アルームはしばらくじっとウィルをみつめていたが、ようやく彼のことに気づいたようだった。戦隊《せんたい》がオアシスを出発するときに、ウィルもベドゥリン風の衣服《いふく》を身につけたのだった。だぶだぶのズボンに、長くたなびくシャツとマント、そしてもちろん頭と顔をおおうクーフィーヤだ。だが、肩からかけた長弓と矢筒《やづつ》はまちがいようがなかった。

「あんたは彼らがウィルと呼《よ》んでいた人だな！」とアルームがいった。「もう亡《な》くなっていると思っていたが！」

ウィルはほほえんでいった。「ぼくだとわかってくれてうれしいですよ」やがて、その笑《え》みが消えていった。「ホールトたちはだいじょうぶですか？　エヴァンリンは無事《ぶじ》ですか?」

アルームはうなずいた。「我々《われわれ》が出発したときには、彼《かれ》らは無事《ぶじ》だった。ユサルは身代金《みのしろきん》のことを話していたと思う。あの娘《むすめ》もきちんと面倒《めんどう》をみてもらっているだろう。おそらくユサルはあの娘を奴隷《どれい》として売りたいのだろう。痛《いた》めつけられた女の奴隷などだれも欲《ほ》しがらないからな。男たちはそれほどついていないかもしれない。殴《なぐ》られるだろうな」

「そうだな」とウマールがいった。それからウィルのほうを向いた。「彼らは不愉快《ふゆかい》な目にあわされるだろうが、それほどひどい目には合わんだろう。きびしい実用性《じつようせい》というものがあるのだ。ユサルは彼らをひどく痛めつけることはしない。そんなことをしたら弱ってしまって先に進めなくなるからな。娘についてこの男がいったことも、そのとおりだ。ツアラギが得意《とくい》なことがひとつあるとしたら、それは自分たちの投資対象《とうしたいしょう》の面倒はみるということだ」

「アシャイフ、これからどうなさるおつもりなのでしょうか?」とアルームがきいた。

彼は遠くに目をやって、ベドゥリンの本隊《ほんたい》が近づいてきているのに気づいたのだった。

彼のするどい目は、この集団《しゅうだん》には女性《じょせい》も子どももいず、戦士《せんし》だけから成《な》っていることを見抜《みぬ》いていた。

「我々《われわれ》はツアラギを追っているのです」とウィルがいった。「アシャイフ・ウマールとその部下《ぶか》の人たちはぼくが仲間《なかま》を助けだすのを手伝《てつだ》ってくれることになったのです」

「ワキール・セレイ・エルゼンも助けだすのですか?」とアルームがきいた。

ウマールはそうだ、とうなずいた。「ワキールは古い同志《どうし》だ。彼《かれ》をユサルのうすぎたない手中に置《お》いておくことはできんよ」

彼らはワジの堤《つつみ》がもたらす細長い影《かげ》の中に座《すわ》っていたが、アルームがよろよろと立ち上がった。その目には新たなエネルギーがみなぎっていた。

「だったらわたしたちも一緒《いっしょ》に行かせてください！　わたしも部下もあのいまいましいツアラギには貸《か》しがあるのです。それに、わたしはワキールにかならずもどってくると約束《やくそく》したのです！」

ウマールは顔をしかめた。「しかし、あんたの部下は疲労困憊《ひろうこんぱい》しているじゃないか。のどのかわきで死にかけておる」と疑《うたが》わしそうにいった。だがアルームはウマールがすべていい終わらないうちに首をふった。

「彼らもすぐに回復《かいふく》しますよ。彼らに食糧《しょくりょう》とたっぷりの水をあたえてやって、ひと晩休《ばんやす》ませてやってください。明日の朝にはきっと旅ができるようになっています」

「あなたたちは丸腰《まるごし》ですね」とウィルが指摘《してき》した。

アルームは肩《かた》をすくめた。「あなたの部下《ぶか》が予備《よび》の短剣《たんけん》を多少持っていますよね？　たいていのベドゥリンはひとつ以上《いじょう》の武器《ぶき》を持っていく。それに、いったん戦《たたか》いがはじまったら、あなたたちが殺《ころ》したツアラギがひとつずつわたしの部下に武器を提供《ていきょう》してくれる」

ウィルとウマールは目くばせをした。「訓練《くんれん》を受けた戦士《せんし》がよぶんに三十人いるとなるとありがたいですね」とウィルは指摘した。そこまでいって彼《かれ》は顔をくもらせた。「でもどうやって彼らをぼくたちに追いついてこさせます？　彼らは裸足《はだし》で歩いてくるのですよ」

ウマールはその問題を払《はら》いのけるように、頭を軽くふった。「わしの部下たちとふたり乗《の》りさせればいい。三十人しかいないから交代に乗せれば、馬もそれほど長いあいだふたりを乗せなくてもすむ」

アルームはふたりが話しているあいだ、話し手の顔を順《じゅん》に目で追いながら熱心《ねっしん》に聞いていた。彼は片手《かたて》をあげてためらいがちに口をひらいた。

「ひとつ問題があります。部下《ぶか》のうち四人がけがをしています。ここまで我々《われわれ》が運んできたのですが、彼《かれ》らは旅をすることも戦《たたか》うことも無理《むり》だと思います」

ウマールはその問題についてざっと考えていた。彼はさらなる戦士《せんし》が自分の指揮《しき》下《か》に入ると思うとうれしかったし、アリダの騎馬兵《きばへい》たちが優秀《ゆうしゅう》だということも知っていた。だから彼にとって答えは自明だった。

「負傷者《ふしょうしゃ》の世話をするために、わしの部下をふたりここに残《のこ》らせよう」それから頭で考えていることを声に出していった。「彼らのためにすこし水をおいていくが、水の大半は我々が必要《ひつよう》とするものだ。ここから東に半日ほど行ったところに小さな水場がある。六人分の水としてはそこでじゅうぶんだろう。わしの部下ひとりがここで負傷者と残っているあいだに、もうひとりが水をくんでくればいい。もし我々がうまくいけば、帰りに彼らをひろっていけるだろう」

ウマールはいま自分がいったことをしばらく考えていたが、やがてうなずいた。彼らは夜の旅の時間を五時間分失《じかんぶんうしな》うことになる。しかもふたり分戦力《せんりょく》が弱くなる。だが引きかえに、訓練《くんれん》された兵士《へいし》二十六人が手に入るのだ。しかも、彼らはツアラギにうらみがあり復讐《ふくしゅう》したいと思っている。これはいい取引だ、と彼は思った。

「今日の残《のこ》りと今夜もずっとここでキャンプをする。あんたの部下《ぶか》には必要《ひつよう》なだけの食糧《しょくりょう》と水をあたえる。夜明け四時間前になったら出発できるよう準備《じゅんび》しておくように、と部下にいっておいてくれ」

アルームはきびしい顔でほほえんだ。「わかりました。だいじょうぶです」

ranger's apprentice 38

彼《かれ》らが幾重《いくえ》にも連《つら》なる崖《がけ》と丘陵地帯《きゅうりょうちたい》を登っていった先に、ついに北方山塊《ほっぽうさんかい》が姿《すがた》をあらわした。広々としていた砂漠《さばく》は露出《ろしゅつ》した岩場と崖のあいだを縫《ぬ》うせまい道に変《か》わっており、山脈《さんみゃく》を抜《ぬ》ける急なのぼり坂になっていた。砂漠から百五十メートルほど上がったところに、切りたった絶壁《ぜっぺき》が自然《しぜん》に切りとられたような台地があった。ちょうど南北に連なるような台地で、その上にマーシャヴァの町ができていた。

この町は丘陵のふもとや山塊の下にある平野で暮《く》らし働《はたら》いているアリダの農夫《のうふ》たちの市場になっていた。町のふだんの人口は五百人ほどだが、市場がひらかれる週には、近郊《きんこう》の地域《ちいき》や近隣《きんりん》の丘《おか》の村などから商売をしようとやってくる牛飼《うしか》いや羊飼《ひつじか》い、農民《のうみん》などで、八百から九百人にまでふくれあがった。

ここはツアラギの戦士《せんし》たちの一時的《いちじてき》な基地《きち》として完璧《かんぺき》だった。自分たちの寝場所《ねばしょ》も動物用のえさもじゅうぶんあり、市場に持ちこまれた食糧《しょくりょう》や町の倉庫《そうこ》に備蓄《びちく》されているものもじゅうぶんにあったからだ。

建物《たてもの》はたいてい日干《ひほ》しレンガを白く塗《ぬ》ったものでできており、ほとんどは平らな屋根の平屋建《ひらやだ》てだった。その平らな屋根で、住人たちは一日の終わりに涼《すず》み、もっとも暑い夜にはそこでねむることもできた。崖《がけ》をくりぬいた住居《じゅうきょ》もたくさんあった。その入口は長年風雨にさらされて摩耗《まもう》しており、ずいぶん昔からあることをしめしていた。これらのほとんどは、食糧や町で取引される商品の倉庫として使われていた。しかし、中には実際《じっさい》の住居として使われているものもあり、見張《みは》り兵《へい》の後ろから捕虜《ほりょ》たちが列をなして町に入るときに、ホールトはそのいくつかにあきらかに人が住んでいるしるしを見た。家族用の水を入れた壺《つぼ》を背負《せお》って高い入口までのはしごを登る女性《じょせい》たち、岩の表面に煙《けむり》用《よう》の穴《あな》を空けたところから出てくる料理《りょうり》の煙《けむり》などだ。また、洗濯物《せんたくもの》を細長い棒《ぼう》にかけて、暑い外気に向けてつきだして乾《かわ》かしているものもあった。洗濯物が渓谷《けいこく》をいくそよ風に旗《はた》のようにたなびいていた。

マーシャヴァまでの三日間の行軍《こうぐん》は楽しいものではなかった。彼《かれ》らは長いロープで見張り兵たちの鞍《くら》につながれており、彼らの歩調に合わせてぶざまに駆《か》け足させられた。

だれかが転ぶと――彼《かれ》らはみんな両手を前でしばられていたのでバランスがとりにくいため、転ぶことがしょっちゅうあった――その者はただちに見張《みは》り兵《へい》たちに囲《かこ》まれ、槍《やり》の先でこづかれたり、槍の柄《つか》で殴《なぐ》られたりした。

何キロか歩いたあと、ホールトは自分たちがつながれている馬の乗《の》り手たちは、突然《とつぜん》歩《ある》くペースや方向を変《か》えて、わざと捕虜《ほりょ》たちのバランスをくずし、彼らを倒《たお》れさせているのだということに気づいた。

エヴァンリンだけは例外《れいがい》だった。ホールトが先にいったとおり、ツアラギはエヴァンリンを保護《ほご》しなければならない投資物件《とうしぶっけん》と見ていたので、彼女《かのじょ》はこのようなひどい目にあわずにすんだ。それどころか小さな馬に乗ることさえ許《ゆる》されていた。もっとも両手はしばられたままだったし、馬はツアラギの戦士《せんし》に引かれていて、エヴァンリンに逃《に》げ出そうとする兆候《ちょうこう》がないか絶《た》えず見張られていた。

ふたりのレンジャーがもっともひどい目にあっていた。彼らは外国人だったのでツアラギから蔑《さげす》みの目で見られていた。さらに悪いことに、あの短い攻撃《こうげき》の際《さい》に見せた彼らの恐《おそ》ろしいほどの弓《ゆみ》の腕前《うでまえ》のせいで、ツアラギはふたりを憎《にく》んでいた。ここにいるツアラギのほとんどがすくなくともひとりの仲間《なかま》をレンジャーの矢で失《うしな》っていた。だからホールトとギランが運んでいるふたつの長弓は彼《かれ》らが罪人《つみびと》であるしるしなのだった。

マーシャヴァに着いたころには、ふたりともひどく殴《なぐ》られてあざだらけだった。ツアラギの拳《こぶし》で殴られたせいで、ホールトの左頬《ひだりほお》には大きなあざができ、目はほとんどふさがっていた。小さなこん棒《ぼう》で殴られたギランの頭からはひどく血が出て、髪《かみ》や顔に乾《かわ》いた血がこびりついていた。

このふたりのレンジャーがいるせいで、ツアラギの注意はもともとの捕虜《ほりょ》、エラクからそれているようだった。彼とスヴェンガルは、すべったり転んだりしたときに槍《やり》の柄《つか》で殴られる以外《いがい》は、だいたいにおいて放っておかれた。セレゼンもほかの者たちよりはいいあつかいをされていた。アラルエン人たちがこの地域《ちいき》では未知《みち》の者であったのに対して、セレゼンの人質《ひとじち》としての価値《かち》をユサルは知っていたからだ。

元気で運動神経《うんどうしんけい》がよく足どりも軽いホラスは、見張《みは》り兵《へい》たちに殴るすきをほとんどあたえなかったが、あるとき、ひざまずけという命令《めいれい》を誤解《ごかい》したホラスに激怒《げきど》したツアラギが短刀を彼の顔にかざし、右頬《みぎほお》を浅《あさ》く切りつけた。傷《きず》はかすり傷程度《きずていど》だったのだが、その夜エヴァンリンが手当てをしてくれたとき、ホラスははずかしげもなく実際以上《じっさいいじょう》に痛《いた》いふりをした。ホラスはエヴァンリンの手当てを楽しんでいたのだ。あざだらけでへとへとになっていたギランとホールトは、エヴァンリンがホラスの傷《きず》を洗《あら》い、やさしく乾《かわ》かしているのを見ていた。ホラスは勇敢《ゆうかん》にもたいへんな苦痛《くつう》に耐《た》えているという芝居《しばい》を上手にこなしていた。ホールトは不愉快《ふゆかい》そうに首をふった。

「芝居をしやがって」と彼《かれ》がギランにいうと、ギランもうなずいた。

「ええ。やつは役者《やくしゃ》で食っていけるんじゃないですか?」そういってから、やや皮肉《ひにく》っぽく「ぼくも最初《さいしょ》にああすることを思いつけばよかった」とつけたした。

ホールトはいいほうの目でギランをにらんだ。この元弟子《もとでし》にもいや気《け》がさして、ホールトはぶつぶついいながら、足を引きずってギランからすこしはなれた。

「まったく若《わか》いやつらときたら!」と彼はエラクに向かって吐《は》きすてるようにいった。

「美人に手当てしてもらったらどんな病気でも治《なお》ると思っているんだから」

「おれたちだってはるか昔はそうだったじゃないか、ホールト」とエラクがにやにやしながらいった。「あんたのような老《お》いぼれになるずっと昔はな。スヴェンガルから聞いたが、あんた、身を落ちつけたんだってな。デブの未亡人《みぼうじん》のおばさんが、これが最後《さいご》のチャンスと思って白髪《しらが》まじりのひげ面《づら》おやじを捕《つか》まえたってとこなんだろうな」

もちろんエラクはスヴェンガルからホールトが最近《さいきん》すごい美人と結婚《けっこん》したということ

を聞いていた。だが、こういったらホールトがどんな反応《はんのう》をするか、エラクはおもしろがっていたのだ。ホールトの片目《かため》がエラクに釘《くぎ》づけになった。

「国にもどったら、ポーリーンに聞こえるところで彼女《かのじょ》のことを『デブの未亡人《みぼうじん》のおばさん』などといわないほうがいいって忠告《ちゅうこく》しておくよ。彼女は身につけている短刀の達人《じん》だからな。あんたもあのみっともない兜《かぶと》をちゃんとかぶるためには耳がなくなったら困《こま》るだろ」

その日の強行軍《きょうこうぐん》も終わり、ようやくマーシャヴァの町に辿《たど》りついたところで、冗談《じょうだん》もそこまでとなった。アリダの町の人々は新たに着いた彼《かれ》らを、どんよりとした興味《きょうみ》なさそうな目で眺《なが》めた。捕虜《ほりょ》にも同情《どうじょう》をしめさなかった。ツアラギに侵略《しんりゃく》されれば、彼らは身ぐるみをはがれ飢《う》えることになる。侵略者《しんりゃくしゃ》たちが好《す》き放題にした食糧《しょくりょう》や備品《びひん》が元どおりになるまでには何年もかかるだろう。

太陽は高い崖《がけ》の後ろにかくれてしまったので、町は影《かげ》になっていた。捕虜たちは市《いち》がひらかれていた町の中心の広場を通って、町の奥《おく》にある洞窟倉庫《どうくつそうこ》のひとつに連《つ》れていかれた。そこで、馬につながれていた長いロープが外され、しばられていた手も自由になった。

「どこか知らないけど、とにかく目的地《もくてきち》に着いたようだな」とホラスがいった。

ツアラギのひとりが、勝手にしゃべるんじゃない、と毒《どく》づいた。

捕虜《ほりょ》たちはからの倉庫《そうこ》に荒《あら》っぽくおしこめられ、入口の外側《そとがわ》に見張《みは》りがひとり立った。しばらくして、食べ物、水、毛布《もうふ》が運びこまれた。それから外のドアがバタンと閉《し》まって鍵《かぎ》がかけられ、彼《かれ》らだけになった。

「これからどうなるんだろう?」とギランが声に出していった。

＊

その彼の思いもそれほど長くはつづかなかった。一時間もしないうちにガチャガチャと鍵が差《さ》しこまれる音が聞こえたかと思うと、ドアが大きくひらいた。もう外はすっかり暗くなっていて、中にはろうそくが一本灯《とも》されていただけだったので、戸口のところにいるのはぼんやりとした大柄《おおがら》な人影《ひとかげ》だとしかわからなかった。幅《はば》のせまい入口を無理《むり》に入ってきたので、男は横向きに身体を通さなければならなかった。それから、捕虜たちがいる大きな部屋のまん中まで大股《おおまた》で歩いてきた。その後ろから六人のツアラギがついてきた。湾曲《わんきょく》した剣《けん》の柄《つか》に手をかけて、捕虜《ほりょ》たちが反乱《はんらん》をおこす気配《けはい》はないかと目を光らせて部屋を見わたしている。最後《さいご》にユサルも入ってきた。だが、捕虜たちのだれも彼《かれ》を見ていなかった。彼らは全員、ここまで入りこんできた頑丈《がんじょう》な体つきのスカンディア人を見つめていた。

「トーシャク!」とスヴェンガルがいった。腹《はら》を立てながら、彼は洞窟《どうくつ》の砂地《すなじ》の床《ゆか》から立ちあがりかけた。とたんに、三人のツアラギが剣を引きぬく聞きなれたシューッという音が洞窟じゅうに響《ひび》きわたった。エラクの手が伸《の》び、スヴェンガルの腕《うで》をつかむと無《む》理《り》やり引きもどした。

「落ちついて座《すわ》れ、スヴェンガル。やつはおまえを殺《ころ》す口実をほしがっているのがわからんのか?」

「さすがにするどいな、エラク」と裏切《うらぎ》り者のトーシャクが答えた。その声はスカンディア人のわりにはおどろくほどなめらかで抑制《よくせい》のきいた声だった。スカンディア人の大半は海の男なので、嵐《あらし》や風の中でも聞こえるようながなり声を出していたのだ。トーシャクが見張《みは》り兵《へい》たちに合図をすると、剣は鞘《さや》に収《おさ》められた。

顔の下半分をいまも青いベールで覆《おお》ったままのユサルが、ふたりの大男のやりとりをじっと見ていた。顔をこちらからあちらへと動かしてはいるが、黒い目はまばたきひとつしない。

タカみたいだ、とホールトは思った。それから、考えを改《あらた》めた。というより、ハゲワシだ、と。

「で、トーシャク、おまえがようやく顔を出したというわけだな。これらすべての裏《うら》には卑怯《ひきょう》にも裏切《うらぎ》ったおまえがいる、と思っていた」エラクの声は平板で抑制《よくせい》がきいていた。とはいっても、トーシャクのなめらかな口調にはおよばなかったが。

トーシャクは笑《え》みを浮《う》かべた。「さっきもいったように、オベリヤール、さすがにするどいな。だがもちろん、あとからではだれでも何とでもいえる。おまえがそのような見識《けんしき》をもうすこし早くにしめせなかったのは残念《ざんねん》だったな。そうしていたらおれの罠《わな》にはまらなくてすんだかもしれんのに。おれが部屋に入ってきてから『すべておまえの仕《し》業《わざ》だとわかっていた』といっても、何にもならんのじゃないかね？」

「どっちにしても、おまえが裏切り者だという事実には変《か》わりはない。おまえのやったことは万死に値《あたい》する」

「まあ、そうだな。だがな、よくいうように、裏切り者もべつの者から見れば愛国者《あいこくしゃ》でもあるわけだ。残念《ざんねん》だが死ぬのはおまえのほうのようだ」

「そんなことをすれば、身代金《みのしろきん》が入らなくなるぞ」とホールトが口をはさんだ。そしてツアラギのリーダーを見た。「あんたの戦友《せんゆう》はこのことをどう考えているのかな？　あんたは銀六万リールをあきらめたいのか、ユサル？」

ユサルは目を怒《いか》りにたぎらせて、前に進みでた。彼《かれ》はレンジャーと自分を見くらべてから背《せ》の低《ひく》いレンジャーをにらみつけた。そしてホールトの胸《むね》に指を突《つ》きたてると、強調するようにいった。

「おれのことをユサル、と呼《よ》ぶな！　おれを呼ぶときは、アシャイフ・ユサルか閣下《かっか》と呼べ。わかったか？　この無礼《ぶれい》な外国人めが」

ホールトは首をかしげながら、「わかったか？」ときかれたことについて考えこんだ。

「わたしにわかっているのは、あんたには閣下と呼ぶに値《あたい》する優秀《ゆうしゅう》さがほとんどないことと、アシャイフというのは名誉《めいよ》ある者をしめす言葉だということだけだよ。青い女物のハンカチで顔をかくすような男には尊敬《そんけい》に値するところなどなにもない」

ユサルの目に怒りの炎《ほのお》がさらに燃《も》えさかった。ホールトはそれを注意深く見守っていた。彼はいつも敵《てき》の目を見つめていたが、ユサルの場合、目は唯一《ゆいいつ》こちらから見えるところでもあった。

ユサルが拳《こぶし》で殴《なぐ》りかかってきたとき、ホールトには予見《よけん》できていた。わずかに右に避《さ》けたので、拳は空ぶりに終わった。手ごたえを予想していたユサルは、前につんのめった。怒《いか》りに燃《も》えたユサルは、さらにホールトに近づくと、ふたたび彼《かれ》に殴りかかろうとした。

「待て！」それをトーシャクが手を上げて止めた。

トーシャクはホールトにもっと近づくと、そのはれてあざのできた顔をじっくりと見た。

「おまえ、レンジャーだな？　ホールト、といったな。思い出したぞ。三年前にスカンディアで厄介《やっかい》ごとをおこしたおまえが、今度はここにいるというわけか。おまえはあらゆる場所でじゃまをしているってわけだな。そこにいるのは、おまえと一緒《いっしょ》にスカンディアにいたもうひとりのやつだな？」

トーシャクはギランのほうを指した。じつはトーシャクはこのふたりのレンジャーに一度も会ったことがなかった。ホールトの助手が若《わか》い男だったことを知っていただけだったのだ。

「いや……」とギランがいいかけたのを、ホールトがさえぎった。

「そのとおりだよ」とすばやくいった。ギランはすこしおどろいてホールトを見た。だが、それ以上《いじょう》はなにもいわなかった。トーシャクは今度はユサルを見ていった。

「こいつら、弓《ゆみ》の射手《しゃしゅ》だろ？　このあいだの戦《たたか》いで大勢《おおぜい》を殺《ころ》した？」

ユサルはうなずいた。「おれの部下《ぶか》たちはやつらを殺したがっている。だが、こいつらは身代金《みのしろきん》をとる値打《ねう》ちがあるかもしれん」

トーシャクは首をふった。「こいつらをとりもどすために身代金を払《はら》おうなんて者はどこにもいない。レンジャーというのはやっかいごとばかりおこしている。それに、こいつらは危険《きけん》だ。できるだけ早く殺してしまうのがいちばんんだ」

「わたくしが彼《かれ》らのために身代金を払うわ！」部屋じゅうに立ちこめていたおそろしいほどの沈黙《ちんもく》の中、エヴァンリンが声を出した。「わたくしは……外交官《がいこうかん》です。アラルエン国王に近い者です。彼らのために多額《たがく》の身代金を支払《しはら》うようとり計らうことができます」

トーシャクは興味津々《きょうみしんしん》でエヴァンリンを見た。テムジャイとの戦いのとき、彼は実際《じっさい》にはハラスホルムにいなかった。だが、そこでなにがおきたかは話に聞いていた。レンジャーたちと一緒《いっしょ》にいた少女――アラルエンの高位《こうい》にいる少女についての勇《いさ》ましい話を。こいつがあの少女なのかもしれないな、とトーシャクは思った。それから肩《かた》をすくめた。

この娘《むすめ》がどんな身分であろうと、そんなことはどうでもいい。大事なのはこの娘の持ち物にどんなものが見つかるかだ。

「いずれにしてもおまえは身代金《みのしろきん》を払《はら》うことになる。おれたちがこいつらを殺《ころ》す、殺さないに関係《かんけい》なくな」

エヴァンリンはいい返そうと口を開いたが、そのとき彼《かれ》が手にしているものを見てしゃべるのをやめた。彼はシラシアン協議会《きょうぎかい》の文書を持っていたのだ。

「印章《いんしょう》がなければそんなもの何の役にもたたないわ」と彼女《かのじょ》はいった。

「だが、おまえはそれがどこにあるのか知っているのだろ?」

エヴァンリンはひるむことなくトーシャクの目をじっと見つめ返した。彼らが投降《とうこう》する直前に、エヴァンリンは印章をあのすり鉢型《ばちがた》の窪地《くぼち》の石の下にかくしてきていた。そうしておいてよかった、と彼女は思った。自分の声に自信《じしん》がなかったので、エヴァンリンは黙《だま》っていた。

トーシャクはうなずいた。彼女が黙っていることこそ、自分の疑問《ぎもん》が正しい証拠《しょうこ》だと思ったのだ。彼はユサルのほうを向いた。

「アシャイフ・ユサル、おきわすれてきたらしい印章のありかを、どうやったらこの娘に思い出させることができるだろうな?」

　ユサルの目がちらりとゆれ、ベールが顔の上でわずかに動いた。彼《かれ》がほほえんでいることにエヴァンリンは気づいた。ユサルはマーシャヴァに来るまでの道中、捕虜《ほりょ》たちを間近に見ていた。その彼がこの娘《むすめ》と若《わか》い戦士《せんし》とのあいだのやりとりを見逃《みのが》すはずはなかった。彼はホラスを指さした。

「こいつの皮をはいでいったら、思い出すんじゃないかな」そういって、ユサルはくすくす笑《わら》った。しわがれた、不愉快《ふゆかい》な声が笑い声をいっそうみにくいものにした。

　エヴァンリンはぞっとして絶望的《ぜつぼうてき》な目でホラスを見た。彼が拷問《ごうもん》にかけられるのを見ていることなど決してできないことはわかっていた。だが、もし彼女《かのじょ》がそのワラントに印章《いんしょう》をおしてしまったら、いずれにしても全員殺されてしまうのだ。

「トーシャク?」スヴェンガルがやさしく問いかけるような声でいった。裏切《うらぎ》り者のスカンディア人が、眉《まゆ》を上げて彼を見た。スヴェンガルはつづけていった。

「おれとおまえでレスリングをするっていうのはどうだ?　ほんの遊びで」

「遊びで?」とトーシャクはくり返した。

　スヴェンガルは愛想《あいそ》よくほほえんだ。「そうだ。おまえのそのみっともない頭を首から引きちぎってやったらさぞ楽しいだろうと思ってな。それから、その青い布《ぬの》で顔をおおっている、鷲鼻《わしばな》のおまえのお友達の頭もな」彼《かれ》は最後《さいご》の言葉を吐《は》きだすようにいうと、視線《しせん》を移《うつ》してユサルをにらみつけた。

トーシャクは片方《かたほう》の眉《まゆ》をあげた。

「おとなしく口を閉《と》じていればよかったのにな、スヴェンガル。おまえは生かしておいてやってもいいと思っていたんだが。だが、おまえがそういう心持ちでいるとわかった以上《いじょう》は……」トーシャクは言葉を切って、自分と相対して緊張《きんちょう》しているグループを見わたした。

「我々《われわれ》の立場をはっきり確認《かくにん》しておこうか?」といって、彼はセレゼンを指さした。「ワキールは身代金《みのしろきん》を課《か》した人質《ひとじち》とする。こいつの罪《つみ》は軽いものだし、こいつとは何の争《あらそ》いもしていない。一方、エラクとスヴェンガル相手にはいろいろある。だからふたりには死んでもらう。おまえたちふたりのレンジャーも同じだ」彼はつぎにホラスを指さした。「おまえは皮をはがれることになる。そしてここにいるお嬢《じょう》さんにはおまえの悲《ひ》鳴《めい》を聞くという特権《とっけん》に対して我々に多大な金額《きんがく》を払《はら》ってもらうことになる」トーシャクは笑《え》みを浮《う》かべて全員を見わたした。「だれか見落としているやつがいるか?　いないか？　よし、それではこれから先のことを考えながらいい夜をすごしてくれ」

　彼《かれ》の顔から笑《え》みが消えた。そしてユサルにあごをしゃくって合図をすると、ふたりは背《せ》を向けた。そのとき、ユサルがなにか思い出したように立ちどまってふり返った。彼は注目を求《もと》めるように左手をあげ、みんなのほうにもどってきた。

「もうひとつあった」そういうと、ユサルは衛兵《えいへい》になにか命令《めいれい》をした。するとふたりの衛兵がホールトの腕《うで》をつかみ、彼を引っぱりだすとユサルの前に無理《むり》やりひざまずかせた。ツアラギのアシャイフ、ユサルはホールトの顔に鉄拳《てっけん》の雨を浴《あ》びせかけた。右、左と何度も何度も殴《なぐ》られるうちに、ホールトの顔は切れて血が流れ、頭が片方《かたほう》にがくんとかたむいた。それをトーシャクはおもしろそうに見ていた。エラクは止めに入ろうと前に出かけたが、腹《はら》にあてられた剣《けん》の先がそれを止めた。ついにユサルは荒《あら》い息をしながら後ろに下がった。

「放せ」彼はホールトをおさえていた部下《ぶか》たちにいった。衛兵がホールトを放すと、ホールトはなかば意識《いしき》を失《うしな》ったまま顔から砂地《すなじ》に倒《たお》れこんだ。

「こうなってはそれほど敏捷《びんしょう》でもないようだな」とくずれ落ちたホールトに向かってトーシャクがいった。ユサルは短く声をあげて笑《わら》うと、ふたりそろって部屋から出ていった。武器《ぶき》を手にした衛兵《えいへい》たちもふたりの後を追い、バタンとドアを閉《し》めた。その後につづいた沈黙《ちんもく》の中、鍵《かぎ》ががちゃりとかけられる音が響《ひび》いた。

ギランはそれまでためこんでいた息をゆっくり吐《は》きだすと、すばやく動いてなかば意《い》識《しき》を失《うしな》っているホールトのそばにひざまずいた。そっとホールトをおこすと、顔についた砂《すな》と血液《けつえき》が混《ま》じったものをきれいに拭《ふ》きとりはじめた。エヴァンリンも手伝《てつだ》い、やさしく介抱《かいほう》した。

ホラスは彼《かれ》らの手元に残《のこ》されていた水筒《すいとう》を持ってきて、エヴァンリンにわたした。彼《かの》女《じょ》がやさしくホールトの顔を洗《あら》うのを見ながら、ホラスは心配でたまらなかった。ホールトが打ちまかされるのなんてこれまで一度も見たことがなかった。ホールトはいつも自分の状況《じょうきょう》をコントロールしていた。いつもつぎになにをすべきかを心得《こころえ》ていた。

「えらくやっかいなことになったな」とホラスがいった。そのとき、ホールトが動き、片手《かたて》をあげて座《すわ》ろうとしたので、みんなはおどろいた。エヴァンリンが横になったままでいるようおしとどめたので、ホールトはおきあがる努力《どりょく》をやめた。だが、彼はしゃべりだした。その声は口も顔もはれあがっているために、くぐもっていてろれつもまわらなかった。

「やつらはひとつわすれている」無事《ぶじ》なほうの目には反抗《はんこう》の光が宿っていた。もう片方《かたほう》の目は完全にふさがっている。

残《のこ》りの全員が顔を見合わせた。自分たちの苦境《くきょう》の中に、いい面《めん》などなにひとつ見いだせなかったからだ。

「それは何なの、ホールト？」彼《かれ》にわざと調子を合わせるようにエヴァンリンがきいた。

ホールトはその口調に気づいて、エヴァンリンをにらみつけた。それから力をこめていった。

「ウィルがまだどこかこの近くにいる」

ranger's apprentice 39

ウィルとウマールがようやく町を見おろせる見とおしのいい場所に着いたとき、太陽の最初《さいしょ》の光がマーシャヴァの白く塗《ぬ》られた家々に差《さ》しこんでいた。

彼《かれ》らは夜明け前のうす暗い中を数時間登ってきたのだった。最初は町の片側《かたがわ》にあるけもの道のようなせまい道を辿《たど》り、それから鋭角《えいかく》に折《お》れて、町の上五十メートルにあるこの地点に辿りついた。ここからは町の人々が行き来する様子がはっきりと見える。

いま彼らは町を眺《なが》めていた。町の三方を低《ひく》い塀《へい》がとり囲《かこ》んでいる。四つ目の側《がわ》は崖《がけ》そのものが守ってくれていた。塀に沿《そ》って一定の間隔《かんかく》で見張《みは》り塔《とう》があったが、歩哨《ほしょう》の姿《すがた》は見あたらなかった。ウィルがその事実に気づき、ウマールは馬鹿《ばか》にしたように首をふった。

「この町の人間は怠惰《たいだ》で見張《みは》りを立たせるということをせん。だからツアラギは数百キロの範囲《はんい》に敵《てき》はいないと思っておるんだ」

町のあちこちから料理《りょうり》をする煙《けむり》が立ちのぼっている。薪《たきぎ》から立ちのぼるつんとくる煙に混《ま》ざって、ウィルの味蕾《みらい》を刺激《しげき》するべつの香《かお》りが漂《ただよ》ってきた。町じゅうの台所でコーヒーがいれられているのだ。男や女たちが次々《つぎつぎ》町《まち》から出てきて、下の平らな土地へとつづくくねくね道を下ったり、山の斜面《しゃめん》にある段々畑《だんだんばたけ》へと向かっていった。ウィルが彼《かれ》らを指さして眉《まゆ》を上げた。

「農民《のうみん》たちだよ」無言《むごん》の質問《しつもん》にウマールが答えていった。「彼らは平らな土地でトウモロコシと小麦を作り、段々畑では果物《くだもの》や野菜《やさい》を作っているのだ」

マーシャヴァでは水が不足《ふそく》することはない。山々の地下を走っている水脈《すいみゃく》に向かっていくつもの井戸《いど》が掘《ほ》られていたのだ。井戸の中には段々畑までパイプで水を運んでいるものや、下の畑まで水路になっているものもあった。複雑《ふくざつ》な灌漑《かんがい》と耕作《こうさく》システムで、ウィルはこの乾燥《かんそう》して不毛《ふもう》な地に来てからこんなものは見たことがなかった。

「こういうものをだれが作ったんですか？」と彼はきいた。

ウマールは肩《かた》をすくめた。「だれにもわからん。段々畑も導水管《どうすいかん》も何百年、いやおそらく何千年も前のものだ。アリダがこれを見つけて、町を復元《ふくげん》したのだ」

「そうですか。じゃあ、いずれにしても彼《かれ》らはぼくたちにチャンスをあたえてくれますね」とウィル。ウマールがちらりと見たので、ウィルは話をつづけた。「毎日あの農夫《のうふ》たちが出入りしていれば、あなたの部下《ぶか》たちを町に忍《しの》びこませることができます。ひとりずつやふたり組になって行けば、一日のうちに五十人を町に送れますよ」

「で、それからどうするんだ？」とウマール。

「町の人たちに接触《せっしょく》して、彼らの中にかくしてもらうんです。マーシャヴァの人たちだって、ツアラギを永久《えいきゅう》に追い払《はら》ってくれる人なら大歓迎《だいかんげい》でしょう？」

ウマールは疑《うたが》わしそうな顔をした。「わしの部下はだめだ。よそ者だとすぐにわかってしまう。地元の人間はよそ者を信用《しんよう》しないだろう。いつわしの部下を裏切《うらぎ》ってツアラギに売るかもしれん」

「でもどうしてなんです？」ウマールの答えにいらいらしてウィルが思わず大きい声をあげたので、ウマールがあわてて声を抑《おさ》えるよう合図をした。山では音は遠くまで届《とど》く。「すみません。でも、どうして彼らがあなた方を裏切るんですか？　あなたたちはみんな同じ国の人でしょう？」

ウマールは首をふった。「我々《われわれ》は同じ国に住んではいるが、部族がちがうんだ。我々はベドゥリンでやつらはアリダだ。なまりもちがえば風習もちがう。一般的《いっぱんてき》にいって、ベドゥリンはアリダを信用《しんよう》しないし、アリダも我々を信用しない。わしの部下《ぶか》たちは、しゃべればすぐにベドゥリンだとわかってしまう」

「そんなばかな」とウィルはうなり声をあげた。そんなささいなちがいで人々が分断《ぶんだん》されているなんて、知的《ちてき》な活動を侮辱《ぶじょく》されたように思った。

ウマールは肩《かた》をすくめた。「ばかばかしいことかもしれん。だが、事実なのだ」

ウィルは眼下《がんか》の町をじっと見つめていた。先ほどより多くの人々が外に出てきていた。

彼《かれ》はなにやら考えこみながら、親指の爪《つめ》をかんでいた。

「でも、あなたはゆうべ部下をひとり町に送りこんだんでしょう?」

ウマールはうなずいた。ベドゥリンの偵察員《ていさついん》のひとりが夜になってから町の塀《へい》を乗《の》りこえて忍《しの》びこんでいた。そして夜のうちにもどってきて、町で耳にしたことを報告《ほうこく》していた。

「ひとりだけだ。ひとりだと気づかれずに行くのはかんたんだ。とりわけ、話す必要《ひつよう》がなくて聞くだけの場合はな。しかし、五十人もの人間を送りこんで、だれにもなまりを気づかれずにいるなどということは望《のぞ》めない」ウマールは話題を変《か》える頃合《ころあい》だと思い、町の裏側《うらがわ》にある崖《がけ》にいくつかある開口部のひとつを指さした。似《に》たようなほかのものはすべて、朝の新鮮《しんせん》な空気をとりいれるためにドアを大きくあけはなってあったが、そのひとつだけはドアを閉《と》じかんぬきまで差《さ》してあった。そしてそのまわりには十人以上《いじょう》のツアラギ兵《へい》がたむろしていた。

「あんたの仲間《なかま》たちはあの貯蔵庫《ちょぞうこ》に捕《とら》えられているにちがいない」

ウィルは両手をひさしのように目の上にかざして目の焦点《しょうてん》を合わせると、厳重《げんじゅう》に守られているドアをじっと見た。

「そのとおりでしょうね」ウィルはしばらく考えていた。「なんとか彼《かれ》らを助けだす方法《ほう》はないものだろうか」

ウマールは首をふった。「たとえあの護衛《ごえい》たちより力で勝る男たちを引きつれて、やつらに気づかれずにあの貯蔵庫まで行けたとしても、あんたたちの姿《すがた》は見られ、物音も聞かれている。その後あんたたちは戦《たたか》いながら町を抜《ぬ》けださなくてはならんのだぞ」

ウィルは目をあげて、町の後ろにそびえている切りたった崖の上を見た。

「上から行くっていうのはどうでしょう？　そして帰りも同じ道から帰るというの

は？」

ウマールはそのことについて考えていた。「うまく行くかもしれん。だが、それにはロープがいる。たくさんのロープがな。だが我々《われわれ》にはロープがない」と結論《けつろん》づけた。

ウィルはうなずいた。「それじゃあいちばんいい方法《ほうほう》は、やつらがホールトたちをあの場所から連《つ》れだすのを待っているということですね」とひとりごとのようにいった。

「やつらがそうする理由は、ひとつしか考えられんがな」とウマールがいった。「それはやつらがあんたの仲間《なかま》たちを処刑《しょけい》するつもりのときだけだ」

ウィルはしばらくのあいだウマールの顔を見てからしゃべった。「それは、たいへんな慰《なぐさ》めの言葉ですね」

＊

ユサルは町にあるいちばん大きくていちばん住み心地のいい家を自分用にとりあげていた。そこは町長の家だったが、ユサルは町長である長老《ちょうろう》と彼《かれ》の家族を自分と自分の護《ご》衛係《えいがかり》に仕《つか》えるようにも強要《きょうよう》した。町長とその妻《つま》はベールで顔をかくしたノマドの指導者《しどうしゃ》をこわがったが、ユサルはそれを楽しんでいた。ユサルはほかの人々の心に恐怖《きょうふ》を植えつけるのが好《す》きだった。そして町長と妻《つま》のような人々に自分のために無理《むり》やり召使《めしつか》いのような仕事をさせて彼《かれ》らの権威《けんい》や威厳《いげん》を失墜《しっつい》させ、彼らを見くびって楽しんでいた。ユサルはその家でいちばん大きな部屋で、積《つ》みかさねたクッションの上に大の字になってくつろいでいた。

うす暗くなってきたので、町長が部屋にやってきてオイルランプやろうそくに火を灯《とも》したばかりだった。ユサルは必要《ひつよう》なランプやろうそくの二、三倍もの数に火を灯すようにいい張《は》った。ここのような町では油やろうそくは高価《こうか》で、手にいれるのがむずかしかった。それらがこのように無駄《むだ》に使われて、町長の顔に動揺《どうよう》の色が浮《う》かぶのを見るのがユサルは好きだった。これでは数週間で三ヵ月分の備蓄《びちく》を使いはたしてしまうだろう。だが、そんなことはツアラギの指導者《しどうしゃ》にとってはどうでもいいことだった。油やろうそくや食料《しょくりょう》が底《そこ》をついたら、べつのところに移動《いどう》するだけの話だ。

町長の妻が彼にコーヒーを出すために入ってきた。ユサルが命じたので、妻は彼にカップを差《さ》しだすためにひざまずいた。ユサルは妻からカップを受けとると、彼女《かのじょ》をにらみつけたので、妻は目をふせた。それからユサルは口をおおっていた青いベールを持ちあげてコーヒーを味わった。彼《かれ》がかかとで妻《つま》を蹴《け》ったので、彼女《かのじょ》は土の床《ゆか》の上にひっくり返った。

「うすすぎる」とユサルはいった。

顔をそむけたまま、妻は四つんばいになって部屋から出ていった。このツアラギ戦士《せんし》の指導者《しどうしゃ》が食《た》べたり飲んだりするために青いベールを上げているときには、彼の顔を見てはいけないということをすばやく学んでいたのだった。最初《さいしょ》に目をそらすのがおくれたとき、ユサルは彼女をひどく鞭《むち》で打たせたのだ。

じつをいえば、コーヒーにはどこもまずいところはなかった。町長の妻は料理《りょうり》が得意《とくい》だったし、すべてのアリダの女性《じょせい》は子どものころからおいしいコーヒーのいれ方を学んでいた。だが、ユサルはなにかにつけて自分の権威《けんい》を主張《しゅちょう》する口実をほしがったし、それを楽しんでいたのだ。

家の玄関《げんかん》のドアがあいてトーシャクが入ってきたので、ユサルの上機嫌《じょうきげん》はふっとんでしまった。

本来ならこの行儀《ぎょうぎ》の悪い北方人は、ユサルに到着《とうちゃく》が知らされるまで待たなければならず、それからようやくアシャイフのいるところに通されるはずだったのだ。ユサルはあわてて口と鼻にベールをもどしながら、トーシャクをにらみつけた。

「外で待つべきだろうが。まず到着《とうちゃく》が知らされ、入っていいという許可《きょか》が出るまで待っているべきだろうが」

トーシャクは無頓着《むとんちゃく》に肩《かた》をすくめた。「おぼえておくよ」とぶっきらぼうにいったので、そんなことなんとも思っていないとユサルにいったのと同じだった。「なあ」と彼《かれ》は好奇心《こうきしん》から付《つ》けたしていった。「あんた、そのベールを外すことはあるのかい?」

部屋に入ってきたときにユサルがいそいでベールをもどしたのを見ていたのだ。トーシャクはツアラギが身につけている青いベールのことを不思議《ふしぎ》に思っていた。ベールを決して外さないのはユサルだけのようだったのだ。

「ああ」とユサルはきっぱりといった。その口調《つね》がこのことに関《かん》してはこれ以上《いじょう》いうなと告《つ》げていた。じつをいえば、どうしてユサルが常《つね》にベールをつけているのか具体的《ぐたいてき》な理由などなにもなかったのだ。彼が二目と見られないような顔をしていると思っている者もいれば、あんなのは人間の顔ではないといっている者もいた。彼はそんなうわさをいかし、不確定《ふかくてい》なままにするためにベールをつけつづけていた。そんなうわさは力と神《しん》秘《び》のオーラをつけ加《くわ》え、人々にいっそう彼のことを恐《おそ》れさせた。

ユサルがこのことをこれ以上話《いじょうはな》すつもりはないのに気づいて、トーシャクはこの話題をあきらめた。そして上着《ジャーキン》の中から小さなものをとりだすと、それをアシャイフに放りなげた。

「おれが手に入れたものを見てみろ。あの外国人たちのキャンプの跡《あと》を探《さが》すために手下を数人残しておいたんだ。たったいまやつらがこれを持ってきた」

ユサルはそれを手の上で返した。それはエヴァンリンがなくしたはずの印章《いんしょう》を収《おさ》めた小さな箱だった。

「あの娘《むすめ》がこれを持っているにちがいないと思ったんだが、娘のどこを探しても、持ち物の中にもなかったんだ。となると、可能性《かのうせい》はひとつしかない。やつらが降伏《こうふく》する前にどこかにかくしたんだ。あの場所はなにもない荒野《こうや》だったから、探すのはそれほど大変なことではなかったさ」

ベールの下で、ユサルは満足《まんぞく》して笑《え》みを浮《う》かべた。そして、この北方人の不作法《ぶさほう》を許《ゆる》してやろうと心に決めた。

「それはすばらしい。よく考えたな」

「これでワラントを履行《りこう》することができる」とトーシャクが指摘《してき》した。「銀六万六千リール」

「三万三千ずつ、ということだな」とその金額《きんがく》を味わうようにユサルがささやいた。だが、おどろいたことにトーシャクは首を振《ふ》った。

「あんたに六万六千やるよ」とトーシャクはいった。「おれはいらない。報酬《ほうしゅう》だと考えてくれ」

「報酬？　何の？　おれになにをしてほしいというのだ？」とユサルはきいた。彼《かれ》は人からそのような大金をゆずりうけることに慣《な》れていなかった。だが、トーシャクはそうするだけの価値《かち》はあると心に決めていた。オベリャールになる。それは三万三千リールを投資《とうし》するだけの価値のあることだった。

「身代金《みのしろきん》のことはわすれてくれ」とトーシャクはユサルにいった。「捕虜全員《ほりょぜんいん》を殺《ころ》してほしい」

ユサルの目がおどろきに大きく見ひらかれた。「全員？」

トーシャクは確認《かくにん》するようにうなずいた。

ユサルはそのことをじっくりと考えた。セレイ・エルゼンにはおおいに価値がある。だが、六万六千リールに値《あたい》するほどではない。しかも、このワキールは長年ユサルの目の上のこぶだった。彼《かれ》がいなければ世界はずっと楽しいものになるだろう。彼の後継者《こうけいしゃ》はツアラギがアリダを襲《おそ》っても、彼ほど熱心《ねっしん》にツアラギを追跡《ついせき》してはこないかもしれない。

そうだ、セレイ・エルゼンのいない世の中のほうがいい、と彼は思った。スカンディア人と若《わか》いアラルエン人については、何の気がかりもなかった。だがあの娘《むすめ》を殺《ころ》すのはかわいそうだった。

「どうして娘も殺すんだ？　奴隷市場《どれいいちば》に出せば大変な価値《かち》があるぞ」とユサルはきいた。

「おれは全員殺してほしい。万全を期しておきたいんだ」とトーシャクが答えた。「あの娘にはアラルエンに有力な友人がいる。そのアラルエン人はエラクの友人だ。奴隷は逃《に》げるかもしれないし、また売りに出されるかもしれん。おれがオベリャールになったときに、エラクが消えた背後《はいご》におれがいたなどといううわさが流れては困《こま》るんだ。娘が死んでいれば、そんな可能性《かのうせい》はなくなるからな」

ユサルは考えこむようにうなずいた。筋《すじ》は通っている。あの娘がいつか逃げだしてアラルエンにもどるという可能性は低《ひく》い。だが、可能性としてはある。このような状況《じょうきょう》では確実《かくじつ》にしておくにこしたことはない。そのうえ大量処刑《たいりょうしょけい》はマーシャヴァの住民《じゅうみん》へのよい教訓《きょうくん》となるだろう、とユサルは思った。青いベールと同じく、これもユサル個人《こじん》の伝《でん》説《せつ》と神秘性《しんぴせい》に新たなものを加《くわ》えることになる。

「よかろう」とついにユサルはいった。「しかし、全員を殺《ころ》すとなると、なにか理由を作ったほうがいいだろうな」

トーシャクは肩《かた》をすくめた。「お好《す》きなように。理由があろうとなかろうと、やつらが全員死んでくれればおれは満足《まんぞく》だ」

40

「彼《かれ》らを殺《ころ》すつもりだって？　全員を？」ウィルは信《しん》じられないというふうにきいた。

彼とウマールはマーシャヴァの北にある渓谷《けいこく》のキャンプ地にもどっていた。

マーシャヴァの町の塀《へい》の内側《うちがわ》で一日をすごしてきたベドゥリンのスパイ、シャリークがうなずいた。

「おれが見たツアラギ全員がそういっていた。町の人にもそう告知《こくち》している。どうやら大きなイベントにするようだ」

ウマールは考えこむように口をすぼめた。「いかにもユサルがやりそうなことだ」

ウィルはぞっとしてウマールの顔を見た。

「だけど、やつは捕虜《ほりょ》たちを利用《りよう》して利益《りえき》を得《え》るだろう、っていったじゃないですか！」ウィルがそういうとウマールは肩《かた》をすくめた。

「ふつうならそうだ。だがおそらくそのトーシャクという男がやつになにか見返りを差《さ》しだしたんだろう」

シャリークはツアラギのキャンプにユサルと対等の立場にいるらしいスカンディア人がいることも話した。トーシャクにちがいない、とウィルは思った。この裏切《うらぎ》り劇《げき》の裏《うら》にはトーシャクがいるらしいとエラクが疑《うたが》っている、と数週間前にアラルエンでスヴェンガルが話していたのだ。

ウマールがつづけていった。「しかも、ユサルはことあるごとに自分がどれほど容赦《ようしゃ》ないかをしめしたがる。やつに虐《しいた》げられている人々を服従《ふくじゅう》させやすくなるからな。ここで大量処刑《たいりょうしょけい》が行われれば何年も人々の記憶《きおく》にとどまることだろう。この話が広まれば、やつがつぎにどこかの村を乗《の》っとるときに仕事がしやすくなる」

ウィルは必死《ひっし》で考えていた。ユサルに身代金《みのしろきん》をあきらめさせるなんて、トーシャクはいったいなにを申しでたのだろうか？　筋《すじ》の通る答えはひとつしかないことにウィルは気づいた。

「トーシャクはワラントとエヴァンリンの印章《いんしょう》を見つけたんだ」とほとんどひとりごと

のようにいった。ウマールとシャリークはなんだというふうにウィルを見た。

「ワラント?」ウマールがきいたので、ウィルは彼《かれ》らがエラクのために整《ととの》えた身代金《みのしろきん》支払《しはら》いのことについていそいで説明《せつめい》した。ウマールはわかったというようにうなずいた。

「ありえるな。それだけの金額《きんがく》があればユサルも納得《なっとく》するだろう」

ウィルはふたたびシャリークを見た。「やつらがいつ処刑《しょけい》を行うか、なにかわかってますか?」

「六の日だ」とシャリークは答えた。「もしやつらが儀式《ぎしき》めいた処刑をするつもりなら、ふつうは九の時《とき》と十の時《とき》のあいだだ」

六の日とは一週間の六番目の日のことだ。その日は七の日に先だつ休日で、宗教行事《しゅうきょうぎょうじ》を行う日とされていた。六の日には町の広場に食べ物やいろいろな商品の市《いち》が立ち、人々はくつろいで楽しむ。すくなくとも町がノマドの襲撃隊《しゅうげきたい》に侵略《しんりゃく》されていないときには、そうやって楽しむわけだ、とウィルは思った。

「ということはあと二日あります」とウィルはいった。そのときある思いが頭によぎった。「彼らは市をとりやめにするでしょうか?」

ウマールは首をふった。「するもんか。大勢《おおぜい》の人が出かけてきて処刑を見てくれるほど、ユサルにとってはいいのだ」

ウィルは手であごをなでた。頭の中ではいろいろな考えが目まぐるしくかけめぐっていた。「それはぼくたちに有利《ゆうり》に働《はたら》くかもしれません」とぼんやりいった。「人々が大勢《おおぜい》出《で》てくればくるほど、あなたの部下《ぶか》をまぎれこませるのがかんたんになる」

「さっきもいっただろう」とウマールはウィルの話に割《わ》りこんでいった。「わしの部下はしゃべったらすぐによそ者だとばれてしまうって」

「あなたの部下はそうかもしれません。でも、我々《われわれ》には二十五人のアリダ兵《へい》もいるってことをわすれていませんか？」ウマールの目にわかったという表情《ひょうじょう》が見えたので、ウィルは先をいそいだ。思いが形作られる端《はし》から口からあふれでた。「アリダ兵をひとりずつあなたの部下と組ませるのです。そして市《いち》へ農作物を運び込《こ》む農夫《のうふ》に紛《まぎ》れこませるのです。前夜から忍《しの》びこむ者もいていい。しゃべるのはアリダ兵にまかせれば、町の人たちがベドゥリンのなまりに反応《はんのう》することもない。そうすれば五十人を町の中に送ることができる」

「それならうまくいくかもしれない」とウマールも賛成《さんせい》した。「でかしたぞ、シャリーク」偵察員《ていさついん》のシャリークが疲《つか》れているのに気づいてウマールがいった。これ以上《いじょう》彼《かれ》をここに引きとめておく理由はなかった。「行って、なにか食べてからゆっくり休んでくれ」それからウマールはそばに座《すわ》っているハッサンのほうを見た。ハッサンはこれまでの話に熱心《ねっしん》に耳をかたむけていた。「アリダの副官《ふくかん》を探《さが》してここに連《つ》れてきてくれ」と命じた。

*

この作戦《さくせん》をアルームに説明《せつめい》すると、彼《かれ》は熱心に賛成《さんせい》した。彼はセレゼンに仲間《なかま》とともに砂漠《さばく》で生き抜《ぬ》いて、かならずセレゼンを助けにもどってくると約束《やくそく》していたのだ。それを実現《じつげん》させる機会《きかい》があたえられて、彼は即座《そくざ》にそれを受けいれた。

それにアルームはぜひもう一度ユサルに会いたかった——今度は武器《ぶき》を手にして。だがウィルとウマールが見逃《みのが》していたことがひとつあった。アルームはウマールのクーフィーヤを指さしていった。

「これを変《か》えなければなりません。あなたの部下《ぶか》は全員黄色と白の格子柄《こうしがら》のクーフィーヤをつけています。マーシャヴァの人たちがつけているのは白の無地《むじ》です」

いい指摘《してき》だった。ベドゥリンの人々は自分の頭巾《ずきん》にあまりに慣《な》れてしまっているためつい見すごしてしまうのだった。ウマールはたしかにそうだ、というように何度もうなずいた。

「白いクーフィーヤを作ろう。町に入らない者のマントを利用《りよう》すればいい。白い布《ぬの》ならたくさんある」

「あなたは前夜に町に入るべきだと思います」とウィルがアルームにいった。「ぼくも一緒《いっしょ》に行きます。町全体を見て、そこから矢を射《い》る見はらしのいい場所を見つけておかなければなりません。もしだれかが質問《しつもん》してきたら、黙《だま》っていろといってください」

「戦《たたか》いがはじまったら遠慮《えんりょ》なく手を貸《か》してくれてもいい、といってやってもいいかもしれんな」とウマールが皮肉《ひにく》っぽくいうと、アルームは首をふった。

「それはどうかな。町の人間は自分たちを守るために指一本動かしませんよ。それにこのような町では政府《せいふ》の役人は人気がないし。せいぜい処刑《しょけい》を楽しみにしているというところでしょうね」

「わしはどこにいればいい？」とウマールがきいた。この件《けん》に関《かん》しては、彼《かれ》は無意識《むいしき》のうちにウィルにしたがうようになっていた。ウマールはひらけた土地で馬に乗《の》って迅速《じんそく》に敵《てき》を襲《おそ》うのを得意《とくい》とする戦士《せんし》だった。町を通りから通りへと移動《いどう》する接近戦《せっきんせん》は経験《けいけん》がなかったが、この若《わか》い外国人は信頼《しんらい》できると感じていた。

「ぼくが合図をしたら、残《のこ》りの勢力《せいりょく》を町に連《つ》れてきてください」ウィルはサックス・ナイフの先ですばやく土の上におおざっぱな地図を描《えが》いた。「町の北側《きたがわ》に小さな溝《みぞ》があります。一緒《いっしょ》に今朝見た溝です」

そういってウィルがウマールに目をやると、ウマールもうなずいた。彼《かれ》はその場所をおぼえていた。「前の晩《ばん》のうちにあなたの部下《ぶか》をあそこに行かせてください。町からほんの七十メートルほどのところです。ぼくたちはやつらがホールトたちを外に出すまで待ちます……」ウィルは言葉を切って、助言を求《もと》めるようにアルームの顔を見た。「やつらはふつうどうやってやるんですか？　一斉《いっせい》にですか、それともひとりずつですか？」

「一斉にだ」とアルーム。「やつらは捕虜《ほりょ》を九の時《とき》すこし前に外に連れだす」

「ところで」とウィルは病的《びょうてき》な好奇心《こうきしん》にかられてきいた。「やつらはどうやって処刑《しょけい》するつもりなんでしょう？　絞首刑《こうしゅけい》ですか？」

ウマールは首をふった。「それはここの習慣《しゅうかん》ではない。我々《われわれ》は剣《けん》を使う。ユサルは彼らの首をはねるだろう」

　ウマールがその言葉を口にしたとき、ウィルの胃《い》に気持ちが悪くなるような恐怖《きょうふ》がこみあげてきた。ホールト、ホラス、エヴァンリンが死刑執行人《しけいしっこうにん》がふりあげる剣《けん》の前にひざまずいている恐《おそ》ろしいイメージが浮《う》かんできた。エヴァンリン！　そう思うと胃が縮《ちぢ》みあがった。息づかいがどんどん速くなってきた。彼《かれ》は目を閉《と》じ、恐ろしさをふり払《はら》おうとした。もし失敗《しっぱい》したら？　彼の頭の中でこの質問《しつもん》が何度も響《ひび》きわたっていた。もし失敗したら？

　自分の手が強く握《にぎ》られるのを感じて、ウィルは目をあけた。ウマールが身を乗《の》りだして、自分の手をウィルの手に重ねていた。

「そんなことはさせん」とウマールはいった。その声は確信《かくしん》に満《み》ちていて、突然《とつぜん》ウィルを襲《おそ》った恐ろしいパニックが落ちついた。息づかいがゆっくりになり、ウィルはウマールに感謝《かんしゃ》してうなずきながら、自分の気持ちを落ちつかせた。若者《わかもの》の目に自信《じしん》がもどってきたのを認《みと》めて、ウマールは手をはなした。

「どこに陣《じん》どるつもりか、なにか考えはあるのか？」とウマールがきいた。

　ウィルはうなずいた。「北の塀《へい》ぞいにある見張《みは》り塔《とう》のひとつはどうかと考えています」

処刑《しょけい》の行われる市《いち》の立つ広場がよく見わたせる場所にいることが必要《ひつよう》だった。同時に障害物《しょうがいぶつ》なしに矢を射《い》ることのできる高台にいる必要もあった。やっかいなことがおこらないように、ユサルはおそらく部下《ぶか》を処刑場《しょけいじょう》のある現場《げんば》に集中的《しゅうちゅうてき》に配置《はいち》するだろう。まさかそれが百メートルもはなれたところからやってくるなどと思ってもいないはずだ。

「いい考えだ」とウマールも賛成《さんせい》した。彼《かれ》とアルームはふたりそろってこの若者《わかもの》を興味《きょうみ》深《ぶか》そうに眺《なが》めた。ウマールはウィルの弓《ゆみ》の腕前《うでまえ》の正確《せいかく》さを見たことがあった。アルームはホールトとギランの技量《ぎりょう》を見ていた。もしこの若《わか》きレンジャーに彼の仲間《なかま》たちの半分の技量でもあれば、おもしろい朝になりそうだ、とアルームは思った。

「そこからユサルに弓を放つつもりなのか？」とアルームはきいた。じつをいえば、彼は自分があのツアラギのリーダーに手を下す機会《きかい》があればいいと思っていたのだ。だが、もしユサルが矢に貫《つらぬ》かれて死んでも、ちっともがっかりしないだろう。ウィルは唇《くちびる》をかんで考えこみながら、砂《すな》の上に描《えが》いた町の略図《りゃくず》を見おろしていた。

「おそらく、まずねらうのは死刑執行人《しけいしっこうにん》になるでしょう。やつをぼくの仲間たちのそばに近づけるわけにはいきません。我々《われわれ》の兵士《へいし》五十人を群衆《ぐんしゅう》にまぎれこませて、できるだけ処刑場所《しょけいばしょ》の近くにいてもらいたい。死刑執行人が倒《たお》れたらすぐに、その五十人にはウマールと仲間《なかま》がやってくるまでツアラギの相手をしていてほしいのです。ぼくはだれかほかの者が死刑執行人《しけいしっこうにん》の代役《だいやく》をしようとした場合に備《そな》えて、ホールトたちを守りますから。もしユサルがまだそのあたりにいたら、彼《かれ》の晴れの日を台なしにしてやりますよ」

「いつとびだしていったらいいかわかるような合図が必要《ひつよう》だ」とウマールが指摘《してき》した。

「わたしの部下《ぶか》のひとりにラッパ吹《ふ》きがいます」とアルームが答えた。「ウィルが死刑執行人に弓《ゆみ》を放ったのを見たらすぐに、ラッパを吹いて知らせます」

「それでいいでしょう」とウィル。「でも、細かいことは、はしょりましょう。見張《みは》り塔《とう》に目を光らせておいてください。ぼくが見張り塔に登っていくのが見えたら、あなたの部下たちを谷から移動《いどう》させはじめてください。だれもそっちの方角を見ているものはいませんから。みんな市《いち》の広場で進行中のことを見守っているはずです」

「わかった」三人とも砂《すな》に描《えが》いたおおざっぱな地図を見つめながら、それぞれの頭の中で詳細《しょうさい》を思いえがいていることに気づいた。これは比較的単純《ひかくてきたんじゅん》な計画だ、そしてそれはいいことなのだ、とウィルは思った。単純な計画は失敗《しっぱい》することがすくないのだ。

ウマールが顔を上げてウィルの顔をしげしげと見つめた。

「前の晩《ばん》から出かけるのなら、顔をもうすこし黒くする必要《ひつよう》があるかもしれないな」そ

うい って、ウィルの顔を親指と人差《ひとさ》し指ではさむとあちこちに向かせ、月の光の中でたしかめた。ウィルはアリダに来てからかなり日焼《ひや》けしていたが、それでも彼《かれ》の肌《はだ》の色は平均的《へいきんてき》なベドゥリン人の浅黒《あさぐろ》い色には遠くおよばなかった。ウィルの茶色の髪《かみ》と黒っぽい目はだいじょうぶだろうが、肌の色はだめだった。

「たぶんコーヒーで肌を濃《こ》くすることができるだろう」ウマールは考えこみながらそういった。それからにやっとしてつけくわえた。「鼻があまり大きくないのは残念《ざんねん》だがな」

ウィルもにやっと笑《わら》った。砂漠《さばく》で意識《いしき》をとりもどして、ウマールが自分のほうにかがみこんでいるのに気づいたときに、無意識《むいしき》に彼の大きな鼻を侮辱《ぶじょく》してしまったことを思い出したのだ。それからウマールはアルームのほうを向いた。

「あんたも部下《ぶか》に説明《せつめい》をしておいたほうがいい、隊長《たいちょう》。わしは彼らと一緒《いっしょ》に行く最高《さいこう》の戦士《せんし》二十五名を選《えら》ぶことにする。それぞれふたりずつ組にして、明日おたがい顔合わせをしよう」

アルームは立ちあがりかけたが、それからためらうようにいった。「隊長ですって？ わたしは副官《ふくかん》ですよ」

ウマールは首をふった。「たったいまあんたを昇格《しょうかく》させたんだ。あんたは町の住人に権威《けんい》をふりかざさなければならん。だれも副官《ふくかん》のいうことなどきかんよ」
それを聞いてアルームはにやっと笑《わら》った。「たしかに。いや、たしかにそうです」

第七部

反撃《はんげき》の舞台《ぶたい》

ranger's apprentice 41

その日ずっと捕虜《ほりょ》たちはハンマーをふりおろす音を聞いていた。彼《かれ》らを捕《とら》えた者たちが市《いち》の立つ広場になにかを設営《せつえい》していることに彼らは気づいた。

いや、より正確《せいかく》にいえば、彼らを捕えた者たちはアリダの人々にそれを設営させることを強要《きょうよう》し、自分たちは武器《ぶき》を手にしてただ立っていたのだ。だが大きなドアは閉《し》めっぱなしでずっと鍵《かぎ》がかけられていたので、いったいなにがおこっているのか知ることはできなかった。なにかわからないということがギランを落ちつかなくさせていた。ふつうの環境《かんきょう》にいたなら、彼も物音でこれほどまでに頭がいっぱいになることはなかっただろう。だが、この古い石の部屋に何時間も何時間も座《すわ》っているあいだ、ギランには頭を使うことがなにもなかった。それで、なにが作られているのかという疑問《ぎもん》が彼の中でどんどん大きくふくらんできたのだった。

「落ちつけ」とホールトがいったのも、もう十回目くらいだった。ギランは身体じゅうていた。から落ちつかないエネルギーを発散《はっさん》させながら、洞窟《どうくつ》の砂《すな》の床《ゆか》をいらいらと歩きまわっていた。

「落ちついてなんていられませんよ。やつらがなにをしているのか知りたいんです」ギランは昔の恩師《おんし》のそばで立ちどまり、ホールトの顔を見ていった。「あなたはやつらがなにかをやろうとしているのを感じないんですか?」

ホールトは肩《かた》をすくめた。「もちろん感じるさ。だが、それがなにかを見つけだす方《ほう》法《ほう》がないのだから、気にしてもしようがない」

ギランは自分を支持《しじ》してくれる者はいないか、とうす暗い部屋を見まわした。エラクとスヴェンガルがあぐらを組んで座《すわ》り、ナックルボーン〔訳注《やくちゅう》：古代ギリシャから伝《つた》わるお手玉に似《に》た遊び。ニワトリなどの脊椎骨《せきついこつ》をひとつ投げ、落ちてくる骨《ほね》を受けとめるまでに、下においた骨をいくつひろえるかを競《きそ》うもの。ゲームはすべて片手《かたて》で行う〕をスカンディア流に複雑《ふくざつ》にしたゲームをしながら、架空《かくう》の金を賭《か》けていた。

「あんたたちふたりは気にならないのかい?」とギランがきいた。

エラクが顔をあげて肩をすくめた。「おそらく市《いち》の露店《ろてん》を作っているんだろう」

ギランはいらいらと首をふった。「おそらく? そんな不確《ふたし》かなことでいいのか?」

エラクはその質問《しつもん》についてしばらく考えていたが、それからうなずき、「ああ」とかんたんに答えた。

ギランはいらいらと両手を広げて見せた。「知りたいと思わないのか?」

「思わん」

あれはおそらく市《いち》の露店《ろてん》なのだろう、とエラクは理屈《りくつ》づけた。いずれにしてもエラクにはいま頭を使うことがほかにあった。彼《かれ》はスヴェンガルとナックルボーンのゲームをしていて負けた分と勝った分の現在《げんざい》までの合計金額《ごうけいきんがく》を頭の中で計算していたのだ。スヴェンガルは自分が負けた金額をすぐにわすれてしまうので、こちらがしっかりとおぼえておかなくてはならないのだった。

「これまでのところ、おまえから一七三〇〇クラウンもらうことになっているぞ」とエラクはスヴェンガルにいった。

「たしかに。で、おれのほうはあんたから一七二〇〇クラウンいただくことになっている」とスヴェンガルが即座《そくざ》に答えた。

エラクは顔をしかめた。「おまえ、ほんとうにそんなに勝っていたのか?」

スヴェンガルはうなずいた。「そうだよ」

エラクは肩《かた》をすくめた。スヴェンガルのいうとおりだった。だがちょうど昼食が運ばれてきたときに彼《かれ》が勝った四百クラウンのことを、彼がわすれているかもしれないと思っていちおう聞いてみたのだった。だが、そううまくはいかなかった。

「ということは、おまえはおれに二百クラウンの借《か》りがあるってことだ」とエラクはなに食わぬ顔でいった。彼は骨《ほね》に手を伸《の》ばしたが、スヴェンガルがつらそうな顔をしていることに気づいた。

「オベリャールっていうのは、国民《こくみん》から金をむしりとるものだってことは知ってるよ、エラク。だけど、それは税金《ぜいきん》でやってくれないかな。計算まちがいでじゃなくて。この前おれが計算したときには、一七三〇〇引く一七二〇〇は一〇〇だったぞ」

「そうだっけ」たったいま自分のまちがいに気づいたというふうにエラクがいった。スヴェンガルは馬鹿《ばか》にしたように鼻を鳴らし、エラクが握《にぎ》っている骨に手を伸ばした。

「それに今度はおれが投げる番だ。あんたの番じゃなくて」

「そうだっけ」とエラクはくり返していった。スヴェンガルは目をくるりとまわして天をあおぎ見、骨を手にすると投げる準備《じゅんび》をした。

「それから、もうひとつ……」とギランがいいだした。

「もう、いいかげんにしろ」と彼《かれ》のほうを見ただけで、ホールトがうんざりしていった。

だがギランはちらりと彼のほうを見ただけで、話をつづけた。「もうひとつ」と彼はくり返した。「見張《みは》り兵《へい》がぼくたちのほうをへんな顔をして見ていることに、だれか気づかなかったか？　食事を持ってきたときに、なんというか……なんだかにやにやしていた気がする」

「おめでたいやつらなんだよ」とホールト。

ギランは首を振《ふ》った。「やつらはぼくたちを見てにやにやしている。なにかある。ぼくにはそれがわかる」

「友よ」とセレゼンがいった。「そんなことを心配してエネルギーを無駄《むだ》にするのはよくない。力を抜《ぬ》けよ」

ギランはがんこに首をふっていった。「ぼくはそれがおこったときに備《そな》えていたいんだ」

エヴァンリンが彼を興味深《きょうみぶか》げに見た。

「『それ』がなにかわからないのに、どうやって『それに備える』ことができるの？」

「だったら、なにがおきてもだいじょうぶなように備《そな》えるよ」とギランはいった。

「それは、何にも備えていないのと同じことだ」とホールトがひとりごとのようにつぶやいた。もっとも、はっきりギランに聞こえる程度《ていど》には声を出したが。

ギランがいい返そうと息を吸《す》ったとき、ドアの錠《じょう》に鍵《かぎ》が差《さ》しこまれるガチャガチャいう音がしたので、みんなそちらを向いた。大きなドアがあいた。最後《さいご》の何センチかがあくときには、さびた蝶番《ちょうつがい》が神経《しんけい》を逆《さか》なでするようないやな音をたてた。そして見張《みは》り番ふたりが夕食を持って入ってきた。外では、その日最後《ひさいご》の日の光が町から消えていこうとしていた。彼《かれ》らの背後《はいご》にある大きな丘陵《きゅうりょう》が西にある太陽をさえぎっているために、このあたりは平野よりも早く暗くなるのだ。

ギランのいったことが頭にあったので、エヴァンリンは見張り番が冷《さ》めたコーヒー、平たいパン、ほんのひと握《にぎ》りほどのナツメをおくときに彼らの様子を見ていた。見張り番のひとりが彼女《かのじょ》に見られているのに気づいて、にやっと笑《わら》いかけた。たしかにギランのいったとおりだわ、と彼女は思った。その笑いは愛想《あいそ》のよい笑《え》みではなく、〈おまえらの身に起こるありがたくないことをおれは知ってるぞ〉というような感じのものだった。

そのときその疑《うたが》いは確信《かくしん》に変《か》わった。男が親指を自分ののどにあて、だれが見てものどをかき切るような仕草《しぐさ》をしてから、死んだことをしめすように目をまわして見せたのだ。

見張《みは》り番やほかの捕虜《ほりょ》たちに気づかれないようにしながら、ホラスは眼下《がんか》の町の様子が見えるようにあいているドアににじり寄《よ》った。出ていこうとした見張り番ふたりがホラスの位置《いち》に気づき、彼《かれ》を乱暴《らんぼう》に仲間《なかま》たちのほうにおしもどした。

「あの人の顔つき、いやな感じだったわ」とエヴァンリンが心配そうな声でいった。

ホラスはためらった。が、やがて、仲間たちも自分がいま見たものを知る資格《しかく》があることに気づいた。

「彼らがなにを作っているかを聞いたら、よけいいやになると思うけど。広場の端《はし》に大きな台を作っている。地面から高さ二メートルほどで、そこに登る階段《かいだん》もある」

「舞台《ぶたい》みたいなものか？」とエラクがきいた。「たぶんその上で芝居《しばい》でもやるんだろう」

「それとも、我々《われわれ》の処刑《しょけい》かも」とホラスがいった。

＊

ウィルとアルームは町へと帰る途中《とちゅう》の農夫《のうふ》の群《む》れにまぎれこんだ。もちろん町への門のところにはツアラギの見張《みは》り兵《へい》がいたが、彼《かれ》らは自分たちのそばを通りすぎるアリダの農夫たちにはほとんど目をくれなかった。ツアラギがこのあたりの町や村におしかけるようになって以来《いらい》ずっと何年も、彼らに刃向《はむか》うものに出会ったことなど一度もなかった。彼らは常《つね》に住民《じゅうみん》たちがぎりぎりなんとか生きていけるよう、そして彼らが去ったときにまた新たに町や村としてやっていけるよう注意を払《はら》っていた。そしてツアラギはその町には略奪《りゃくだつ》してから数年後にしかもどってこなかった。だから、アリダの人々はこのたまに起こる侵略《しんりゃく》を人生の一部として受けいれるようになっていたのだ。うれしいことではないが、そのために命をかけるほどのことでもない、と。

まわりの群衆《ぐんしゅう》の中に、少なくとも三組のアリダとベドゥリンのふたり組がいることにウィルは気づいた。アルームをちらりと見ると、彼もそのことに気づいているのがわかった。

「コーヒーハウスを探《さが》そう。腰《こし》が疲《つか》れてきた」とアルームは静《しず》かにいった。

ふたりとも大きなたき木の束《たば》を背負《せお》っていた。ふたりは午後じゅう周辺《しゅうへん》の溝地《みぞち》や渓谷《けいこく》でたき木ひろいをしたのだった。木のない砂漠《さばく》と対照的《たいしょうてき》に、北の山塊《さんかい》のふもとにあたる丘陵《きゅうりょう》にはところどころひょろ長い木々や低木《ていぼく》が生えていた。丘陵地《きゅうりょうち》の地下に蜂《はち》の巣状《すじょう》に走る地下水脈《ちかすいみゃく》のおかげで、植物が育つにじゅうぶんな水があるのだ。

たき木の束《たば》は便利《べんり》な小道具だった。町の宿屋《やどや》やコーヒーハウスに売ることができるので、彼《かれ》らはそういう場所で歓迎《かんげい》されるからだ。アリダの人々はいつでもたき木を必要《ひつよう》としていた。そのうえたき木の束は、ふたりがツアラギの見張《みは》り兵《へい》のいる門を通りすぎるときに、ウィルのまだわずかに残《のこ》る外国人っぽい風貌《ふうぼう》をかくすのにも役立っていた。

ウィルは頭をさげ、重荷《おもに》に背中《せなか》をまげて、ずっと目と顔を下に向けたまま歩いた。たき木を運んでいるのにはさらに重要《じゅうよう》な理由があった。ウィルのたき木の束の中には弦《つる》を張《は》っていない長弓と矢筒《やづつ》がかくしてあったのだ。

ふたりで町の広場を横切りながら、ウィルは広場の西の端《はし》に作られた大きな舞台《ぶたい》のような台を横目で見た。何のためのものなのかはまちがいようもなかった。

「準備《じゅんび》ができたようですね」とウィルがささやくと、アルームもうなずいた。

「ここからはなれよう。広場にいては人目《ひとめ》につきすぎる」

彼らは市《いち》の立つ広場と不吉《ふきつ》な木製《もくせい》の台のある場所からせまい路地にとびこんだ。ふたりともどこに向かっているのかまったくわからなかった。だが、ふたりとも不安《ふあん》そうな顔はしないほうがいいことはわかっていた。それで、そのくねくねとまがる路地を確信《かくしん》ありげに歩いていった。道はその土地の自然《しぜん》の傾斜《けいしゃ》にしたがっていたので、自分たちが上に向かっていることにウィルは気づいた。

アルームの手がそでを引っぱったので、ウィルが見ると、アルームが脇道《わきみち》の先を指さしていた。

三十メートルほど先に、まわりの家より大きな二階《かい》建《だ》ての建物《たてもの》があった。路地に向かって看板《かんばん》がぶらさがっていたが、その上に描《えが》かれたアリダ文字は消えかかっていた。

「宿屋《やどや》だ」アルームはそういうと、その建物に向かって歩いていった。

彼《かれ》らはどこかの宿屋でひと晩《ばん》すごすことにしていたのだ。ほかのふたり組たちも町の中の宿屋やコーヒーハウスに散《ち》らばることになっている。もちろんよぶんに五十人増《ふ》えた男たちに宿屋の数はじゅうぶんではなかった。だがここのような市《いち》の立つ町では、市の広場に面《めん》した建物が広場に向かってキャンバス地の天幕《てんまく》をさしかけるのはごくふつうのことだった。市の日に町にやってくる農夫《のうふ》や商人などがその天幕の下でひと晩ねむるのだ。アリダ人とベドゥリン人のふたり組の多くもそこでひと晩すごすことになるだろう。

ということは、彼《かれ》らは翌朝市《よくあさいち》の立つ広場に待機《たいき》しているということだ。ウィルは翌朝戦《たたか》いがはじまったときに彼らにそこにいてほしかったのだ。だが、アルームとウィルは町を囲《かこ》む塀《へい》とウィルが見晴らし場所として決めた見張り塔《みはりとう》のそばにいたかった。

その宿屋《やどや》の母屋のそばに、さしかけ小屋になった馬小屋があった。ふたりはそこに入って、たき木の束《たば》をおいた。ウィルは自分のたき木に手を差《さ》しいれて、すばやく長弓と矢筒《やづつ》を引きぬき、古い馬草《まぐさ》が半分入っているかいば桶《おけ》にかくした。馬小屋には動物は数頭しかいなかった。馬が二頭と、かなりくたびれたロバが一頭だ。馬たちは興味《きょうみ》なさそうに頭を上げて新参者《しんざんもの》のほうを見たが、すぐにまた馬草を食べはじめた。

「客はすくなそうだな」とアルームがいった。「ここでひと部屋とれるはずだ」ふたりはもう一度たき木の束を背《せ》おうと、宿屋の玄関《げんかん》に向かって歩いていった。

ふたりは宿屋の入口の部屋に入っていった。アラルエンやガリカでは、ここは食堂《しょくどう》になっていて、そこで客たちがエールやワインを飲んでいる。だがアリダ人の大半は酒ではなく濃《こ》くてにがいコーヒーを飲んでいた。ウィルはたき木の束を下において部屋を見わたした。低《ひく》いテーブルに八人から九人の男が座《すわ》っていた。たいていはふたりか三人連《づ》れだ。彼らは顔をあげて新しく入ってきた者を見たが、自分たちの知らない顔だとわかると、またもとの会話にもどった。ひとりみんなからはなれて座《すわ》っている男がいた。男は太っていて、じっとウィルを見つづけていた。アルームはカウンターのところに行き、たき木と多少の金と引きかえに、食事と今夜の部屋を提供《ていきょう》してもらえないかと交渉《こうしょう》していた。

「このあたりで見たことのない顔だな」交渉が成立《せいりつ》した後で、宿の主人がいった。問いただすような口調だった。アルームは主人の目をまたたきもせず見つめた。

「人づきあいを避《さ》けているのでね」とアルームはいった。その口調は不愛想《ぶあいそう》で、これ以《い》上話《じょうはな》すことを拒否《きょひ》するような感じだった。アリダの田舎《いなか》の人は自分のことは人にはいわないくせに、他人のこととなるとやたらくちばしをつっこみたがる、とアルームはウィルに話していた。

宿屋《やどや》の主人はアルームの拒絶《きょぜつ》を平然《へいぜん》と受けいれた。彼《かれ》はふたつのカップにコーヒーをそそぐと、それを焼《や》き立ての平パン、数種類《すうしゅるい》のスパイスがきいたディップ、羊肉《ひつじにく》の串焼《くしや》き四本と一緒《いっしょ》に盆《ぼん》にのせた。

アルームがその料理《りょうり》と飲み物を乗《の》せた盆をウィルが選《えら》んだテーブルに運んできて、ふたりは食べはじめた。

そうして食べているあいだも、ウィルは先ほどの太った男の視線《しせん》を感じていた。「ぼくたち、見られています」と彼《かれ》は静《しず》かにアルームにいった。アルームはちらりと上を見て、太った男と目を合わせた。

「なにか用ですか？」と彼はするどい声でいった。

太った男は平然《へいぜん》としていった。「このあたりで見ん顔だな」

アルームはうなずいた。「それはあんたがここでばかり時間をすごしているからじゃないかな」と失礼《しつれい》なことをいった。

「で、どこから来たんだ？」と男はきいた。アルームは不愛想《ぶあいそう》に相手の目をじっと見た。彼はクッションの上で身体を動かし、ベルトからまだ鞘《さや》に入ったままの短剣《たんけん》をとりだした。そしてその短剣を自分の前のテーブルの上においた。

「あんたには何の関係《かんけい》もないことだと思うがね」といってから、横にいるウィルに向かって、しかし男にも聞こえるくらい大きな声でつけたした。「典型的《てんけいてき》な田舎《いなか》のおせっかい野郎《やろう》だ。いつも他人のことに首をつっこんでくる」

ウィルはうなるような声を出すと、答えなくていいように口にパンと熱《あつ》い羊肉《ひつじにく》を詰《つ》めこんだ。

「あんたの友達は何にもいわんのかね？」と太った男がきいた。アルームは羊肉《ひつじにく》をいくつか巻《ま》いたばかりのパンを下におろすと、うんざりしたようなため息をついた。

「こいつが『しまった！』といったのを聞いたよ。あまりにうるさくいろいろ聞くやつの耳を切り落としたときにな」ほかの客が何人か顔をあげ、いいぞというようにうなずいた。太った男はあきらかにこの店で人気がなかった。

「いいかげんにしとけよ、サウード！」客のひとりが部屋の向こうからいった。「この人たちに飯《めし》をゆっくり食べさせてやれ」

店全体から賛同《さんどう》の声があがったので太った男はあたりを見まわした。この男のほうでも店の客たちをきらっているのはあきらかだった。彼《かれ》は客全員をあざ笑《わら》うと、ようやく自分のクッションに座《すわ》りなおしてコーヒーを飲んだ。それでも目はふたりのよそ者を見つづけていた。

ふたりが食事を終えて客室のある上の階《かい》へと向かったときにも、ウィルはまだ男の視《し》線《せん》が自分の背中《せなか》に注がれているのを感じた。あの男をどうにかしたほうがいいのだろうか、と彼は思った。

アルームはウィルが不安《ふあん》に思っているのを感じとった。「心配するな」と階段《かいだん》を登りながらいった。「明日になればわたしたちのことなんてわすれているさ。明日になればまたなにかべつの気にかかることがでてくるだろう」

ウィルはそこまで確信《かくしん》がもてなかったが、アルームのいうとおりであればいいが、と思った。

ranger's apprentice

42

倉庫《そうこ》のドアに鍵《かぎ》ががちゃがちゃと差《さ》しこまれた。捕虜《ほりょ》たちはぼんやりと顔を上げた。夜明けから数時間たっていた。いつもこれくらいの時間に一日の最初《さいしょ》の食事が運びこまれるのだ。彼《かれ》らは一日の決まった流れになれてきていた。一日は彼らがあたえられる三回の食事で区切られていた。食事は変《か》わりばえせず、おもしろくもないものだった。たいていは、かたくなり味もしない昨日《きのう》の平パンとひと握《にぎ》りほどのナツメヤシで、とてもまともな食事といえるようなものではなかった。

だが、すくなくともコーヒーが出た。たとえぬるくても、ホラス、ホールト、ギランにはありがたかった。もちろんスヴェンガルとエラクは強いエールがないことをなげいていた。スヴェンガルはときどき、数週間前に狼の風号《ウルフ・ウィンド》に残《のこ》してきたまだ半分入っていた酒樽《さかだる》のことを物ほしげに思い出した。部下《ぶか》たちはアル・シャバーでどうしているだろうか。おそらくここにいる自分よりはずっといい境遇《きょうぐう》にいるにちがいない、と思ってスヴェンガルは不機嫌《ふきげん》になった。

ほかの者たちもそれぞれ物思いにふけっていた。ギランはまだホラスが見たといった舞台《ぶたい》のような台のことを考えていた。処刑《しょけい》、とホラスはいっていた。自分とホールトが自分たちを捕《と》らえた者たちにきらわれているのはギランにもわかっていた。もしだれかが処刑されるのであれば、このふたりだろう、と彼《かれ》は思った。だが、ギランはこの思いを平然《へいぜん》と直視《ちょくし》した。レンジャーは窮地《きゅうち》に立たされることになれていた。敵《てき》の標的《ひょうてき》になることにもなれていた。彼はここ何年もこのようなことになる可能性《かのうせい》とともに生きてきたのだ。いま彼にできることは脱出《だっしゅつ》できる機会《きかい》を待つことだけだった。

ホールトが無関心《むかんしん》に見えるのは芝居《しばい》だということにギランは気づいていた。ホールトは不安《ふあん》や恐怖《きょうふ》をエヴァンリンに伝《つた》えたくないのだ。そのことに気づいたギランは、『どんなことにも備《そな》えなければ』などと騒《さわ》がなければよかった、と思った。何らかの可能性が生じたときには、自分は心の準備《じゅんび》ができている。ホールトもそうだ。そのことを口に出したからといって、それ以上《いじょう》のことにはならないのだ。ただエヴァンリンの神経《しんけい》をぴりぴりさせるだけかもしれなかった。

ホラスはずっと冷静《れいせい》だった。彼《かれ》はホールトとギランを信頼《しんらい》していたのだ。もしこの窮《きゅう》地《ち》から逃《に》げだす方法《ほうほう》があるのなら、ふたりがそれをみつけてくれるはずだ。ギランと同じく、ホラスもホールトが一見なにもしていないような姿《すがた》を見ていた。そして、ホールトが頭を猛烈《もうれつ》に働《はたら》かせて、つぎなる行動に向けて緊張《きんちょう》を高めていることもわかっていた。

いつもなら朝食が運ばれる時間に、彼らを捕《とら》えた者たちがやってきて、全員をおどろかせた。食事をのせた盆《ぼん》とコーヒーのポットを持ってふたりの男が倉庫《そうこ》に入ってくるものと思っていたところに、とつぜん剣《けん》を手にした十人以上《いじょう》もの男たちが開《あ》いたドアからなだれこんできて、彼らをとり囲《かこ》んだのだ。

壁《かべ》に背《せ》をもたせかけて座《すわ》っていたホールトが、立ちあがろうとした。だが、湾曲《わんきょく》した剣の先が、彼ののどもとを荒《あら》っぽくついてそれを止めた。

「そこにじっとしていろ」とユサルが命じた。彼はホールトの顔からずっと目をはなさずに、座っているホールトに身ぶりでしめしながらいった。「両手を前に出せ」ホールトがいわれたとおりにすると、ユサルは部下《ぶか》のひとりにいった。「しばれ」

ホールトの手がすばやく体の前でしばられた。ツアラギ兵《へい》が両手をしばりはじめたとき、最初《さいしょ》ホールトは両腕《りょううで》と手首の筋肉《きんにく》をぐっと緊張させようとした。のちに力をゆるめたときにロープがわずかでもゆるくなるようにと思ったのだ。だが、ユサルはこの昔からある手口にだまされなかった。彼《かれ》は刀身《とうしん》の峰《みね》でホールトの指の関節《かんせつ》をたたいた。

「そんなトリックはもういい」ユサルは荒《あら》っぽくいった。ホールトは肩《かた》をすくめて両手の力を抜《ぬ》いた。一度はやってみる価値《かち》はあった。部屋を見まわしながら、彼はほかの者たちも同じようにしばられているのを見た。ホールトは顔をしかめた。どうして全員なのだ？　自分とギランというのはわかる。ホラスもそうかもしれない。だが、そのほかの者は大事な人質《ひとじち》だった。ほかの者たちが引きたてられて立ちあがるのを見ながら、胃《い》がずんと重く沈《しず》むような気持ちになった。そのときユサルがホールトの両手をしばっていたロープに手をかけ、彼も同じように上に引っぱりあげた。

「どこに行くんだ？」とホールトはきいたが、ユサルはただ笑《わら》い声をあげただけで、ホールトをドアのほうに強くおした。

「よくない展開《てんかい》だな」白髪《しらが》交《ま》じりのひげ面《づら》のレンジャーのあとから追いたてられながら、ホラスがつぶやいた。

＊

ウィルとアルームはかなりおそくまで寝《ね》ていた。ほとんどのほかの客たちは夜が明けるとまもなくおきて朝食をすませ、出発していた。

しかし、彼《かれ》らは九の時《とき》まで待たなければならないので、ゆっくりおきることに決めたのだった。早くからおきて、くずれそうな町の塀《へい》の上にある見張《みは》り塔《とう》の周辺《しゅうへん》をうろうろしてあやしまれても馬鹿《ばか》らしい。そんなわけで、ふたりはほとんどの客が出発してから一時間後に宿屋《やどや》の食堂《しょくどう》に入っていった。

そう、ほとんどの客が。昨夜《ゆうべ》の太った男はまだ部屋にいた。男は自室のドアをすこしだけ開《あ》けたままにして、ふたりの若者《わかもの》が食堂へと階段《かいだん》をおりていくのを見ていたのだ。サウードはうぬぼれの強い男だった。彼は裕福《ゆうふく》な織物商《おりものしょう》で、市場に露店《ろてん》を数店持っていたが、店はすべて従業員《じゅうぎょういん》にまかせていた。客との取引という実際《じっさい》の仕事は、最近《さいきん》ではサウードの手からはなれていた。あまりに裕福になりえらくなったので、そんなことはもうしないのだった。その代わりに、自力でたたきあげた金持ちとして尊敬《そんけい》の念《ねん》を持ってあつかってもらうことを期待《きたい》しながら、コーヒーハウスで時間をすごしていた。

そのようなこともあって、男は昨夜のアルームの不愛想《ぶあいそう》で人を馬鹿にしたような態度《たいど》がますます気に入らなかった。サウードにしてみれば、自分は出会った人すべてから尊《そん》敬《けい》されて当然《とうぜん》の、いやこびへつらってもらってもいいような男なのだった。彼《かれ》はアルームがしたベールをかけたようなおどしにはなれていなかった。そして、食堂《しょくどう》にいたほかの者たちまでもがあのよそ者の側《がわ》についたことも気に入らなかった。

あのふたりにはどこかあやしいところがある、とサウードは思った。そして、そのことを喜《よろこ》んで聞きたがる人がいることもわかっていた。

アルームとウィルが下の食堂のほうへと階段《かいだん》をおりているときに、サウードは静《しず》かに部屋から出て、後ろ手でそっとドアを閉《し》めた。ラッチがカチッとはまる音に顔をしかめた。彼らに聞かれただろうか？

いや、だいじょうぶだ。彼らが中断《ちゅうだん》したり立ち止まったりせずに、しゃべりつづけている声が階段の下のほうから聞こえてきた。太った体重の下で床板《ゆかいた》がきしるのを避《さ》けるためにできるだけ壁際《かべぎわ》に寄《よ》りながら、サウードは自分も階段をおりはじめた。

宿屋《やどや》の入口のドアが開《あ》いて、閉まる音が聞こえたので、サウードは立ち止まった。一瞬《いっしゅん》、ふたりが出発したのかと思った。やがて、年上のほうの男が宿屋の主人と話しているのが聞こえてきた。ということは、若《わか》いほうがなにかのために外に出たのだな。だが、何のために？

若者《わかもの》がもどってくる音がしないかと耳をそばだてながら、サウードはじりじりと階段《かいだん》を下っていった。やがて玄関《げんかん》のドアがふたたび開《あ》く音がして、若いほうの男が階段の下を横切ってまた食堂《しょくどう》に入っていくのが見えた。

今回若者は右手でキャンバス地の布《ぬの》でくるんでしばったなにか長いものを運んでいた。サウードは顔をしかめた。あんなものはそれまで見たことがなかった。慎重《しんちょう》に動きながら残《のこ》りの階段を下りると、サウードは裏口《うらぐち》のドアから通りに出た。

右に数メートルほど行ったところに、ここの路地よりさらにせまい路地があった。サウードはいそいでその路地に入ると影《かげ》に忍《しの》びこみ、そこに身を落ちつけてふたりの男が店から出てくるのを待った。

数分後、ふたりは店から出てきて左にまがり北に向かった。サウードは興味深《きょうみぶか》げに彼《かれ》らを見ていたが、やがてそのあとをつけだした。すでに八の時《とき》を三十分すぎており、マーシャヴァの人々の大部分は市《いち》の立つ広場へと向かっていた。これから死ぬことになっている捕虜《ほりょ》たちには何のうらみもないとしても、処刑《しょけい》は見ものであり、たいていの人々はそれを見たがっていた。

それなのにどうしてあのふたりは広場から遠ざかっていくのだ？　町の北側《きたがわ》にはおも

しろいものなどなにもない――ただくずれ落ちそうなあばら家が密集《みっしゅう》しているだけだ。それと、ぼろぼろの見張《みは》り塔《とう》のついたくずれそうな塀《へい》があるだけだ。

急に踵《きびす》を返すと、太った織物商《おりものしょう》は自分の来た足跡《あしあと》を辿《たど》っていった。タリシュならこのことに興味《きょうみ》を持つかもしれない、と思ったのだ。タリシュはツアラギの戦士《せんし》で、ノマドの小隊《しょうたい》の下っ端《ぱ》の権力者《けんりょくしゃ》だ。いつも子分ふたりを引きつれて旅をしている。彼《かれ》らはアリダの町の人々のあいだでは、盗人《ぬすっと》や脅迫者《きょうはくしゃ》として悪名《あくみょう》高かった。どういうわけか、彼らはいつも裕福《ゆうふく》なアリダの商人たちが金やいちばんいい商品をかくしている場所をかぎつけるようだった。だがじつは、彼らにそれを教えているのがサウードだったのだ。彼は三人のツアラギと協力関係《きょうりょくかんけい》を築《きず》いていた。自分の露店《ろてん》や倉庫《そうこ》には手をつけないということを見返りにして、隣人《りんじん》や競争相手《きょうそうあいて》の情報《じょうほう》を提供《ていきょう》していたのだ。

市《いち》の立つ広場の端《はし》に、彼らがしょっちゅう通っているコーヒーハウスがあった。サウードはそのツアラギの盗人をみつけようと、太った身体をゆすりながらせまい通りをいそぎ、歩く速度を速めた。もしタリシュがあのふたりに興味を持たないようだったら、彼らは黄金の詰《つ》まった財布《さいふ》を持っているというつもりだった。そういえば、タリシュは絶対《ぜったい》に興味を持つはずだ。

あのよそ者たちはその財布《さいふ》を失《な》くしたか、かくしたにちがいない、とあとでいえばいいだけのことだった。黄金がないことでタリシュがいらいらしたり、怒《おこ》ったりしても、それはふたりのよそ者に対してだ。サウードに関《かん》するかぎり、そうなればそれだけいいのだった。

＊

ウィルとアルームはごみやがれきが積《つ》もったところをいそいで抜《ぬ》けていった。町の北部は荒廃《こうはい》のいちばんひどいところだった。家々はくちはてるがままにされていて、そこに貧《まず》しい人、失業者《しつぎょうしゃ》、犯罪《はんざい》をおこしかねない者たちなどが無断《むだん》で住みついていた。ときどき、崩《くず》れ落ちそうな家々のドアのすき間からこそこそとこちらをうかがっている顔が見えた。見られたとわかるとすぐに、こちらを見ていた顔は家の影《かげ》の中にひっこんだ。

このあたりの道はせまく、でたらめにまがりくねっていた。くずれたり、くちはてたままになっていたものが、ついにはがれきの山になってしまった家々を迂回《うかい》するようにできていたからだ。ウィルはすこし前から方向感覚《ほうこうかんかく》がおかしくなっていた。どこに向かっているのかアルームはわかっていてくれればいいのだが、と思った。アルームは自《じ》信《しん》ありげに進んでいった。

くねくねまがるわけのわからない路地からようやく出て、前方に北側《きたがわ》の町の塀《へい》の残骸《ざんがい》が見えたとき、ウィルは思わず安堵《あんど》のため息をついた。

もともとは町を囲《かこ》む塀の内側《うちがわ》に沿《そ》って幅《はば》の広い歩道があり、そこに歩道から三メートル以内《いない》には張《は》りではいけないという条件《じょうけん》で建物《たてもの》が建《た》っていた。だが、近年住民《じゅうみん》たちは塀そのものに直接《ちょくせつ》あばら家やさしかけ小屋を建ててしまっていた。もともと塀の一部であったくずれ落ちたレンガを使って小さな掘立小屋《ほったてごや》を建てていることも多かった。

くずれた家々のあいだを迂回《うかい》しながら、くねくねとつづく道を辿《たど》ってきたので、ウィルたちは計画していたよりはかなり東側《ひがしがわ》に出てしまった。見晴らし場所として選《えら》んだ見《み》張《は》り塔《とう》が二百メートルほど先にあることにウィルは気づいた。くずれて展望台《てんぼうだい》の手すりに引っかかっている屋根の梁《はり》のそばにあるのがそれだった。梁はするどい角度でつきでている。

ウィルは太陽を見あげた。もう東の空高くにのぼってきているのに、めざす塔ははるかかなただ。自分たちのもっと近く、五十メートルほどのところにもうひとつ塔があった。さしかけ小屋やがれきの中をかきわけながら行くと、本来の塔《とう》に着くのがおそくなりすぎるかもしれない。がれきだらけの町をここまで来るのに、予想していたよりもずいぶん時間がかかってしまったのだ。

ウィルは近いほうの塔をしめした。

「あそこを使いましょう」彼《かれ》がいうとアルームもうなずいた。アルームは心配そうな顔をしていた。

「おくれてしまう。やつらはもういつでもはじめることができるはずだ」

なかば走るようにしながら、ふたりはくずれた石造《いしづく》りの建物《たてもの》や掘立小屋《ほったてごや》のあいだを近いほうの見張《みは》り塔にいそいだ。

43

ウマールは溝《みぞ》のそばにある大きな丸い砂岩《さがん》の後ろに身をかくし、目を細めて、前日ウィルと一緒《いっしょ》に選《えら》んだ見張《みは》り塔《とう》を熱心《ねっしん》に見つめていた。半分くずれた梁《はり》のせいでその塔は見分けやすかった。

後ろでなにか動いたのでふり返るとハッサンだった。この若者《わかもの》はベドゥリンの主戦隊《しゅせんたい》が静《しず》かに待機《たいき》しているはるか後方の溝の中からやってきたのだった。

「なにか合図はありましたか、アシャイフ?」とハッサンはきいた。

ウマールは首をふった。「もう持ち場についているはずなんだが。もうすぐ九の時《とき》だ」

「処刑《しょけい》が延期《えんき》になったのでは?」とハッサン。ウマールは考えこむように髭《ひげ》をなでた。

「かもしれんな。だが、あの悪《わる》のユサルが住民《じゅうみん》に見せつけるチャンスをあきらめるとは思えん」ウマールは静かにというように片手《かたて》を上げ、頭をすこしかたむけて耳をすました。マーシャヴァの内側《うちがわ》から、低音《ていおん》の太鼓《たいこ》の深くリズミカルな音がおだやかな朝のそよ風に乗《の》って聞こえてきたのだ。

「いや、処刑《しょけい》は行われる。いったいウィルとアルームはどうしたのだ？」

「仲間《なかま》たちを連《つ》れていきましょうか、アシャイフ？」とハッサンがきいた。

ウマールはためらった。おそらくだれもこちらの方角は見ていないだろう。だから、町へと通じるほこりっぽい道を先んじて行くことはできるだろう。だが、ウマールはこの考えを打ち消した。もしだれかひとりにでも好奇《こうき》の目で見られたら、警鐘《けいしょう》が鳴らされる。

「あのレンジャーの合図を待とう」とウマールはいった。

＊

見張《みは》り兵《へい》に囲《かこ》まれて、七人の捕虜《ほりょ》たちは洞窟《どうくつ》の倉庫《そうこ》からつづく長い土の坂道を町の通りまで連れていかれた。

一列につながれて、彼《かれ》らはおされたり殴《なぐ》られたりしながらでこぼこの地面の上をつんのめって進んでいった。おたがいしゃべることは禁《きん》じられている。アリダの町のほとんどの住人は、無感動《むかんどう》と病的《びょうてき》な憐《あわ》れみが入りまじった目で彼《かれ》らを見つめていた。それでも、群衆《ぐんしゅう》には常《つね》にそういう人種《じんしゅ》がいるものだが、捕虜《ほりょ》たちにヤジを飛《と》ばしたり、石や砂《すな》、ごみなどを投げつける者もいた。ホールトは二十代の若者《わかもの》のあるグループをにらみつけた。彼らはあきらかにアラリキという名の強い酒を飲んでいた。彼らはたがいによろけ、つんのめり、赤い目をしてだらりと口をあけたまま、捕虜たちに侮辱《ぶじょく》するような言葉を投げかけていた。ホールトは肩《かた》ごしにふり返って、すぐ後ろにいるセレゼンを見た。

「あんたたちの宗教《しゅうきょう》ではアルコールを禁止《きんし》していると思っていたが」と彼はいった。

セレゼンはその騒々《そうぞう》しくヤジをとばしているグループに不愉快《ふゆかい》そうに目をやると、肩をすくめた。

「どんな社会にも程度《ていど》の低《ひく》いやつらはいるさ。ああいうやつらは、今日断頭台《だんとうだい》に送られるのが自分ではないのがうれしくてたまらないのだ」とセレゼンはいった。

見張り兵《みはりへい》がひとり前に出てきて、結《むす》んだロープの端《はし》でふたりをつつついた。

「黙《だま》れ！　しゃべってはいけないといっただろ！」と彼らに怒鳴《どな》った。

彼らは広場に着いた。あたりは人々でこみ合っていて、先導《せんどう》してきた兵は捕虜たちを通すために人々をおさなければならなかった。ホールトの見たところ、見物人の半分はツアラギだった。彼《かれ》らは捕虜《ほりょ》たちの神経《しんけい》が土壇場《どたんば》にきておかしくなり、悲鳴《ひめい》をあげて命ごいをすればいいのにと思いながらおもしろがっていた。

だからといって彼らがそういう声に耳をかたむけるというわけではなかった。憐《あわ》れみや慈悲《じひ》はツアラギには無縁《むえん》のものだった。

広場の反対側《はんたいがわ》、いまや初《はじ》めて彼らの目にもはっきりと見えてきた木材《もくざい》で作った高い処《しょ》刑台《けいだい》のすぐそばで、太鼓《たいこ》が低《ひく》くとどろきはじめた。その音は大きな心臓《しんぞう》の鼓動《こどう》のように、ゆっくりとしたリズムでつづいた。それは群衆《ぐんしゅう》に騒音《そうおん》を倍増《ばいぞう》させせろという合図だった。

一列につながれた捕虜たちは群衆の中を歩かされ、処刑台へと上がる階段《かいだん》のそばに立たされた。

ホールトが顔を上げると、台にユサルが立っていた。今日は濃《こ》い青のゆったりと垂《た》れた長衣《ながぎぬ》を身につけ、ブーツをはいた足をひらき、腰《こし》に手をあてている。いつものように顔は濃い青のベールの下にかくれている。唯一目《ゆいいつめ》だけが見えているが、いつものように冷《つめ》たい。ユサルは今度は群衆のほうを向き、みんなが静《しず》かに黙《だま》るまで次々《つぎつぎ》と顔を見わたしていった。

徐々《じょじょ》に叫《さけ》び声は収《おさ》まっていき、ときどき感嘆《かんたん》の声があがるだけになった。やがて、ツアラギ兵《へい》が彼《かれ》らの指導者《しどうしゃ》ユサルの邪魔《じゃま》をした者を殴《なぐ》ったので、それら感嘆の声もしなくなった。不自然《ふしぜん》なまでの静《しず》けさが広場に広がった。

「捕虜《ほりょ》たちを連《つ》れて来い」とユサルがいった。彼のしゃがれた声が広場の隅々《すみずみ》まではっきりと聞こえた。

見張《みは》り兵が捕虜たちを前へとうながしたので、ホールトが処刑台《しょけいだい》への粗末《そまつ》な階段《かいだん》を登った。自分の後ろからセレゼンが、さらにその後ろからスヴェンガルが登ってきたとき、ホールトは足の下で階段がぐらぐらゆれているのを感じた。

ホールトが後につづいてくる者たちが台に乗《の》れるように処刑台の上を移動《いどう》していると、ユサルが彼の肩《かた》をつかんでいった。

「おまえはここにいろ。おまえが最初《さいしょ》だ」

群衆《ぐんしゅう》の中にいるツアラギ兵たちから賛同《さんどう》するような怒《いか》りに満《み》ちたうなり声がおこった。ほかの捕虜たちの処刑は気晴らしや娯楽《ごらく》になるかもしれないが、レンジャーふたりは憎《にく》まれていた。

いっときその不吉《ふきつ》などよめきを止めていた太鼓《たいこ》がふたたび鳴りだした。

エラクとエヴァンリンにつづいてギランが処刑台《しょけいだい》にあがると、ユサルは彼《かれ》にホールトの隣《となり》に立つようにという仕草《しぐさ》をした。見守っているツアラギ兵《へい》たちからまたもや喜《よろこ》ぶようなどよめきがおこった。

ホールトたちの下にいる群衆《ぐんしゅう》の中でばたばた動きがあったかと思うと、トーシャクが人ごみをかき分けて前に出てきた。そしてホールトを見あげてにやっと笑《わら》った。

「ここでおまえは首をはねられるってわけだ、レンジャー！」とトーシャクは大声でいった。

ホールトは彼を無視《むし》して顔をそむけ、群衆を見わたした。どこかにウィルの姿《すがた》が見えるかもしれない、と一縷《いちる》の希望《きぼう》をたくしたのだ。ホールトは自分の弟子《でし》がきっと生きながらえている、彼がなんらかの救出《きゅうしゅつ》を試《こころ》みもしないで自分たちをこのまま死なせるはずがない、とまだ理由もなく信《しん》じていた。

どうしてそのような信念《しんねん》を持っているのかとたずねられても、理にかなった答えはできなかっただろう。それは信頼《しんらい》、自分の息子《むすこ》のように愛《あい》するようになったあの若者《わかもの》の創《そう》意工夫《いくふう》の才能《さいのう》と勇気《ゆうき》への信頼だった。必要《ひつよう》とされているのだから、ウィルはこの場にあらわれてくれるはずだ。これまでもウィルは一度もホールトをがっかりさせるようなことはなかったのだから。

エラクがトーシャクに処刑台《しょけいだい》の上にあがれとまねきながら、彼《かれ》に応《こた》えてしゃべっていることにホールトはぼんやりと気づいた。

「たとえ手をしばられていても、おれは裏切《うらぎ》り者のおまえの首をへし折《お》ることができるぞ、トーシャク！」エラクがいうと、トーシャクはにやにや笑《わら》った。

「おまえの首はスカンディアに送り返してやるよ、エラク。おまえの頭蓋骨《ずがいこつ》をエールのジョッキとして使うとしよう」

ユサルはふたりの北方人をにらみつけた。ユサルには芝居《しばい》がかった見せ場のセンスがあり、ものごとを劇的《げきてき》に盛《も》りあげる才能《さいのう》があった。エラクたちの教養《きょうよう》のない騒々《そうぞう》しい口げんかはこの場にはふさわしくなかったのだ。

「静《しず》かにしろ！」とユサルは命じた。トーシャクは彼をちらりと見るとどうでもいいというふうに肩《かた》をすくめ、処刑台を支《ささ》えている支柱《しちゅう》のひとつに寄《よ》りかかった。これ以上《いじょう》じゃまをする者はいないことに満足《まんぞく》したユサルは、片手《かたて》をあげた。

「ハサウンを出せ！」とユサルが叫《さけ》んだ。広場にいたツアラギたちがふたたび叫びだした。

ハサウン！　ハサウン！　ハサウン！

叫《さけ》び声は、絶《た》え間なく響《ひび》く太鼓《たいこ》の音と調子を合わせて、正面にある建物《たてもの》にこだました。このひとときをとらえ、この呼《よ》び声に合わせて声をあげるアリダ人もいた。彼《かれ》らは前にも処刑《しょけい》を見たことがあった。だからこれからなにがおこるのかはよくわかっていた。叫び声はどんどん大きくなり、緊迫感《きんぱくかん》が増《ま》していった。

やがて広場の端《はし》に大男が姿《すがた》をあらわした。見物人の高さよりずっと抜《ぬ》きんでている。一瞬《いっしゅん》男は空中を漂《ただよ》っているように思えたが、じつは男は大きな木製《もくせい》の盾《たて》のようなものの上にいて、四人のツアラギが肩《かた》の高さにかつぎあげているのだとホールトは気づいた。彼らは群衆《ぐんしゅう》のあいだをぬって処刑場《しょけいじょう》のほうに近づいてきた。

太鼓を打つ速さが増してきて、それに合わせて叫び声も速くなった。ハサウンは全身黒ずくめの大男だった。四人の戦士《せんし》が彼を前に運んでいくと、ハサウンの流れるような長衣《ながぎぬ》が朝のそよ風にたなびき、黒いクーフィーヤの端が後ろにひるがえった。彼の顔の下半分は常《つね》につけているツアラギの濃《こ》い青のベールにおおわれていた。

胸《むね》の前で組んでいる両手は、刀身《とうしん》の黒い、両手であつかう巨大《きょだい》な剣《けん》の柄《つか》の上にあてられていた。

＊

ウィルとアルームが近いほうの塔《とう》に辿《たど》りついたとき、太鼓《たいこ》の音が深く響《ひび》きわたりはじめた。

「はじまった！」とアルームが叫《さけ》んだ。「いそごう。あまり時間がない！」

ウィルはなにもいわなかった。彼《かれ》は長弓のキャンバス地のカバーを外し、長弓を左足の足首で押《お》さえながら右のふくらはぎの後ろでたわめ、弓《ゆみ》の弦《つる》を上の切りこみに引っかけた。そのあいだ弓の五十三キロのドロー・ウェイトを克服《こくふく》しなければならないので、かすかにうなり声が出た。

ウィルがマントを片側《かたがわ》にはらいのけると、二ダースの矢が入っている矢筒《やづつ》がむき出しになった。弦を張《は》った弓を矢筒と一緒《いっしょ》に肩《かた》にかけ、見張《みは》り塔の腐《くさ》った木枠《きわく》を登りはじめた。

ゆっくりとしか進めなかった。いそげというアルームの言葉にも、そしてウィル自身《じしん》緊迫感《きんぱくかん》が増《ま》してきているにもかかわらず、手もと足もとに注意をしなければならなかったからだ。塔の状態《じょうたい》は思っていたよりもひどく、いそいで動くと崩壊《ほうかい》してしまう恐《おそ》れがじゅうぶんにあった。

四メートルほど登り、塀《へい》のてっぺんを通りすぎたウィルは、見晴らし台に着く前の最《さい》後《ご》の横木のほうへとゆっくりと足を進めていた。

太鼓《たいこ》の音がしばらく止んでいたが、遠くのほうからそれがふたたびはじまり、どんどん速くなってきているのが聞こえてきた。やがて何百人もの声からなる呼《よ》び声がウィルに届《とど》いた。

ハサウン！　ハサウン！　ハサウン！

「ハサウンっていったいだれなんだ？」そうひとり言《ごと》をいいながら、あきらかに危《あぶ》なそうな横木に沿《そ》って慎重《しんちょう》にすこしずつ進んでいった。

片足《かたあし》をもっとしっかりとした台にかけようと蹴《け》りだし、体重を両腕《りょううで》で支《ささ》えてかろうじて身体の平衡《へいこう》を保《たも》っていたときに、後ろから声が聞こえた。

「おまえたちはいったいなに者だ？　なにをしようとしている？」

ウィルは思わず下を見た。彼《かれ》のすぐ下にはアルームがいて、自分たちの来たほうをふり返っている。

十メートルほどはなれたところで、三人のツアラギの戦士《せんし》が自分たちのほうをいぶかしげに見ていた。彼《かれ》らの後ろで執念深《しゅうねんぶか》そうな笑《え》みを浮《う》かべているのは、昨夜《ゆうべ》宿屋《やどや》で見かけたあの太った商人だった。

44

大男の死刑執行人《しけいしっこうにん》は盾《たて》の上でやすやすとバランスをとっていた。その盾はツアラギの戦士《せんし》四人の肩《かた》にかつがれ、群衆《ぐんしゅう》をかき分けて市《いち》の立つ広場を処刑場《しょけいじょう》へと向かって進んでいた。男が群衆の中を進んでいくと、ツアラギたちはその大男を賞賛《しょうさん》するように両手を上げたり、これみよがしに武器《ぶき》をふりかざしたりした。

四人のかつぎ手が処刑台《しょけいだい》のそばで立ち止まると、ハサウンは軽やかに台にとびうつった。彼《かれ》がそうすると、また群衆の中から歓声《かんせい》がわきおこった。

間近に見られるようになって、ホールトは処刑人《しょけいにん》がほんとうに大男であることに気づいた。身長はゆうに二メートル以上《いじょう》あり、肩も身体もがっしりとした体格《たいかく》だった。男は巨大《きょだい》な両手であつかう剣《けん》をシュッと音を立ててふりあげ、頭の上に垂直《すいちょく》になるまでかかげたまま、処刑台の前面をのし歩いた。居《い》ならぶ捕虜《ほりょ》のことなど無視《むし》して、群衆に剣をこれ見よがしに見せつけた。

ふたたび彼《かれ》の名前を呼《よ》ぶ声が響《ひび》きわたった。

ハサウン！　ハサウン！　ハサウン！

彼は処刑台《しょけいだい》の前面を端《はし》まで歩くと、群衆《ぐんしゅう》のへつらいを満足《まんぞく》げに聞きながらまた台のまん中まで引き返した。それから台のまん中に立つと、両腕《りょううで》を思いきり伸《の》ばして剣《けん》をかかげ、強力な手首のひねりを使って剣をひっくり返したかと思うと、大きな音をたててその切っ先を台につきさした。

木の床《ゆか》につきささったままゆっくりとゆれている剣をそのままにして、男は一歩下がった。

それから男ははおっていた長衣《ながぎぬ》を留《と》めつけていたひもに手をやると、すばやくそれを外し、長衣を跳《は》ねあげるように身体からはなして後ろに放りなげた。

男がいま身につけているのは、胴《どう》と足首のところでひだを寄《よ》せてしばってある幅広《はばひろ》のズボンと、黒いクーフィーヤ、それからツアラギ特有《とくゆう》の濃《こ》い青の顔のベールだけだった。裸《はだか》の上半身は油を塗《ぬ》ってあるためわずかに輝《かがや》き、筋骨隆々《きんこつりゅうりゅう》とした腕《うで》、胸《むね》、腹《はら》がはっきりと見えた。

男は前に進み出ると、たいした苦労《くろう》もなく床《ゆか》に刺《さ》さっていた剣《けん》を引きぬき、それを身体や頭のまわりに円や弧《こ》を描《えが》いておどろくほどの速さで回転させた。巨大《きょだい》な剣をまるでおもちゃのようにあつかっていた。だが、その長くて持ち重りがし、先が細くなった剣の重さをよく知っている者にとっては、男がやって見せていることはじつに印象的《いんしょうてき》で、力強さと、腕《うで》、身体、手首の筋肉《きんにく》の調整がどれだけとれているかをしめすものだった。美しく磨《みが》きぬかれた黒い刀身《とうしん》に朝日が反射《はんしゃ》して目がくらみそうになる。剣があまりに速く動くので、ときどきそれが幅《はば》のせまい刀身というよりは、黒い円盤《えんばん》のように見えるほどだった。

ハサウン！　ハサウン！　ハサウン！

歓声《かんせい》がふたたびわきあがった。今回はさらに多くのアリダ人が加《くわ》わっていた。このツアラギの巨人《きょじん》の強さとカリスマ性《せい》に酔《よ》いしれていたのだ。結局《けっきょく》のところ、処刑台《しょけいだい》に立たされている捕虜《ほりょ》七人のうち六人は外国人であり、アリダ人にしてみれば彼《かれ》らのことをなげき悲しむ理由などなかったのだ。七人目のセレゼンがどういう地位《ちい》の者かうわさは広まっていたが、マーシャヴァのようなへんぴな田舎町《いなかまち》の人々がアリダの地方を支配《しはい》しているエムリキールやワキールを愛《あい》する理由などほとんどなかった。以前《いぜん》にホールトが観《かん》察《さっ》したところ、アリダの役人のほとんどは腐敗《ふはい》しており、人々のためになにかするときには賄賂《わいろ》をあてにしていた。そのような中でセレゼンは例外的《れいがいてき》な存在《そんざい》だったが、マーシャヴァの人々がそのことを知るはずもなかった。セレゼンが治《おさ》めていたのはずっと遠くの地方だったので、ここの住人は彼《かれ》のことを直接《ちょくせつ》には知らなかったのだ。

さらに、一般市民《いっぱんしみん》と支配者《しはいしゃ》の接点《せってん》といえば税《ぜい》を納《おさ》めるときで、マーシャヴァの住人たちはその年に稼《かせ》いだり収穫《しゅうかく》したりしたもののすべての一定の率《りつ》を納税《のうぜい》することが求《もと》められていた。そのようなときに、その町が侵略《しんりゃく》を受けたりツアラギに襲《おそ》われて略奪《りゃくだつ》されたとしても国はほとんど同情《どうじょう》をしめさなかった。

「やつらがマラロクで肥《こ》え太っているあいだに、おれたちは飢《う》えている」とは田舎《いなか》の人々が昔からいっていることで、マーシャヴァの人々もこの言葉は真実を語っていると感じていた。だから、給料《きゅうりょう》をたっぷりもらってたっぷり食べている国の役人が首をはねられるとしても、それを悲しむ者などここにはほとんどいなかった。いかにも農民《のうみん》らしいあきらめから、この役人の後がまはいくらでもいるだろうと思うだけだった。

そんなわけで、ハサウンのような達人《たつじん》によってとりおこなわれる大量処刑《たいりょうしょけい》を目前にした彼らは、歓声《かんせい》をあげ、ハサウンにがんばれと声援《せいえん》を送るのだった。

ハサウンは気をよくしていた。彼《かれ》は台の端《はし》から端まで踊《おど》りだし、巨大《きょだい》な剣《けん》を目にもとまらぬ速さでふりかざしたり、横からすべらせたり、深くつき刺《さ》したりして見せた。前に後ろに、左に右にと動きまわり、また左側《ひだりがわ》にもどってきた。

それから空中高くとびあがると、大きく弧《こ》を描《えが》いて剣をふりおろし、ひざまずいている犠牲者《ぎせいしゃ》の首をはねるまねをした。剣の切っ先が床板《ゆかいた》につきささったのを、ふたたび抜《ぬ》いて後ろにとびはねたが、剣はまだ抜いた勢《いきお》いでふるえていた。

すばやく男は両手で柄《つか》を握《にぎ》ると、ふたたびそれを放りなげ、端から端へとひざで歩きはじめた。そのあいだもずっと剣をくるくるまわしたり、切りつけるまねをしたりしている。彼の名前を連呼《れんこ》する声はどんどん激《はげ》しくなり、その声の調子と男の動きのリズムがひとつに混《ま》じりあった。

ひざ立ちの姿勢《しせい》から男は高くとびあがり、空中で剣を大きくXの字を描くようにふり下ろしながら、身体をひねり、犠牲者たちの列に向かい合う形でおりた。それからもう一度身体をひねって群衆《ぐんしゅう》のほうに向いた。巨体《きょたい》と力強さのわりに男はおどろくほど足どりが軽かった。男は自分を処刑台《しょけいだい》まで運んできた男たちのひとりに合図を送った。その戦士《せんし》は近くの市場の屋台に手を伸《の》ばし、メロンをひとつとった。そしてそれを大男の上に放りなげた。

剣《けん》がまたたく間《ま》に二本の対角線を描《えが》いて動いた。最初《さいしょ》のひと太刀《たち》でメロンがふたつに切られ、二番目の動きで、大きいほうのメロンがさらにふたつに切られてから、果肉《かにく》がぐしゃっと音をたてて台の上に落ちた。

先ほどの戦士《せんし》が今度は自分からもうひとつメロンを弧《こ》を描くように投げた。今回ハサウンは剣を水平に動かしてメロンを半分に切り、引きつづいてすばやくその半分をさらに縦《たて》に切った。

群衆《ぐんしゅう》が歓声《かんせい》をあげた。

ハサウンは剣をくるくるまわしながら片手《かたて》からもう一方の手へとわたして見せて歓声に応《こた》えた。右手から左手、また左手から右手へと剣をわたしながらもリズムを維持《いじ》し、剣をその長い柄《つか》の鍔《つば》に近いところで持ち、両手と手首の力でコントロールしている。

ハサウンは剣を空中高く放りなげ、柄から落ちてきたところを受けとめた。そして自分も高くとびあがると、百八十度身体をひねって、たまたまそのとき自分の前にいた犠《ぎ》牲者《せいしゃ》めがけて剣をふりおろした。

たまたまその犠牲者はホラスだった。

巨体《きょたい》がとびあがり、身体をひねって剣《けん》をふりおろしたとき、群衆《ぐんしゅう》は突然黙《とつぜんだま》りこんだ。この外国人がすくなくとも頭から肩《かた》までまっぷたつにされた、と思ったのだ。だが、最《さい》後《ご》の瞬間《しゅんかん》に、おどろくべき力とコントロール力を発揮《はっき》して、ハサウンは巨大《きょだい》な刀身《とうしん》がホラスの髪《かみ》の毛にふれる直前で剣を止めたのだった。

群衆は歓声《かんせい》をあげたが、それからおしだまった。この外国人の若者《わかもの》がぴくりとも動かなかったこと、まったくひるまなかったことに気づいたのだ。若者は恐《おそ》ろしい一撃《いちげき》を払《はら》おうという無駄《むだ》な試《こころ》みで両手を上げることさえしなかった。彼《かれ》は微動《びどう》だにせず立ったまま、顔に侮蔑《ぶべつ》の表情《ひょうじょう》を浮《う》かべて処刑人《しょけいにん》を見つめていたのだ。

ホラスの心臓《しんぞう》は早鐘《はやがね》のように打ち、体内にはアドレナリンが駆《か》けめぐっていた。だが、そんな様子はみじんも見せなかった。大男がとびあがり、自分の前に身体をひねっておりたときになにが来るか、彼にはなぜかわかっていた。バックストロークとターンが合わさったので、ホラスは警戒《けいかい》していたのだ。なにが来るか察《さっ》しながら、彼は剣が落ちてきても筋肉《きんにく》ひとつ動かさないぞ、と決心していた。それにはものすごい意志《いし》の力が必要《ひつよう》だったが、なんとかやり通せた。ホラスは笑《え》みを浮かべた。

好《す》きなように踊《おど》りはねればいいさ、アラルエンの騎士《きし》がどんなものか見せてやるよ、とホラスは思った。

ハサウンは動きを止めた。そして自分の前で笑《え》みを浮《う》かべている若者《わかもの》をじっと見つめながら顔をしかめた。これまでは、この動きをするとかならず犠牲者《ぎせいしゃ》は頭を両手で抱《かか》えこんで地面に這《は》いつくばり、助けてくれと泣《な》きさけぶのだった。ところがこの若者は行儀《ぎょうぎ》よく自分にほほえみかけている。信《しん》じられないことに、若者はしばられた両手を手のひらを上に向けてつきだしてこういった。

「じつに見事でした。ぼくも試《ため》しにやってみることができればいいんだけれど」

まるでほんとうにハサウンが彼《かれ》に剣《けん》をわたしてくれることを期待《きたい》しているかのようだった。ハサウンはとまどって一歩下がった。事態《じたい》が自分のコントロールできない方向に進んでいっているのを感じた。やがてふたりのひげ面《づら》のスカンディア人が参加《さんか》してきて事態はますます悪くなってきた。

「おみごとだ、ホラス」エラクがいって、うれしそうに笑《わら》った。

スヴェンガルも同調した。「よくやった、坊主《ぼうず》！　おかげでおそろしいハサウンもしりもちをついちまったよ」

怒《いか》りのうなり声をあげながら、ハサウンは馬鹿笑《ばかわら》いしているふたりのスカンディア人のほうを向いた。頭の上でくるくると剣《けん》をまわしたかと思うと、今度はそれでまっすぐエラクの首めがけて水平に弧《こ》を描《えが》いた。ホラスのときと同じく、彼《かれ》は剣をエラクの首からほんの数ミリのところでぴたりと止めた。だが、ホラスと同様、エラクもまったくひるまなかった。

それどころか仲間《なかま》のほうを向くと、エラクはたいしたもんだという口調でいった。

「すばらしいコントロールだぜ、スヴェンガル。こいつの手首の力はたいしたもんだ。こいつが両手に戦闘斧《せんとうおの》を持ったところを見てみたいよ」

スヴェンガルは賛成《さんせい》しかねるというように顔をしかめた。

「おれはこいつの頭に戦闘斧が刺《さ》さったところを見たいよ、チーフ」スヴェンガルがそういうと、ふたりそろってまた馬鹿笑《ばかわら》いをした。完全にくつろいでいて、まったく恐《おそ》れていない。

群衆《ぐんしゅう》の中でいらだちと困惑《こんわく》が大きくなってきているのをハサウンは感じていた。群衆がこれら外国人の勇気《ゆうき》に尊敬《そんけい》の念《ねん》を見せはじめたのにつれて、ハサウンの名前の連呼《れんこ》がなくなっていた。アリダはきびしい土地で、暴力的《ぼうりょくてき》な死は日々おこっていた。だから、アリダ人もツアラギもそれにこのように冷静《れいせい》に立ち向かうことのできる人を賞賛《しょうさん》していた。群衆《ぐんしゅう》の尊敬《そんけい》をとりもどさなければならない、とハサウンにはわかっていた。彼《かれ》は犠《ぎ》牲者《せいしゃ》たちの列に沿《そ》って歩き、弱そうな者を探《さが》した。

少女が目に入った。

この娘《むすめ》なら巨大《きょだい》な剣《けん》の脅威《きょうい》に耐《た》えられるはずはないだろう、と思った。この娘ならあっという間に泣《な》かせてみせることができる。そうなれば、ほかの者たちだって娘をなぐさめようとして、自分に対する無関心《むかんしん》で平然《へいぜん》とした態度《たいど》をとってはいられなくなるはずだ。

ハサウンはダムの水のように、怒《いか》りを自分の中にためこんだ。それから、その怒りを憎《にく》しみをこめた長い叫《さけ》び声にして一気に放ち、剣をふりあげて娘のほうにとびあがった。刀身《とうしん》が彼女《かのじょ》のすぐそばで縦《たて》に横に、頭のすぐ上にとふりまわされ、足もとの床《ゆか》にも激《はげ》しくふりおろされた。その勢《いきお》いで処刑台《しょけいだい》の床が激しくゆれた。ハサウンは彼女の頭上に刀身をすべらせた。彼女の頭から数ミリもはなれていない。怒りと強さを恐《おそ》ろしいまでに見せつけた。

娘は動かなかった。

エヴァンリンはぴくりとも動かずに立っていた。恐ろしい剣が顔や身体すれすれのところをシュッと音をたてて動きまわるあいだ、動いてはいけない、すくんだりひるんだりまばたきをしてはいけない、とわかっていたのだ。こうしてふりまわされる剣《けん》のどれが自分をまっぷたつに切りさいてもおかしくない、とわかっていた。それでも必死《ひっし》で恐怖《きょうふ》は見せないようにがんばった。心臓《しんぞう》はどきどきと打ち、それにともなって脈拍《みゃくはく》も上がった。だがそういうことを自分の奥深《おくふか》くにかくした。このようなきびしい試練《しれん》にホラスはどうやって恐《おそ》れることもなく平然《へいぜん》としていられたのだろうか、とエヴァンリンはぼんやりと思ったが、やがてわかってきた。恐れていないのではない。それでも、彼《かれ》はその恐怖をコントロールしたのだ。そうすることが、いま彼女《かのじょ》の目の前でこれみよがしにとびはねている愚《おろ》かな男への彼なりの復讐《ふくしゅう》だったから。

自分も同じ復讐をしよう、とエヴァンリンは決心した。いまハサウンがやっていることはすべてショーなのだ、と自分にいいきかせた。最初《さいしょ》に死ぬのはホールトだと彼らは何度もいっていた。だから、こうして剣をふりまわしているのはすべて彼女をこわがらせるためなのだ。同時に、それでもハサウンがほんのすこしでもまちがえれば命とりになることにも気づいた。もし怒《いか》りやいら立ちのためにバランスがくずれ、剣の動きが半センチでもずれたら、彼女は殺《ころ》される。

それでもエヴァンリンは目を大きくあけ、だが、目の焦点《しょうてん》をわざとずらして、しっかりと立った。長さ一メートル半ほどもあるするどい刀身《とうしん》が、彼女《かのじょ》の顔や首や身体のまわりでシュッと音を立ててふりまわされていた。

そしてついに打ちまかされたのはハサウンのほうだった。彼《かれ》は剣《けん》を下げて後ずさった。身体が汗《あせ》で光っている。ベールの上の目は困惑《こんわく》しきっていた。群衆《ぐんしゅう》は黙《だま》りこくっている。やがてどこか群衆のまん中あたりから声があがった。

「その子を助けてやれ!」

次々《つぎつぎ》と同じ声が重なった。ついには群衆の大部分からその言葉が響《ひび》きわたった。そう叫《さけ》んでいるのはほとんどがアリダ人だった。だが部下《ぶか》の何人かも両手を上げて、エヴァンリンを助けろと叫んでいるのを見たユサルの目が怒《いか》りにせばまった。

激怒《げきど》したユサルは、前に進みでると、自分の言葉を強調するために剣を抜《ぬ》いた。

「もうたくさんだ! もういい!」と叫んだ。

ユサルの冷《つめ》たい目が群衆を見わたしていくにつれて、エヴァンリンを助けろという声は消えていった。ユサルの背後《はいご》で、ホールトはこの瞬間《しゅんかん》がエヴァンリン最大《さいだい》の危機《きき》だと気づいていた。

これ以上《いじょう》エヴァンリンを助けろという抗議《こうぎ》をおこさせないために、ユサルは彼女《かのじょ》をいまここですみやかに殺《ころ》してしまうという選択《せんたく》をするかもしれないのだ。エヴァンリンから注意をそらさせ、ユサルの怒《いか》りを自分のほうに集中させなければならなかった。退屈《たいくつ》しきって馬鹿《ばか》にしたような声を無理《むり》に出しながら、ホールトは一歩前に出て大きな声でユサルにいった。

「ユサル、退屈でたまらんのだが。さっさとすませてくれんかな?」

ユサルはエヴァンリンのことをわすれて声のほうにふり向いた。この男が部下《ぶか》たちが憎《にく》んでいる男だということはわかっていた。事態《じたい》を収拾《しゅうしゅう》するにはこれがいいかもしれない。ホールトを助けろと声をあげる者はだれもいないはずだ。ユサルは剣《けん》の切っ先をこの白髪《しらが》まじりのひげ面《づら》の、ぼさぼさ髪《がみ》の男に向けた。

「こいつを殺せ!」と彼《かれ》はハサウンに命じた。「こいつを、いますぐ殺せ!」

部下のふたりがホールトを処刑台《しょけいだい》の端《はし》まで引きつれていくあいだに、もうひとりの部下が断頭台《だんとうだい》を前に運んできた。これは高さ一メートルほどの台形の木材《もくざい》ブロックで、ひざまずいた犠牲者《ぎせいしゃ》が上半身を台形の斜面《しゃめん》に沿《そ》わせて身を乗《の》りだすような形になるように作られていた。彼がこの断頭台を所定《しょてい》の位置《いち》にすえつけているあいだに、ホールトは先のふたりに無理《むり》やりひざまずかされた。ふたりの男はホールトを断頭台《だんとうだい》に強くおしつけ、彼《かれ》のしばられた両手が断頭台を抱《かか》えこむような形にした。ホールトがあたりをちらりと見まわすと、ギランの恐怖《きょうふ》にひきつった顔が見えた。ホールトは冷《ひや》やかな笑《え》みを浮《う》かべていった。

「ウィルのやつずいぶんゆっくりだな。会ったら小言をいってやらないと」

「黙《だま》れ！」とユサルがどなった。怒《いか》りのあまり声がかん高く裏《うら》がえっている。「こいつを正面に向かせろ！」と先ほどよりは自制《じせい》のきいた声で部下《ぶか》にいった。部下はホールトの頭を両手でつかんで、彼が群衆《ぐんしゅう》を正面に見るようにした。

いつのまにかホールトは自分の前の群衆の顔を次々《つぎつぎ》と見わたしていた。彼らはいまおし黙り身じろぎもしていなかった。だが、そこには憐《あわ》れみは見られなかった。ただ間もなく死をむかえようとしている人間の目をじっと見つめて陶酔《とうすい》している群衆の姿《すがた》があるだけだった。やがてホールトの目はぼんやりと見おぼえのある顔の前で止まった。その男はホールトと目を合わせ、ゆっくりとうなずいた。ホールトは必死《ひっし》で頭を働《はたら》かせ、この男に以前会《いぜんあ》ったことがあることに気づいた。野たれ死にすればいいとユサルに砂漠《さばく》で放されたアリダ兵《へい》のひとりだ。そうだ、そうにちがいない！

ハサウンが前に進みでて、右足を前にふみだし、巨大《きょだい》な剣《けん》を右肩《みぎかた》の上高くにふりかざしたとき、群衆《ぐんしゅう》から大きなため息が聞こえた。

しばらく間《ま》があった。そのとき、ホールトはなにかがものすごいスピードで空《くう》を切る音を聞いた。どこかなつかしい音だった。しかし、遠いところでぼんやりと、これは自分の人生を終わりにするためにふりおろされた剣の音にちがいない、と思っていた。

死ぬときはどういうふうに訪《おとず》れるのだろう、どんな感じがするのだろう、とこれまで何度も思ったことがあった。それがまもなくわかるのだ。

ranger's apprentice 45

肩《かた》から長弓と矢筒《やづつ》を下げて、ウィルが見張《みは》り塔《とう》の枠《わく》にぶらさがっているのを目にしたとき、ツアラギの盗賊《とうぞく》、タリシュの疑《うたが》いは確信《かくしん》に変《か》わった。タリシュはこの若者《わかもの》がだれかはわからなかったが、その武器《ぶき》に気づいたのだ。前にこんな弓《ゆみ》を見たことがあった。彼《かれ》と仲間《なかま》がアリダのキャンプ地を襲《おそ》ったときのことだ。

「あの外国人の一味だ！」と叫《さけ》ぶと、剣《けん》を抜《ぬ》いた。「やつを捕《つか》まえろ！」

ふたりの手下が、それぞれ鞘《さや》からはでな音をたてて剣を抜き、タリシュと一緒《いっしょ》に前に出た。アルームが彼らの行く手をさえぎるために、マントを脱《ぬ》ぎすて剣を抜いて塀《へい》からとびでた。

「行け、ウィル！　こいつらのことは任《まか》せろ！」と叫んだ。

だが、相手は戦《たたか》いなれたつわもの三人。それが全員で剣をふりまわしてアルームにとびかかってきた。そんな彼《かれ》らを相手にアルームはしぶとくがんばったが、この戦《たたか》いに勝ち目はなかった。彼は石の塀《へい》を背《せ》にして、自分の上にふりそそぐ剣《けん》の雨を必死《ひっし》でかわしていた。ついに剣のひとつが彼の守りをすり抜《ぬ》け、彼は剣を持っているほうの腕《うで》の上部をひどく切りつけられてしまった。まもなくべつの一撃《いちげき》に腿《もも》を切られ、アルームはよろめいた。が、すぐに体勢《たいせい》を立てなおし、つぎにのどもとをねらって水平にやってきた剣をなんとか避《さ》けることができた。

アルームの上のほうでぶざまにぶらさがっていたので、ウィルは彼を助けるために弓《ゆみ》を肩《かた》から外すことができなかった。仮《かり》にそうできたとしても、両手でぶらさがっているので弓を射《い》ることはできない。相手の剣をかわすアルームの動きがどんどんぎごちなくなっていき、また切られた。今度は額《ひたい》だったので、そこから流れ出た血が目に入って、目がよく見えなくなった。

広場のほうから、群衆《ぐんしゅう》のかけ声がどんどん大きく、速くなってくるのが聞こえてきた。

ハサウン！　ハサウン！　ハサウン！　ハサウン！

その呼《よ》び声は何百というのどから出て町じゅうに雷《かみなり》のようにとどろき、周《まわ》りをとりかこむ溝《みぞ》や山々にまでこだました。

ウィルは一瞬《いっしゅん》ためらった。もし自分が助けなければアルームは死んでしまう。だが、群衆《ぐんしゅう》のかけ声は広場での見世物がクライマックスをむかえようとしていることを告《つ》げていた。ホールトが自分を必要《ひつよう》としている……。

しかし、アルームがいまここにいて、自分を救《すく》おうと必死《ひっし》になって戦《たたか》ってくれている。なにをするべきか疑問《ぎもん》の余地《よち》はなかった。距離《きょり》を測《はか》りながら、ウィルは両手を放して下の戦いの場にとびおりた。

彼《かれ》は足からツアラギのリーダーの肩《かた》にとびおりた。男は四メートル上から自分の上に落ちてきたウィルの身体の衝撃《しょうげき》に、ショックと苦痛《くつう》の悲鳴《ひめい》をあげて倒《たお》れこんだ。どこかで骨《ほね》が折《お》れる音がし、それから男の頭が岩だらけの地面に強く打ちつけられる胸《むね》が悪くなるようないやな音がウィルの耳に聞こえた。ウィルは着地の衝撃をやわらげるために前方に身体を回転させた。もっとも、落下の衝撃の大部分は倒れたツアラギの身体に吸収《きゅうしゅう》されてはいたが。

残《のこ》りのふたりの盗賊《とうぞく》が自分のほうに向かってきたので、ウィルはいそいで立ちあがった。予想もしないウィルの行動にショックを受けて、男たちは一瞬ためらった。この一瞬が長すぎたのだ。ウィルはふみこんで彼らのそばに近づき、そばにいるほうの男の剣《けん》の先が届《とど》く範囲《はんい》の内側《うちがわ》に入りこむように、距離《きょり》を縮《ち》めた。

〈できるのなら、常《つね》に前に進め〉

ホールトから何百回も頭にたたきこまれた教えだった。〈前進する者が戦《たたか》いを支配《しはい》する勢《いきお》いを持つ〉と。ウィルは無意識《むいしき》のうちに前に進みでていた。シュッという音をたてて鞘《さや》からサックス・ナイフを引きぬくと、一連《いちれん》のなめらかな動きでそれをすぐそばにいる男の身体のまん中につき刺《さ》した。

その男はなかばおどろき、なかば苦痛《くつう》から短い悲鳴《ひめい》をあげると、後ろの塀《へい》にくずれ落ちた。男の手から落ちた剣《けん》が石の床《ゆか》にぶつかってからからと音をたてた。

広場から耳をつんざくような歓声《かんせい》が聞こえ、それからふたたび群衆《ぐんしゅう》がハサウンの名前を連呼《れんこ》する声が響《ひび》きわたった。そのあと突然静《とつぜんしず》まりかえった。ウィルはこの沈黙《ちんもく》が気にいらなかった。時間がなくなってきているのに、相手をしなければならないツアラギがまだもうひとり残《のこ》っていた。

ウィルが塔《とう》からひとり目の盗賊《とうぞく》の上にとびおりたので、アルームはありがたそうに塀を背《せ》にしてくずれ落ち、腕《うで》、足、身体とあちこちから流れている血を止めようとしていた。彼《かれ》は若《わか》きレンジャーが敵《てき》のふたりをあっという間《ま》に片《かた》づけたのを見守っていたが、三人目のツアラギがウィルのすぐそばに迫《せま》っているのに気づいた。

ひざで立つと、アルームはその男に切りかかったが、彼《かれ》の力は弱く剣《けん》も思うように動かなかった。ツアラギの男はアルームの剣がやってくるのに気づくと、たやすくかわし、アルームの剣を彼の手からふりはらった。それからこのアリダ人にとどめをさすために、自分の剣をふりかざした。男は歴戦《れきせん》の戦士《せんし》だったので、向きを変《か》えてあの外国人と対する前にすばやくこの男を殺《ころ》す時間はある、と判断《はんだん》した。

ウィルは反射的《はんしゃてき》に的《まと》に向かってサックス・ナイフをアンダーハンドで投げた。過去《かこ》五年間に何度も何度も練習して身体にしみこんだ動きだった。

相手を殺そうと剣をふりあげていたツアラギの男は、サックス・ナイフが自分とウィルとを隔《へだ》てる距離《きょり》をとんできたとき、まったく無防備《むぼうび》だった。男は脇腹《わきばら》に重い衝撃《しょうげき》を感じ、そのためにつんのめった。

やがてその衝撃を受けた場所からものすごい痛《いた》みが広がってきた。何なんだ、これは……。

それからなにもなくなった。

ウィルはアルームのほうに向かった。が、そのとき足が止まった。広場でまたかけ声がおこったのだ。最初《さいしょ》はひとりひとりの声だったのが、次々《つぎつぎ》と大勢《おおぜい》の声が重なっていった。ウィルはその言葉を聞きとろうと顔をしかめた。

その子を助けろ！　その子を助けろ！

ウィルはそれがエヴァンリンのことにちがいないと気づき、一瞬希望《いっしゅんきぼう》がわいてくるのを感じた。彼《かれ》らは自分の仲間《なかま》たちを助けようとしているのだ。そのとき、ユサルのこわばった、聞きとりにくい声が群衆《ぐんしゅう》のかけ声に割《わ》って入った。

「もういい！　たくさんだ！」

群衆は黙《だま》りこんだ。アルームが苦痛《くつう》に顔をゆがめながら、ウィルに早く見張《みは》り塔《とう》にもどれと弱々しく身ぶりでしめした。

「行け！　いそいで！　時間がない！」

アルームが咳《せき》こみ、彼の長衣《ながぎぬ》の前が鮮血《せんけつ》でよごれた。それでも彼は見張り塔のほうを指しつづけたので、ウィルは彼のいうとおりだと悟《さと》った。アルームの面倒《めんどう》はあとでみることにして、とにかくいまは仲間たちを助け、ウマールに合図を送って彼の部下《ぶか》たちに攻撃《こうげき》してもらわなければならなかった。足の下できしんだり砕《くだ》けたりする腐《くさ》った木のことなど考えもせずに、ウィルは塔をよじ登っていった。先ほどはゆっくりと慎重《しんちょう》に登っていったが、今回は目にもとまらぬ速さで駆《か》けのぼっていった。手や足に体重をかける時間がすくなければすくないほど、木が自分の下でくずれる可能性《かのうせい》がすくないと思ったからだ。実際《じっさい》、彼《かれ》がふみこえてつぎの枠《わく》へと進んだあとにばらばらに砕《くだ》けちった木材《もくざい》がいくつもあった。砕けた破片《はへん》が下の地面に落ちていった。

「こいつをいますぐ殺《ころ》せ！」ユサルがどなって命じたのが聞こえてきた。ウィルはどういうわけか、ホールトのことをいっているのだとわかった。

そのとき、ウィルは比較的足場《ひかくてきあしば》がしっかりしている見張《みは》り台の上にいた。弓《ゆみ》を肩《かた》からすべらせて左手に持った。右手は自動的《じどうてき》に矢筒《やづつ》から矢をとりだし、自分でも気がつかないうちに弓の弦《つる》につがえていた。

いまいる見晴らし台からは町のこのあたりにある低《ひく》く平たい屋根の家々の向こうの広場がよく見えた。ひしめいている数百人もの見物人の頭の向こうで、ホールトが前に引っぱられ、断頭台《だんとうだい》の横にひざまずかされていた。彼の後ろには仲間《なかま》が一列に並《なら》ばされて立っている。濃《こ》い色の長衣《ながぎぬ》を着てベールで顔をかくしたユサルが、片側《かたがわ》に立っていた。反対側《はんたいがわ》には怪物《かいぶつ》のような男がいた。巨人《きょじん》のツアラギで、上半身裸《じょうはんしんはだか》で頭と顔は布でおおっている。隆々《りゅうりゅう》とした筋肉《きんにく》が油を塗《ぬ》って光っており、両手で巨大《きょだい》な剣《けん》を握《にぎ》っている。

死刑執行人《しけいしっこうにん》。ハサウンだ、とウィルは気づいた。

ホールトがひざまずくのが見えた。それからふりかえるとギランになにかいった。ユサルがなにか身ぶりをすると、ふたりの部下《ぶか》が進み出て、ホールトの顔が正面を向くようにねじった。

死刑執行人が前に出た。剣《けん》が頭上高くふりあげられはじめた。

ウィルは右手の人差《ひとさ》し指の先が口角《こうかく》に触《ふ》れるまで矢を引きしぼった。彼《かれ》の頭と感覚《かんかく》が矢を射《い》る状況《じょうきょう》を一秒の何分の一まで分析《ぶんせき》する。射距離《しゃきょり》は？　百二十メートルとすこしだ。照準器《しょうじゅんき》をイメージしながら矢の先をごくわずか上げる。風は？　心配するほどは吹《ふ》いていない。

死刑執行人は剣が下に落ちはじめる前の強さを測《はか》りながら、手をほぼいっぱいに伸《の》ばしていた。なにがなんでもこの矢を命中させなければならない。二度目を射る時間はないのだ。ウィルはその考えのあとにくる自信《じしん》をなくすような不安《ふあん》をふりはらった。

〈失敗《しっぱい》するかもしれないと心配すると、ほとんどかならずそのとおりになる〉とホールトから教えられていた。

群衆《ぐんしゅう》から期待《きたい》をこめた長いため息が聞こえてきた。ウィルは心配と不安を追いだして頭を空っぽにし、弓《ゆみ》の弦《つる》がそれ自体意志《じたいいし》を持っているかのように自由に指をすべるにまかせ、矢を放った。

ranger's apprentice 46

巨大《きょだい》な剣《けん》がハサウンの両手に握《にぎ》られてどんどん高くふりあげられていくのを、ギランは絶望的《ぜつぼうてき》な思いで見ていた。若《わか》きレンジャーの顔は自分の無《む》力《りょく》にぞっとしてゆがんでいた。彼《かれ》は死を前にした自分の友であり師《し》でもあるホールトを見つめ、悲しみと彼を救《すく》うために自分がなにひとつできないという思いで胸《むね》が張《は》りさけそうだった。ホールトの名前を大声で呼《よ》ぼうとしたが、声がのどにつっかえて出てこなかった。涙《なみだ》がとめどなくギランの頬《ほお》を流れていた。

剣はまだ高くあげられていた。だが、いまにもそれがふりおろされるかもしれないのだ。

ところが意外なことに、剣はさらに上へとふりあげられつづけ、垂直《すいちょく》をとおりこしてほんとうなら死刑執行人《しけいしっこうにん》がふりおろしはじめなければならない位置《いち》をも超《こ》えてさらに後ろにいった。

群衆《ぐんしゅう》の何ヵ所かから突然《とつぜん》おどろきの声があがった。ギランは顔をしかめた。ハサウンはなにをしているのだ？

ハサウンが両腕《りょううで》を完全に伸《の》ばして頭上にふりあげていた剣《けん》は、さらに上から後ろ側《がわ》へと動きつづけ、ゆっくりと後ろに大きくかたむくと床板《ゆかいた》がくだけるような地響《じひび》きをたてて彼《かれ》の背後《はいご》に落ちた。そのときになって初《はじ》めて、処刑台《しょけいだい》の上にいた者たちにも広場にいた群衆が見たものが見えてきた。灰色《はいいろ》の軸《じく》の矢がハサウンの胸《むね》に深く刺《さ》さっていたのだ。巨大《きょだい》な剣が落ちたとき、同時にハサウンも床板に倒《たお》れこんだ。即死《そくし》だった。

「ウィルだ！」ギランは叫《さけ》び、どこに友人がかくれているのか見つけようと熱心《ねっしん》に群衆に目を走らせた。

処刑台のそばにひざまずき、頭を下げていたホールトは、目を閉《と》じて感謝《かんしゃ》の祈《いの》りをささやいた。

彼らのまわりは大混乱《だいこんらん》になった。死刑執行人《しけいしっこうにん》が自分の目の前で倒れたのを見て、ユサルはびっくり仰天《ぎょうてん》した。それから矢が見え、つぎにねらわれるのはどこかを本能的《ほんのうてき》に知った。まだ剣を手にしたまま、ユサルは一瞬《いっしゅん》ためらった。ひざまずいている人物を片《かた》づけてしまいたい誘惑《ゆうわく》にかられたのだ。だが、そんな時間がないのはわかっていた。すぐに身体を右に向けると逃《に》げだした。

最初《さいしょ》の矢がハサウンを倒《たお》すより前に、二番目の矢はすでに放たれていた。最初の矢を放った瞬間《しゅんかん》に、ウィルには弓《ゆみ》の達人《たつじん》の直観《ちょっかん》でこれが命中するとわかった。そんなことを考えるより早く、矢をつがえ、引きしぼると、ユサルの黒い長衣《ながぎぬ》をめがけて矢を放っていた。

右のほうに身体を向けたことがユサルの命を救《すく》った。矢は彼《かれ》の心臓《しんぞう》をねらったものだったのだが、彼が横を向いたために左の上腕《じょうわん》の筋肉《きんにく》に刺《さ》さった。ユサルは苦痛《くつう》と怒《いか》りの悲鳴《ひめい》をあげ、右手で傷口《きずぐち》をつかんだために手にしていた剣《けん》が落ちた。つんのめった彼は処刑台《しょけいだい》の後ろのほうへとよろめきながら下がり、血を流している左腕《ひだりうで》をおさえ、苦痛に身体をふたつに折《お》って逃げていった。

高い見晴らし台にいるウィルにはその動きが見え、敵《てき》を射《い》とめられなかったことがわかった。それでも、いまはまずほかにすることがあった。ユサルの姿《すがた》は見えなくなったが、処刑台の上にはまだ武装《ぶそう》したツアラギ兵《へい》が大勢《おおぜい》いて自分の仲間《なかま》をおどしていた。ウィルの手が自動的《じどうてき》に動いて、矢をつがえては引きしぼって放つ、つがえては引きしぼって放つということをくり返した。六本ほどの矢が次々《つぎつぎ》と広場の向こうにとび、見張《みは》り兵《へい》たちが次々に苦痛《くつう》と恐怖《きょうふ》の叫《さけ》び声をあげて倒《たお》れていった。

四人の兵士《へいし》が死んだり負傷《ふしょう》したりして倒れて初《はじ》めて、残《のこ》りの兵士たちが分別《ふんべつ》をとりもどした。このまま処刑台《しょけいだい》に立っていて、どこか見えないところからとんでくる矢に身をさらしていたらどうなるかがわかった彼《かれ》らは、逃《に》げることに決め、処刑台から下の広場へとびおりた。

下では、群衆《ぐんしゅう》にまぎれこんでいたベドゥリンとアリダのふたり組たちがマントをかなぐりすて、剣《けん》を抜《ぬ》いて、そばにいるツアラギ兵たち相手にすでに一対一の戦《たたか》いをはじめていた。広場はあっという間《ま》に戦う戦士《せんし》たちでごったがえした。マーシャヴァの町の住《じゅう》民《みん》は、この殺《ころ》し合いの場から逃げだそうとしたが、すでに多くの住民がツアラギに傷《きず》つけられていた。突然《とつぜん》の攻撃《こうげき》がどこからきたのかわからないままに自分の命を守ることに精《せい》いっぱいだったツアラギたちが、めったやたらと自分のまわりに剣をふりまわしたのだ。

処刑台の上には数人の見張り兵が残っていた。だが、それも長くはつづかなかった。エラクとスヴェンガルが身体を寄《よ》せあって見張り兵のひとりをはさみこんで床《ゆか》からつり上げ、その兵《へい》を仲間《なかま》三人のところに放りなげた。四つの身体がぶつかり合い、団子《だんご》になって処刑台《しょけいだい》から下のごったがえしている群衆《ぐんしゅう》の中に転がり落ちた。そのあいだにギランは転げ落ちたユサルの剣《けん》をつかみ、そのするどい刃《やいば》でエヴァンリンをしばっていたロープを切った。

なにがおこったかを理解《りかい》したホラスは、訓練《くんれん》を受けた戦士《せんし》らしい機敏《きびん》さで反応《はんのう》した。彼《かれ》は断頭台《だんとうだい》から自由になろうともがいているホールトのもとに駆《か》けつけた。ホールトも立ちあがり、しばられた両腕《りょううで》を断頭台から外そうとしていた。なんとかロープをほどこうとしているホールトを助け、ホラスは数メートル先にいるギランのほうを向いた。ギランはいまエラクとスヴェンガルのロープを外そうとしていた。

「ギランがロープを切ってくれます」ホラスはそういって、ホールトをギランのほうにおしだした。それからホラスは広場とその向こうに広がる空間に目をやって、友の姿《すがた》を探《さが》した。町を囲《かこ》む塀《へい》の上にある見張《みは》り塔高《とうたか》くに人影《ひとかげ》が見えた。見なれない服装《ふくそう》だったが、手にしている長弓はまちがいようもない。大きく息を吸《す》いこむとホラスはひとこと叫《さけ》んだ。

「ウィル！」

彼《かれ》の声は騒々《そうぞう》しい戦場《せんじょう》でも向こうまで届《とど》くよう訓練《くんれん》されていた。その声ははっきりウィルに聞こえた。ウィルが短く手をふるのがホラスに見えた。ホラスは自分のしばられた両手を頭上高くかかげて、しばらくそれを見あげた。それから今度は前かがみになると両手を断頭台《だんとうだい》の端《はし》におき、しばられている両手をできるだけ引きはなして自分の手首をしばっているロープが見えるようにした。彼は顔をそむけて目を閉《と》じ、ウィルがメッセージを受けとってくれたことを祈《いの》った。

シューーッ　バシッ！

しばられていたロープがすこしゆるんだのを感じて、ホラスが目をあけると、矢が断頭台の木材《もくざい》ブロックにつき刺《さ》さってふるえているのが見えた。ウィルはホラスの手首をしばっていた三本のロープのうちの一本を断《た》ち切っていた。だが残《のこ》りの二本はそのままだった。

「しくじったな」とホラスはひとりごとをいった。だがこの問題に対する答えは、かみそりのようにするどい矢じりのうちにあった。ホラスが残りのロープを矢じりのするどい刃《は》にこすりつけて切り、手が自由になるのにほんの数秒しかかからなかった。

下の広場ではツアラギ兵《へい》六人ほどの小集団《しょうしゅうだん》が再編《さいへん》され、処刑台目《しょけいだいめ》ざして階段《かいだん》を駆《か》けあがろうとしていた。ホラスは非情《ひじょう》な笑《え》みを浮《う》かべ、死刑執行人《しけいしっこうにん》の両手でにぎる巨大《きょだい》な剣《けん》に手を伸《の》ばすと、重さとバランスを試《ため》しながら二、三度ふりまわした。

「悪くないな」とホラスはいった。

ツアラギ兵《へい》の最初《さいしょ》のふたりが処刑台《しょけいだい》への階段《かいだん》を登ってきたとき、最悪《さいあく》の悪夢《あくむ》のような光景《こうけい》が待っていた。長身の外国人の若者《わかもの》が、うなるように死の歌を口ずさむ巨大な剣をふりまわして突進《とっしん》してきたのだ。先頭の兵はかろうじてその一撃《いちげき》を盾《たて》で受けとめた。巨大な刀身《とうしん》は金属《きんぞく》と木でできたその小さな丸い盾をへこませ、兵士《へいし》の腕《うで》の上でふたつ折《お》りにした。おどろくほどの衝撃《しょうげき》に兵士は階段を転げ落ち、あとからつづいていたふたりの兵の上に折りかさなった。

先頭の兵士よりわずかに右側《みぎがわ》にいた二番目の兵士は、自分の剣を抜《ぬ》いてホラスに襲《おそ》いかかった。だが、そのときにはすでにホラスの剣がむかえ撃《う》つ途中《とちゅう》で、ツアラギの刀身を柄《つか》から数センチのところで受けとめたたききった。この男は仲間《なかま》よりも根性《こんじょう》があった。自分の剣が大きな損害《そんがい》を被《こうむ》ったことを考える間《ま》もなく、男はそれをすて、ホラスが両手使いの剣を再度《さいど》ふりまわす下をかいくぐって突進していった。同時に男はベルトに差《さ》していた短剣《たんけん》を抜いた。男がバックハンドでふりあげたその短剣がホラスの肩《かた》の上にあたった。

細くて赤い線がすぐにできたが、やがて傷口《きずぐち》から血があふれでてきた。ホラスは短刀がふれたことにほとんど気づかなかったが、熱《あつ》い血が腕《うで》を流れているのに気づいて初《はじ》めて自分が切られたことを知った。傷《きず》の程度《ていど》がどれくらいのものなのかまったくわからなかったが、いずれにしてもいまはそんなことを心配している余裕《よゆう》などなかった。相手のツアラギ兵《へい》が巨大《きょだい》な剣《けん》が届《とど》く内側《うちがわ》に入りこんできているのだ。

だが、その剣には長い刀身《とうしん》以外《いがい》にも使えるところはあった。ホラスは真鍮製《しんちゅうせい》の大きな柄頭《つかがしら》がついた柄《つか》で、相手の男の頭を一撃《いちげき》した。衝撃《しょうげき》の一部はクーフィーヤに吸収《きゅうしゅう》されたとはいっても、じゅうぶんではなかった。男が目をまわしたので、ホラスは自分の肩《かた》で男の肩をぐいとおし、処刑台《しょけいだい》から下につき落とした。男は階段《かいだん》の下に折《お》りかさなって倒《たお》れている仲間《なかま》の上に倒れこんだ。

ホラスは階段の上に両足をひらいて立ち、相手をおどすような弧《こ》を描《えが》きながら巨大な剣をふりまわした。階段を上ろうとしていた男たちの運命を目のあたりにしたので、あえて自分の運試《うんだめ》しをしようとするようなツアラギはもうだれもいなかった。

ホールトとセレゼンは処刑台の後ろのほうに立っていた。マーシャヴァの住民《じゅうみん》たちがそれぞれ路地や通りのほうに移動《いどう》していくにつれて、徐々《じょじょ》に広場はがらんとしてきていた。広場に残《のこ》っているのは、戦《たたか》っているアリダとベドゥリン、ツアラギ兵《へい》だけになっていった。ツアラギが数で勝っているのがあきらかだった。

「町の住民《じゅうみん》も手を貸《か》してくれればいいのですが」とホールトがつぶやいた。彼《かれ》もセレゼンも倒《たお》れた見張《みは》り兵が落とした剣《けん》で武装《ぶそう》していた。ギランも剣を持ち、ふたりのスカンディア人は槍《やり》をふりまわしていた。この槍も元は見張り兵の持ち物だったものだ。エヴァンリンは身につけている幅広《はばひろ》の革《かわ》のベルトを手で探《さぐ》り、ベルトの上に縦横交差《じゅうおうこうさ》した飾《かざ》りになっていた革ひもをほどいた。そちらにちらりと目をやったホールトは、エヴァンリンはなにをするつもりなんだろうと思った。そのとき、セレゼンが先のホールトの意見に応《こた》えたので、ホールトの注意はエヴァンリンからはなれた。

「彼らは服従《ふくじゅう》することに慣《な》れているのだよ、戦うことではなくて。彼らは自分のことしか考えない」とセレゼンはいった。彼はマーシャヴァの住民からこれ以上《いじょう》なにも期待《きたい》していなかった。先ほどの歓声《かんせい》を聞いて、自分がまもなく処刑《しょけい》されるのを喜《よろこ》んでいた者さえいたことがわかった。

アリダとベドゥリンの戦士《せんし》たちは、計画どおりに徐々にもどってきて処刑台《しょけいだい》のまわりに防御線《ぼうぎょせん》を作りつつあった。セレゼンは広場に目をやって顔を心配そうにしかめた。

「仲間《なかま》は五十人以上《いじょう》いるはずないのに。彼《かれ》らはいったいどこからやって来たのだ？」

「ウィルが連《つ》れてきたんだ」とホールトは答えて、こわれかけた見張《みは》り塔《とう》をしめした。彼はようやくそこに横木のあいだに立って、長弓を構《かま》えている小さな人影《ひとかげ》を見つけたのだった。ホールトが手をふると、その人影が手をふり返したのでホールトの胸《むね》は高鳴った。すぐにつぎなる的《まと》を探《さが》すことはせず、ウィルは矢を節約《せつやく》して弓《ゆみ》を休めていた。ユサルの姿《すがた》が見えないかと願《ねが》いながら。

「ウィル？」とまどったような顔でセレゼンがいった。「きみの弟子《でし》か？　彼がどこで我々《われわれ》を助けてくれる人間を見つけたというのだ？」

　ホールトは笑《え》みを浮《う》かべた。「彼には彼のやり方があるのだよ」

　セレゼンが顔をしかめた。「それだったらもっと連れてきてくれればよかったのに、残念《ざんねん》だな」

「我々も下におりて手を貸《か》すべきだと思わんかね？」ホールトは処刑台《しょけいだい》のまわりで防衛《ぼうえい》線《せん》を敷《し》こうと戦《たたか》っている戦士《せんし》たちを指していった。セレゼンはホールトを見、それから手にしている剣《けん》のバランスをたしかめるように前に後ろにとふりまわしてからうなずいた。

「そろそろ我々《われわれ》の出番だ」

＊

ハッサンがウマールの肩《かた》をつかみ、彼《かれ》らが見守っていた塔《とう》の左を指さした。

「あそこだ！　あの塔にいますよ！」

彼らはハサウンの死に気づいた住民《じゅうみん》たちの突然《とつぜん》の沈黙《ちんもく》を耳にしたばかりだった。もっとも、彼らはその理由を知るよしもなかったのだが。それから剣《けん》のぶつかり合う音と群《ぐん》衆《しゅう》の悲鳴《ひめい》が聞こえてきた。戦《たたか》いがはじまったのはあきらかだった。それでも見張《みは》り塔にいるあの外国人からの合図はまだなかった。アルームと一緒《いっしょ》にいるラッパ吹《ふ》きからの合図もなかった。あのラッパ吹きは運悪く戦いがはじまったとほぼ同時に、ほとんど事故《じこ》のような形でつぶされてしまったのだった。ほとんどの兵士《へいし》がおそかれ早かれ学ぶことだが、なにかが失敗《しっぱい》する可能性《かのうせい》があるときには、たいていそうなるのだ。

そのとき、ウィルが高速で矢を連射《れんしゃ》したのでハッサンが近くの塔の上での動きに気づいたのだった。ウマールもそちらを注目した。

「あいつ、まちがった塔《とう》にいるじゃないか!」とウマールは文句《もんく》をいった。ハッサンは首をふった。

「それがどうだっていうんです? 彼《かれ》は塔の上にいますよ。我々《われわれ》はなにを待っているんですか?」

ウマールはうなるような声を出して剣《けん》を抜《ぬ》いた。そして背後《はいご》の溝《みぞ》に身を潜《ひそ》めていた部《ぶ》下《か》たちのほうを向いた。

「行くぞ!」そう叫《さけ》ぶと、雄《お》たけびをあげる部下を率《ひき》いて、マーシャヴァへとつづくほこりっぽい道を駈《か》けていった。

*

ギランは処刑台《しょけいだい》をとり囲《かこ》む手うすい防衛線《ぼうえいせん》に移動《いどう》し、なじみのない湾曲《わんきょく》する剣を、まるで生まれたときからあつかっているかのようにふりまわしはじめた。スピードと力をかねそなえた彼の刀《かたな》さばきは、ツアラギの防御《ぼうぎょ》をまるでバターを切るナイフのように切りさいていった。敵《てき》の男たちは彼《かれ》の前で倒《たお》れるか、痛《いた》そうに傷《きず》を手でおおいながらよろめいて後ずさり、やがてゆっくりと地面に倒れこんだ。周《まわ》りの混乱《こんらん》にもかかわらず、ギランはベールをかぶった顔の中から特定《とくてい》のひとりを探《さが》していた。マーシャヴァまでの道でとりわけうれしそうに彼を殴《なぐ》った男だ。

その男がいま見えた。男のほうでもギランを認《みと》めたのが目でわかった。男は戦《たたか》っている男たちをおしのけてこちらに進んでくると、若《わか》きレンジャーの前に立った。ギランは男にほほえみかけたが、その笑《え》みにはあたたかさやユーモアはみじんもなかった。

「おまえに出会いたいと思っていたんだ」とギランはいった。ツアラギ兵《へい》はなにもいわなかった。ベールの上からじっとギランをにらんでいる。自分の仲間《なかま》がその朝さらに六人も彼らの矢に倒されたのを見ていて、男はこの外国人の射手《しゃしゅ》たちに深い憎悪《ぞうお》の念《ねん》をたぎらせていた。だからいまこそ復讐《ふくしゅう》したかったのだ。だが彼が動こうとするより早くギランがふたたび口をひらいた。

「そろそろおまえたちのそのみっともない顔を見てやってもいいころだと思うんだが、どうかな?」そういうが早いか、彼が手にしていた湾曲《わんきょく》した剣《けん》が獲物《えもの》をねらうヘビのような速さでさっと上に動いた。

剣《けん》はクーフィーヤにつながっているベールの片方《かたほう》の端《はし》を切った。片方だけでつながっているベールの青い布《ぬの》がだらりと垂《た》れた。

いつもベールでかくされている顔の下半分は、風にさらされ日焼《ひや》けして褐色《かっしょく》になっている上半分よりも多少色がうすいという以外《いがい》、むき出しになった顔にとりたててどうというところはなかった。しかし、すでにギランとその仲間《なかま》に対する憎悪《ぞうお》に満《み》ちていたその目はいまや怒《いか》りにぎらぎら光り、男は剣の一撃《いちげき》でギランを倒《たお》そうととびかかってきた。

男の剣は派手《はで》な音をたててギランにかわされ、男はつぎなる攻撃《こうげき》をするために後ろに下がった。だが、ギランは相手の男の刀身《とうしん》を自分の剣の鍔《つば》のところでとらえていたので、手首に強いひねりをかけて相手の剣をわきにおしやり、目にもとまらぬ早業《はやわざ》で攻撃をしかけた。彼《かれ》は何度もくり返し相手を攻撃した。打撃《だげき》はほぼ同時にあらゆる方向から加《くわ》えられているように見えた。ギランの手に握《にぎ》られた剣が、バックハンド、フォアハンド、オーバーヘッド、サイドカットの軌跡《きせき》を見せた。

相手のツアラギ兵《へい》も経験《けいけん》を積《つ》んだ戦士《せんし》だった。だが、彼が相手にしているのは剣の達人《たつじん》だ。ギランが男を追いつめると、男の両側《りょうがわ》にいた男たちが彼のわきを守ろうと男と一緒《いっしょ》に前に出てきた。男の息はあがり、はあはあとあえいでいる。ギランは相手の剣をよけようとしたときに、男の顔に汗《あせ》がふきでているのを見た。やがて相手の守りが一瞬《いっしゅん》ゆるんだすきに、ギランは右足を伸《の》ばしてしっかりとふみこみ、典型的《てんけいてき》なつきの姿勢《しせい》をとった。自在《じざい》に動く手首で上向きにされた湾曲《わんきょく》した剣《けん》の先が、相手の肩《かた》に深くつき刺《さ》さった。

ギランが刀身《とうしん》を引きぬくと、相手の男の手から剣が落ちた。傷口《きずぐち》から血が盛《も》りあがりはじめ、黒い長衣《ながぎぬ》ににじんだ。ギランは剣先《けんさき》を下げた。まるで暗黙《あんもく》の了解《りょうかい》のようにまわりでくり広げられていた戦《たたか》いが一瞬止まり、ほかの戦士《せんし》たちが見守った。

「ここで降参《こうさん》してもいいんだぞ」とギランは落ちついた声でいった。ツアラギ兵《へい》は一度うなずいたが、その目はまだ憎悪《ぞうお》に燃《も》えていた。

「降参だ」男はほとんどささやくような声でいった。ギランはうなずいた。彼《かれ》は後ろに下がったが、そのとき先ほどの戦いで倒《たお》れたベドゥリンの戦士の腕《うで》をふんでしまった拍《ひょう》子《し》に足をひねった。思わず下を見たために、ほんの一瞬だけ注意をそらしてしまった。だが、負けたツアラギ兵にとってはそれでじゅうぶんだった。左手で湾曲したナイフをベルトから引き抜《ぬ》くと、男は若《わか》きレンジャーにとびかかった。

大きなヒューッという音がしたかと思うと、つづいてバン！　という音が響《ひび》いた。

ツアラギ兵《へい》はとびあがった途中《とちゅう》で止まり、ホラスが水平にふった巨大《きょだい》な刀身《とうしん》の下で身体を二重折《お》りにしたように見えた。ホラスが剣《けん》を引き抜《ぬ》くと、男は広場の石の地面にくずれ落ちた。その身体にはもはやかたさはなく血を吸《す》った長衣《ながぎぬ》と同じようにぐにゃりとしていた。

「やつらから目をはなしてはだめじゃないですか」ホラスがさとすような口調でギランにいった。「マクニール先生からそう教わらなかったんですか？」

ギランは礼をいうようにうなずいた。ギランがツアラギ兵を刺《さ》したときにおこった戦《せん》闘《とう》の小休止はいまもつづいていて、敵味《てきみ》方両者《かたりょうしゃ》がおたがい向かいあって立っていた。アリダーベドゥリン連合勢力《れんごうせいりょく》が勝利《しょうり》を宣言《せんげん》してもいいひとときだったが、そのとき広場に声が響《ひび》きわたり、そのひとときはすぎ去ってしまった。

ユサルが最後《さいご》のまきかえしをねらって部下《ぶか》を再結集《さいけっしゅう》したのだ。

47

「青いベールのライダーたちよ！　ツアラギの勇者《ゆうしゃ》たちよ！　聞いてくれ！」

ユサルのかすれた耳ざわりな声が、戦《たたか》いが小休止に入ったために静《しず》まりかえった市《いち》の広場に響《ひび》きわたった。ツアラギ、アリダ、ベドゥリンが一斉《いっせい》にユサルのほうを見た。

ユサルは広場の西側《にしがわ》にいて、演説《えんぜつ》ができるように屋台の上に立っていた。腕《うで》の上の方に雑《ざつ》に包帯《ほうたい》が巻《ま》かれているのにホールトは気づいた。あたりが混乱《こんらん》しているすきに処刑台《しょけいだい》から姿《すがた》を消そうとしていたこの盗賊《とうぞく》の頭に、ウィルが矢を発《はっ》射《しゃ》したのだった。いまユサルはなんとか部下《ぶか》を再結集《さいけっしゅう》していた。武器《ぶき》を手にし、顔を青いベールでかくした兵士《へいし》二十人が彼《かれ》のまわりに立っていた。

広場にはいまや町の住人の姿は見えなかった。もっともふたつの勢力《せいりょく》の戦いに巻きこまれ、倒《たお》れて石の地面に折《お》りかさなっている者はべつだが。

高い見張《みは》り塔《とう》に立っているウィルにもユサルの声が聞こえてきた。だが、ユサルの姿《すがた》は広場の北側《きたがわ》の建物《たてもの》が邪魔《じゃま》になってウィルからは見えなかった。

「見まわしてみろ！　敵《てき》のやつらを見てみろ！　四十人いるかどうかだ！」とユサルは演説《えんぜつ》をつづけた。そのとおりだった。襲《おそ》いかかっていった勢力《せいりょく》は戦《たたか》いで追いつめられ、その多くが倒れて二度とおきあがれないでいた。残《のこ》った者はまとまってホールトたちが処刑《しょけい》されるはずだった処刑台《しょけいだい》の前に挑《いど》むようにかたまっていた。

「我々《われわれ》は数で勝《まさ》っている！　我々がひとつになって戦えば、やつらをつぶすことができる！」

ツアラギの戦士《せんし》たちののどからくぐもった賛同《さんどう》のうなり声が発《はっ》された。彼《かれ》らのほうでもきびしい戦いで大勢《おおぜい》の仲間《なかま》を失《うしな》っていた。だが、戦いがはじまった時点で彼らの人数は四倍あり、いまもその比率《ひりつ》は保《たも》たれていた。ユサルが指摘《してき》したように、自分たちに敵《てき》対《たい》する小集団《しょうしゅうだん》をたたきつぶすことはじゅうぶんできる、と彼らも気づきはじめていた。

「セレイ・エルゼン！　一度だけチャンスをやろう。たった一度だけだ。武器《ぶき》をすてて降伏《こうふく》しろ！」

セレゼンは荒々《あらあら》しい笑《わら》い声をたてた。「降伏《こうふく》だと？　おまえがわたしたちに情《なさ》けをかけてくれるなど、我々《われわれ》が信《しん》じるとでも思っているのか、ユサル？　先ほどまでわたしたち全員を殺《ころ》すつもりでいたというのに！」

ユサルは両手を前で広げて見せた。「おまえたちに情けをかけて即死《そくし》させてやるよ。さもなくば、何日も苦しみぬくことになるぞ。おまえも知っているとおり、おれの部下《ぶか》はゆっくりと痛《いた》めつけることの達人《たつじん》だからな」

セレゼンはホールトを横目で見て静《しず》かな声でいった。「それはほんとうだ。我々は武《ぶ》器《き》を手にして戦《たたか》って死んだほうがいいと思う」

ホールトはそれに答えかけたが、口を閉《と》じた。どこかすぐそばで、かすかにうなるような音が聞こえたのだ。高さと強さが徐々《じょじょ》に高まっていくうなりを。それがなんなのかわからなかった。ホールトはその音をふり払《はら》うように頭をふった。

「同感だ。一緒《いっしょ》に戦おう。なにがどうなるかはわからないものだ」と彼《かれ》はいった。

ユサルはセレゼンの返事をしばらく待っていた。何の返事もないと気づくと、ユサルは腕《うで》を頭上高くにあげ、部下たちに小集団《しょうしゅうだん》に対し最後《さいご》となる徹底的《てっていてき》な攻撃《こうげき》を開始せよという合図を送る準備《じゅんび》をした。

「よかろう。おまえはおれの申し出を拒絶《きょぜつ》したのだ。その報《むく》いを受けてもらおう。ツアラギの勇者《ゆうしゃ》ども、さあ――」

彼《かれ》の言葉は息がつまるような苦痛《くつう》のうめきにかき消され、両手が額《ひたい》をおさえた。広場《ひろば》一帯《いったい》に固《かた》いものがぶつかる音が聞こえた。そのときユサルの両手が下がり、彼の目と顔の上半分が血まみれになっているのが見えた。流れ落ちる血が青いベールにどんどんしみわたっていく。ユサルはよろよろと一歩ふみだしたが、バランスをとって立っていた屋台の端《はし》をふみはずし、かたい地面に大の字になって落ちた。そして倒《たお》れこんだまま動かなかった。

ツアラギ兵《へい》たちが不安《ふあん》そうにざわざわしはじめた。指導者《しどうしゃ》がしゃべっている最中《さいちゅう》に倒れたのだ。それでも彼を襲《おそ》った武器《ぶき》が何なのかわからなかった――血が顔を流れ落ちる直前に聞こえたあのなにかがぶつかる恐《おそ》ろしい音だけだ。

砂漠《さばく》の遊牧民《ノマド》たちは迷信深《めいしんぶか》かった。彼らは古い山々に霊鬼《れいき》や悪魔《あくま》や精霊《せいれい》がずっと住んでいると信《しん》じていた。いまそれらのどれかが突然《とつぜん》あらわれて恐ろしい力で彼らの指導者を打ち負かしたように思えた。彼らはユサルになにがおこったのだとたがいにつぶやきながら、アリダとベドゥリンの戦士《せんし》たちが作る防衛線《ぼうえいせん》からじりじりと後退《こうたい》しはじめた。

ほかの者たちより勇敢《ゆうかん》なユサルの副官《ふくかん》のひとりが、ユサルに代わって屋台にとびのり、部下《ぶか》たちを束《たば》ねようとした。

「ツアラギの勇者《ゆうしゃ》ども！」と彼《かれ》は声を裏《うら》がえして叫《さけ》んだ。「いまこそ——」

ふたたびゴツンという音がして、ユサルのようにこの男も突然額《とつぜんひたい》を襲《おそ》った痛《いた》みに両手をそこに持っていった。男はよろめき、屋台のテントをつかもうとしたが失敗《しっぱい》した。彼は地面にひざをつき、身体を二重折《お》りにして顔をおさえ、苦痛《くつう》のうめき声をあげた。

今回ホールトは処刑台《しょけいだい》の後ろのほうでゆっくりと投石具《とうせきぐ》をおろしているエヴァンリンに気づいた。ホールトと目が合うとエヴァンリンはぞっとするような笑《え》みを浮《う》かべた。彼女《かのじょ》の首にあった重い大理石の玉を連《つら》ねたネックレスがもうないことにホールトは気づいた。

「まさかこんな展開《てんかい》になるとはな」と彼はだれにともなくいった。

士気《しき》をくじかれ、混乱《こんらん》し、迷信深《めいしんぶか》い恐怖心《きょうふしん》でいっぱいになったツアラギ兵《へい》たちは後退《こうたい》しはじめた。

そのとき、戦《たたか》いの雄《お》たけびと武器《ぶき》がぶつかり合う音がして、ウマールとその部下たちが広場になだれこんできた。このベドゥリンの戦士《せんし》たちはすばやく半円形に広がった。

ツアラギ兵《へい》たちはいつのまにか、背後《はいご》のウマールとその部下《ぶか》たち、前方の四十人の決意を新たにしたアリダとベドゥリンの連合隊《れんごうたい》のあいだにはさまれていた。

ツアラギはもともとは盗賊《とうぞく》であり盗人《ぬすっと》だった。彼《かれ》らは容赦《ようしゃ》ない戦《たたか》いをするが、それは自分たちに勝つみこみがあるときだけだった。彼らが戦おうとしたのは人数に四対一という利点《りてん》があるからだった。人数が実質的《じっしつてき》に同数くらいになり、自分たちを鼓舞《こぶ》する指《し》導者《どうしゃ》もいなくなったいま、戦意《せんい》はなくなりかけていた。

最初《さいしょ》はゆっくりと、やがて急速に、彼らの武器《ぶき》が足もとの地面に落ちていった。

＊

「あとひとつ仕事が残《のこ》ってるな……」とエラクがいった。

ウマールの部隊《ぶたい》は残っているツアラギ兵たちの武器を奪《うば》いとり、彼らの両手を後ろでしばり、広場にあぐらを組んで座《すわ》らせて鎮圧《ちんあつ》しようとしていた。ユサルはしばられて、彼が牢獄《ろうごく》として使っていた倉庫《そうこ》に護衛《ごえい》をつけて移動《いどう》させられていた。ユサルはまだ目をまわし、意識《いしき》はもうろうとしていた。エヴァンリンの投石具《とうせきぐ》から放たれた重い大理石のせいで重い脳震盪《のうしんとう》をおこしたのだ。

「トーシャクだな?」とスヴェンガルがエラクに応《こた》えていった。

エラクはうなずいた。「トーシャクだ。あの裏切《うらぎ》り者のブタは混乱《こんらん》に乗《じょう》じてどこかに逃《に》げやがった」

「やつはこの騒《さわ》ぎがおきたときには処刑台《しょけいだい》の前にいたぞ」とホールトがいった。

エヴァンリンもうなずいた。「でもウィルが矢を射《い》はじめると、あの列柱《れっちゅう》のほうに移《い》動《どう》していったわ」そういってから、あたりを見まわした。「ところでウィルはどこなの? なにをしているのかしら?」

＊

ウィルは見張《みは》り塔《とう》の下のがれきの中でひざを折《お》り、弓《ゆみ》も矢筒《やづつ》も放りだしてひざの上でアルームの頭を休ませていた。アルームは死にかけていた。何ヵ所もの傷口《きずぐち》から大量《たいりょう》に出血したためだ。アルームの面倒《めんどう》を見るために塀《へい》から軽やかにとびおりたウィルが目をあげると、自分たちを裏切ったあの太った商人がまだその場にこおりついたように立ちつくして自分たちを見ていた。

「医者を探《さが》してこい」ウィルは命令《めいれい》した。男がためらっていたので、ウィルは命令をくり返した。「行け！　医者を連《つ》れてくるんだ！　早くしろ！」

男の目が男の本心を映《うつ》していた。男はウィルから目をそらせると、背《せ》を向けて行こうとした。ウィルの冷《つめ》たい声がそれを止めた。

「待て！」

男はふり返った。それでもウィルとは目を合わそうとはしなかった。

「ぼくの目を見ろ」ウィルが命じると、男はゆっくりと目をあげた。「もし逃《に》げたら、もしもどってこなかったら、かならずおまえを見つけだす」とウィルは男にいった。「おまえにとって悲惨《ひさん》なことになると約束《やくそく》するよ」

どんな報《むく》いを受けるかという恐怖《きょうふ》のほうがそれまで男の目に浮《う》かんでいた裏切《うらぎ》りにゆっくりと打ち勝つのがわかった。男はせかせかとうなずいた。それから背中《せなか》を向けると背後《はいご》の路地に姿《すがた》を消した。

アルームがしきりになにやらつぶやいていた。ウィルはアルームのベルトにつるしてあった水筒《すいとう》の留《と》め具を外して、アルームの口に水を数滴《すうてき》流《なが》しこんだ。アルームの目がいっときれいにすみ、ウィルを見あげた。

「わたしたちは、勝ったのか？」と彼《かれ》はたずねた。

ウィルはうなずいた。「勝ったよ」とうけあった。アルームの目に安堵《あんど》が広がるのが見えた。やがてアルームが座《すわ》ろうとしてもがいたので、ウィルはやさしく彼をおさえなければならなかった。

「じっとして。もうすぐ医者がやってきます」

「ワキールは？」とアルームはいい、それから言葉を切ると何回かはあはああえいだ。しゃべっただけでへとへとに疲《つか》れてしまうようだった。「無事《ぶじ》なのか？」

ふたたびウィルはうなずいた。

「だいじょうぶです。すべてが終わったときに、彼がホールトと一緒《いっしょ》にいるのを見ました」ウィルはまだ広場で起こったことを理解《りかい》しようとしながら、「ユサルになにかがおこったようだ」とどうでもいいことのようにつけ加《くわ》えた。彼はユサルの声が突然《とつぜん》とだえ、苦痛《くつう》の叫《さけ》びに変《か》わったのを聞いていた。だが、仲間《なかま》のだれも弓《ゆみ》を持っていなかったこともウィルにはわかっていた。

アルームは、自分の指導者《しどうしゃ》が無事だというだけでじゅうぶんだというように、またうわごとをいう状態《じょうたい》にもどった。手足がけいれんしはじめ、息があらくなってきた。

路地をやわらかな足音が近づいてくるのが聞こえたので、ウィルはサックス・ナイフの柄《つか》に手をやった。塀《へい》からおりてきたときに、死んだツアラギの身体から奪《うば》いかえしておいたのだ。路地の影《かげ》からふたりの人影《ひとかげ》が姿《すがた》をあらわした。ひとりは太った商人だった。その横に老人《ろうじん》がいて、腕《うで》に革《かわ》のかばんをさげていた。

「この人は医者だ」と商人がいった。医者は前に進むと、うわごとをいっているアルームのそばにひざをついて座《すわ》った。彼《かれ》はあたりを見まわし、放りなげられたウィルのマントがそばにあるのを見ると、それをまるめて即席《そくせき》の枕《まくら》を作った。それからその枕をアルームの頭の下にあてがい、ウィルが自由に動けるようにした。医者は手早くアルームのけがの様子を調べると、ウィルの顔を見た。

「あんたの友達か?」ときいた。

ウィルはうなずいた。アルームと知りあってほんの数日しかたっていなかったが、彼はウィルに仲間《なかま》たちを助けるチャンスをあたえるために剣《けん》を持った相手三人と戦《たたか》ってくれたのだ。友達としてこれ以上求《いじょうもと》めることがあるだろうか。

医者は首をふっていった。

「この人に痛《いた》みをやわらげるものをあたえることはできるが――それ以上《いじょう》のことはできん。出血が多すぎる」

ウィルは悲しげにうなずいた。

「そうしてやってください」といって、医者がかばんから小さなガラス瓶《びん》をとりだし、アルームの口の中、舌《した》の上に透明《とうめい》な液体《えきたい》を何滴《てき》かたらすのを見ていた。しばらくするとアルームがそれまでより楽《らく》に呼吸《こきゅう》をしはじめた。胸《むね》が上下に動くのも前より均一《きんいつ》になってきた。やがて呼吸がどんどんゆっくりになっていき、ついには止まってしまった。

医者はウィルの顔を見あげた。

「亡《な》くなった」といわれて、ウィルは悲しげにうなずいた。ウィルがちらりと目をあげると、太った商人がおそろしそうに彼《かれ》をみつめていた。あきらかに男は自分が外国人ふたりをツアラギに売ったことを思い出しているようだった。いまそのうちのひとりは死んだが、残《のこ》るひとりは若《わか》いけれどとても刃向《はむか》える相手ではないことがわかっていた。商人は両手をもみながら前に進んで慈悲《じひ》をこい、ひざをついた。

「ご主人さま、お願《ねが》いでございます……知らなかったのです、あなたが……」といいはじめた。

ウィルはその言葉を軽蔑《けいべつ》するような手の仕草《しぐさ》でさえぎった。この男が自分たちを裏《うら》切《ぎ》ったことはわかっていた。だが、医者を連《つ》れてもどってきた。突然《とつぜん》、この日、人を殺《ころ》すのはもうたくさんだ、とウィルは感じた。

「行け」とウィルは静《しず》かにいった。「とっとと……行ってしまえ」

商人は目をまるくした。自分の幸運が信《しん》じられなかったのだ。彼《かれ》はゆっくりと立ちあがると踵《きびす》を返した。それからウィルの気が変《か》わっていないことをたしかめるようにためらった。そしてようやくだいじょうぶだと確信《かくしん》すると、あわてて路地へと駆《か》けだした。男のやわらかい靴《くつ》がくだけた石の上を走っていく足音がウィルの耳に聞こえていたが、やがて静かになった。医者はウィルを同情《どうじょう》をこめた目で見つめた。それからアルームが胸《むね》の上で手を組むかたちに遺体《いたい》を整《ととの》えた。アルームにはもはや必要《ひつよう》ではなくなったので、ウィルは自分のマントをとりもどした。そして、アルーム自身のマントを遺体の上に広げ、彼の顔をおおった。それから財布《さいふ》に手をいれて医者に銀貨《ぎんか》一枚《まい》をわたした。

「彼のそばについていてくれますか？　ぼくがもどってくるまで見守ってやっていてください」とたのんだ。

彼は弓《ゆみ》と矢筒《やづつ》をひろいあげると、路地を市《いち》の立つ広場のほうへと進んでいった。

48

トーシャクは広場へとつづくせまい通りの角《かど》から様子をうかがった。町の門へとつづく幅《はば》の広い大通りのはじまりは四十メートルほど先だった。トーシャクが目をこらすと、エラクと彼《かれ》の仲間《なかま》が広場の向こうにずらりとならんでいる列柱《れっちゅう》のほうに移動《いどう》しているのが見えた。自分があの方角に走っていったのをだれかが見ていたにちがいない、とトーシャクは思った。

彼は不気味《ぶきみ》な笑《え》みを浮《う》かべた。たしかに最初《さいしょ》はあっちに向かったのだった。だが、それから方向転換《ほうこうてんかん》し、迷路《めいろ》のようになっている路地やせまい道を抜《ぬ》けてここにもどってきたのだ。広場から数軒行ったところの馬小屋に、鞍《くら》をつけた馬を準備《じゅんび》していた。いまや敵《てき》は遠くのほうにはなれていったので、逃《に》げる余裕《よゆう》はじゅうぶんあった。しかもレンジャーたちがいまあのいまいましい長弓を手にしていないこともわかっていた。後は馬をここまで連《つ》れてきて、馬にまたがり、全力でとばせばいいだけだ。

いったんマーシャヴァの町から出れば、あとはどうとでもなる。敵《てき》より早くスタートをきり、元気な馬と水もたっぷりあるのだ。六十キロ先にある海岸目ざしていく。そこまで行けば、自分の船、狼の爪号《ウルフ・クロウごう》が湾《わん》に係留《けいりゅう》してある。自分は経験《けいけん》豊《ゆた》かで優秀《ゆうしゅう》な船乗《ふなの》りだ。あのいまいましいレンジャーたちが追跡《ついせき》できないように闇夜《やみよ》にまぎれて馬を進ませていこう。そうすれば二日で船上にもどることができる。

だが、まずはマーシャヴァの町から出なければならなかった。いまこそがその絶好《ぜっこう》のチャンスのようだった。トーシャクは道の角《かど》からゆっくりと数歩後ずさると、身体の向きを変《か》えて馬小屋のほうに軽やかに走っていった。

＊

「問題はここまで来たらどこにでも行けるってことです」とホラスがいった。ホールトもうなずいて、考えこむように唇《くちびる》をかんだ。市《いち》の広場にそってずらりとならんでいる柱《はしら》の向こうには、細くてくねくねした道が迷路《めいろ》のように入り組んでおり、建物《たてもの》がぎっしり建《た》てこんでいた。

「とにかくやつを見つけるまで探《さが》しつづけるしかないな。すくなくともやつは目立つからな」とホールトがいった。

「あの騒《さわ》ぎはなに？」エヴァンリンが話を中断《ちゅうだん》させていった。広場のほうから緊迫《きんぱく》した声が聞こえてきたのだ。彼《かれ》らはひとかたまりになって、さっき通ったばかりのコーヒーハウスの裏口《うらぐち》からふたたび広場のほうに出た。

「トーシャクだ！」とスヴェンガルが叫《さけ》んだ。

広場をはさんで彼らの対角線上に、スカンディアの裏切《うらぎ》り者、トーシャクが後ろ脚《あし》で立ち上がっている馬にまたがり、彼を止めようとしているベドゥリンの戦士《せんし》の集団《しゅうだん》に向かって戦闘斧《せんとうおの》をふりまわしていた。

彼はベドゥリン兵《へい》ふたりをなぎ倒《たお》すと、馬を町の門へとつづく大通りの入口のほうに向けた。スヴェンガルは何歩か走ると、逃《に》げていこうとするトーシャク目がけて槍《やり》を投げた。だが槍は二十メートルほど手前でむなしい音をたてて着地した。

そのときホールトの耳に徐々《じょじょ》に勢《いきお》いを増《ま》していくあの不思議《ふしぎ》なうなりがまた聞こえてきた。ふり返ると、エヴァンリンが両足をしっかりとふんばり、頭の上で革製《かわせい》の長い投《とう》石具《せきぐ》をどんどん速度を上げてふりまわしていた。

「やつは兜《かぶと》をかぶっていますよ」とホールトは警告《けいこく》を発《はっ》した。トーシャクは自分なりの戦《たたか》いの準備《じゅんび》を怠《おこた》っていなかったのだ。完全に武装《ぶそう》して重い鉄《てつ》の兜をかぶっているトーシャクに投石具《とうせきぐ》は役に立たないことをホールトは知っていた。

「わかってるわ」とエヴァンリンは眉《まゆ》を寄《よ》せて集中したまま短く答えた。

やがてヒュッと音がして、エヴァンリンが逃《に》げていくトーシャク目がけて重い大理石の玉を投げた。玉は目にもとまらぬ速さで広場をとんでいき、エヴァンリンがねらった的《まと》に命中した。馬の尻《しり》だ。

突然《とつぜん》焼《や》けるような痛《いた》みに襲《おそ》われて、馬は後ろ脚《あし》で立ちあがり、広場のじゃりの上で足をすべらせた。それからなんとかバランスを保《たも》とうと、後ろ脚で横すべりになった。予期せぬ乱暴《らんぼう》な動きと急な方向転換《ほうこうてんかん》にトーシャクは対処《たいしょ》できなかった。彼《かれ》は馬の背中《せなか》をすべるように後ろむきに落ち、じゃりの上に音をたてて転げおちた。

「おみごと」ホールトがエヴァンリンにいうと、彼女《かのじょ》はにやっと笑《わら》っていった。

「彼の馬の乗《の》り方もたいていのスカンディア人なみだと思ったの」

一瞬《いっしゅん》息をのんだが、すぐに立ちあがったトーシャクは、自分が復讐心《ふくしゅうしん》に燃《も》えるベドゥリンたちにとり囲《かこ》まれていることに気づいた。砂漠《さばく》の勇者《ゆうしゃ》たちはトーシャクを慎重《しんちょう》にとり囲んでいたが、巨大《きょだい》な戦闘斧《せんとうおの》におどされてそれ以上《いじょう》そばには近づけないでいた。根っからのスカンディア人であるトーシャクは、馬から落ちたときにも握《にぎ》っていた武器《ぶき》を手放さなかったのだ。彼《かれ》は自分をとり囲んでいる敵《てき》をにらみつけ、ここで死ぬからにはできるだけ大勢《おおぜい》の敵を倒《たお》してやろう、と決意した。トーシャクは裏切《うらぎ》り者ではあったが臆病《おくびょう》ではなかった。

「よし。だれが最初《さいしょ》だ?」ととくにだれにというわけでもなくいった。

「おれだろうな」

エラクがベドゥリンの戦士《せんし》たちをかき分けて進んできて、宿敵《しゅくてき》の前に立った。トーシャクは何度もうなずくと笑《え》みを浮《う》かべた。自分が死ぬことはわかっていたが、すくなくとも憎《にく》むべきオベリャールを道づれにできると思うと満足《まんぞく》だった。彼はエラクが持っているツアラギの剣《けん》を軽蔑《けいべつ》したようにちらりと見た。オベリャールが使う短刀とたいして変《か》わらないくらいの大きさだった。

「そのつまようじのようなもので斧と戦《たたか》うつもりなのか、エラク?」とあざ笑《わら》った。エラクは自分の武器を見つめ、口もとを引きしめた。彼は自分たちを見守っている円陣《えんじん》を見わたし、もっといいものを見つけた。そして身につけていたクーフィーヤをぬぐと、それを左手の手のひらと指に巻《ま》きつけた。それから剣《けん》を下におくと、右手をホラスのほうに伸《の》ばした。

「おまえのその剣を貸《か》してくれんか、ホラス？」

ホラスは前に進み出て、処刑人用《しょけいにんよう》の巨大《きょだい》な剣を前後ひっくり返し、伸ばしたエラクの手にその柄《つか》をおいた。

「どうぞ使ってください」とホラスはいった。

エラクはその長い剣を何度か布《ぬの》で拭《ふ》き、満足《まんぞく》そうにうなずいた。

「これでいい。さあ、みんな下がってろ。これからひと仕事だ」

円陣《えんじん》になって見守っていた者たちがすばやく数歩下がると、エラクは敵《てき》の胴《どう》をまっぷたつに割《わ》らんばかりの勢《いきお》いで剣をふりおろしながらトーシャクに向かって突進《とっしん》していった。

金属同士《きんぞくどうし》がぶつかる大きな音がして、トーシャクがその一撃《いちげき》を両刃《りょうば》になっている斧《おの》の先で受けとめた。両手首をひねって相手の剣をはじくと、今度は彼《かれ》の番だった。斧を持った腕《うで》を大きくふりまわした。

エラクはぎりぎりのところで後ろにとびのいた。重い両刃《りょうば》の斧《おの》が彼《かれ》の脇腹《わきばら》数《すう》ミリのところをヒューッという音を立ててかすめた。彼はすでに剣《けん》をふりかざして反撃《はんげき》に出ていた。今度はトーシャクが片側《かたがわ》によけて、ぎりぎりのところにふりおろされた巨大《きょだい》な刀身《とうしん》を避《さ》けた。剣は石の地面にぶつかって火花が散《ち》った。

トーシャクは頭上から斧をふりおろそうとした。このときになってエヴァンリンはどうしてエラクが手にクーフィーヤを巻《ま》いたのかを理解《りかい》した。彼は左手で刀身をつかみ、右手で柄《つか》を握《にぎ》ると、斧の一撃《いちげき》を阻止《そし》した。柄を握っているだけでは巨大な斧を止めるほどの力にならないのだ、とエヴァンリンは気づいた。

ふたりの男はたがいの武器《ぶき》を固定《こてい》したまま、しばらくおし合っていた。ふたりとも筋《きん》骨隆々《こつりゅうりゅう》としていて牡牛《おうし》のようにたくましい。だが、エラクはここ数週間捕虜《ほりょ》としてとらえられており、まずしい食事とユサルたちから受けたひどい仕打《しう》ちのために体力が落ちていた。このような腕力《わんりょく》だけがたよりの勝負では、トーシャクのほうが有利《ゆうり》で彼はエラクをすこしずつおし返しはじめていた。

これではかなわないと気づいたエラクは、すばやくトーシャクの腿《もも》に蹴《け》りを入れた。この攻撃《こうげき》にトーシャクがよろめいたすきに、エラクは身体をくるりとまわし、バランスを回復《かいふく》したトーシャクが目にもとまらぬ速さでふりおろした斧《おの》をとびのいて避《さ》けることができた。

やがてふたりはふたたびおたがい攻撃《こうげき》を開始し、向かいあって立って武器《ぶき》をふりまわした。相手の攻撃をかわし、食《く》い止め、片側《かたがわ》に移動《いどう》してよけ、そして相手に切りかかる。体力とスピードの限《かぎ》りをつくす死闘《しとう》がつづいた。そこには技術《ぎじゅつ》も緻密《ちみつ》さもなかった。おたがいが自分の武器の持つ利点《りてん》を利用《りよう》していた。エラクはその剣《けん》が届《とど》く距離《きょり》の長さを、そしてトーシャクは戦闘斧《せんとうおの》のずっしりとした重みを。

トーシャクがこれでもかこれでもかとエラクに斧をふりおろし、弱ってきたエラクを防戦《ぼうせん》に追いこむにつれて、その斧の重さがものをいいはじめた。

エラクが最初《さいしょ》は数センチずつ、やがて徐々《じょじょ》にその距離を広げながら後退《こうたい》していくのを、スヴェンガルは心配に顔をゆがめながら見守っていた。エラクがよろけるのを見て、これでやつの負けだと感じたトーシャクの目が勝ちほこったように光った。エラクの抵抗《ていこう》が弱まっていくのを感じ、こちらが攻撃を加《くわ》えるごとに相手のひざの力が抜《ぬ》けていくのを見て、トーシャクは攻撃をさらに強めた。いまではエラクがひとつ攻撃してくるあいだにトーシャクは二回斧をふりまわしていた。勝機《しょうき》はトーシャクにあり、決着がつくのは時間の問題だった。

エラクの目はうつろになり、息があがってはあはあああえいでいた。彼《かれ》はとどめのような圧倒的《あっとうてき》な斧《おの》の一撃《いちげき》を刀身《とうしん》で受けとめたが、相手のものすごい力にひざをがくんとつき、砂利《じゃり》の上に倒《たお》れこんだ。

オベリャールが倒れたのを見て見物人からうめき声がおこった。トーシャクは勝利《しょうり》のうなり声をあげて前におどりでると、巨大《きょだい》な斧を両手でにぎりしめて最後《さいご》の一撃を、とふり上げた。そのとき彼はなにか不思議《ふしぎ》なものを見た。

エラクがほほえんでいるのだ。

トーシャクは自分が罠《わな》にはまったことに気づいたが、もうおそすぎた。エラクは見た目とはちがって、まったく疲《つか》れてもいなければ不器用《ぶきよう》でもなかったのだ。そして彼はどんな戦闘斧《せんとうおの》よりも遠くまで届《とど》く武器《ぶき》を手にしていた。恐《おそ》ろしいうなり声をあげると、エラクは左手をついてじゃりからおきあがると同時に、剣《けん》をトーシャクの無防備《むぼうび》な身体に深くつき刺《さ》した。それから剣を抜《ぬ》くと、一瞬《いっしゅん》おそくやってきた斧の打撃《だげき》をかわしてから、宿敵《しゅくてき》が剣でひどく刺され、よろめいて自分の斧を落とし、地面に倒れるのを見た。

トーシャクの目は苦痛《くつう》と恐怖《きょうふ》に大きく見ひらかれていた。彼の指がじゃりの上を不器用にかきむしり、なにかをエラクにいっていた。エラクは彼《かれ》がいっていることを理解《りかい》し、うなずいた。ブーツのつま先で、彼はトーシャクが手さぐりしているそばまで斧《おの》を寄《よ》せてやった。トーシャクの指が斧の柄《つか》を握《にぎ》り、彼はもう一度うなずいた。

スカンディア人は武器《ぶき》を手からはなしたまま戦《たたか》いで死んだら、その魂《たましい》は永遠《えいえん》にさまようことになると信《しん》じていることをホラスは知っていた。いくらトーシャクでもそれはかわいそうだろう。

「ありが……とう……」トーシャクがため息まじりにいった言葉はほとんど聞きとれなかった。それから目を閉《と》じ、彼は死んだ。

「あんなやつ、永遠にさまよわせてやればよかったのに」とスヴェンガルが冷《つめ》たくいった。エラクは両の眉《まゆ》をあげてスヴェンガルを見た。

「おまえだったらそうしたか?」ときくと、スヴェンガルはためらった。最後《さいご》にはトーシャクはよく戦った。それがスカンディア人にとっては大事なことだった。

「いや」とスヴェンガルはいった。

ranger's apprentice 49

砂漠《さばく》を長い隊列《たいれつ》がくねくねとまがりながらゆっくりと進んでいた。目ざす先はホレシュ・ベドゥリン族がキャンプをしているオアシスだ。

馬に乗《の》ったベドゥリンの戦士《せんし》たちは、一列に並《なら》ばされ手をしばられたツアラギの捕虜《ほりょ》たちを連《つ》れていた。捕虜はベドゥリンたちの前を歩かされていた。ツアラギはもはや砂漠に災難《さいなん》をもたらす者とはいえず、足をはらしたあわれな集団《しゅうだん》で、かつての恐《おそ》れられた襲撃者《しゅうげきしゃ》というよりは物ごいのようだった。失墜《しっつい》の最後《さいご》のシンボルとして、セレゼンと三人の上官《じょうかん》はツアラギたちの中を歩いて、彼《かれ》らの顔から青いベールを引きちぎり地面にすてた。ツアラギたちが自分の護衛《ごえい》たちにどんな仕打《しう》ちをしたかをおぼえていたセレゼンは、やはり彼らのブーツをうばい、切り傷《きず》やあざで痛《いた》む素足《すあし》で旅をさせた。

しかしユサルとはちがい、水はじゅうぶんにあたえてやった。

一行がマーシャヴァをはなれる前に、セレゼンは人々を市《いち》のたつ広場に呼《よ》びあつめた。そして彼《かれ》の処刑《しょけい》が行われるはずだった台の上に立ち、群衆《ぐんしゅう》に向かって彼らがほんの数日前どれほど彼の血を求《もと》めて叫《さけ》んだかを思い出させる演説《えんぜつ》をした。町の人々は頭を垂《た》れ、うしろめたさに足をもぞもぞと動かした。セレゼンはこの地方のワキールと連絡《れんらく》をとり、重い税《ぜい》を課《か》してもらうといった。そうする第一の理由は、マーシャヴァの町を囲《かこ》む塀《へい》と見張《みは》り塔《とう》を一新して効果的《こうかてき》な防衛力《ぼうえいりょく》を作りあげなければならないからだ、と説明《せつめい》した。マーシャヴァの住民《じゅうみん》たちはむっつりした顔でうなずいた。塀は危険《きけん》な状態《じょうたい》で、修復《しゅうふく》するには何ヵ月も汗《あせ》を流して重労働《じゅうろうどう》する必要《ひつよう》があった。だが、彼らはあきらめきったようにセレゼンの言葉を受けいれた。なんといってもセレゼンのいうとおりなのだった。将来《しょうらい》の襲撃《しゅうげき》にそなえて自衛《じえい》しておくべきなのだ。

町の人々の心を明るくするちょっとしたニュースがすくなくともひとつあった。セレゼンはこの重労働をさせるために、ツアラギの捕虜《ほりょ》三十人をおいていくことにしたのだ。

「やつらはつらい目にあうだろうな」この取り決めをきくと、エラクはセレゼンにいった。セレゼンは情《なさ》け容赦《ようしゃ》ない目をエラクに向けた。

「やつらはあんたを護衛《ごえい》してきた人間を大勢殺《おおぜいころ》したんだぞ、わすれたのか?」セレゼンが冷《つめ》たい声でいったので、エラクもうなずいた。彼《かれ》としてもツアラギたちに本気で同情《どうじょう》していたわけではなかった。

残《のこ》りの捕虜《ほりょ》たちはジャスパー・オアシスからマラロクへ連《つ》れていかれ、そこで一生重《じゅう》労働《ろうどう》をさせられることになっていた。捕虜たちをそこまでベドゥリンに連れていかせるようセレゼンはウマールと交渉《こうしょう》していた。ウマールはすぐに快諾《かいだく》した。彼は本来敵《ほんらいてき》となる者たちがこんなに大勢鎖《おおぜいくさり》でつながれて連れていかれるのを見るのがうれしかったのだ。エラクと同様、彼もツアラギに同情する気はさらさらなかった。

＊

オアシスに着くと、もどってきた戦隊《せんたい》と追加《ついか》のメンバーたちは騒々《そうぞう》しく熱狂的《ねっきょうてき》な歓迎《かんげい》を受けた。ベドゥリンの女性《じょせい》たちは歓迎のために二列にならび、自分の男たちが馬に乗《の》ってゆっくりと木の茂《しげ》みに入ってくると、けたたましく不気味《ぶきみ》なホーホーと鳴くような歓声《かんせい》をあげた。

そのあとから来たツアラギの捕虜たちは、不吉《ふきつ》な沈黙《ちんもく》でむかえられた。彼らは二列に並《なら》び黙《だま》りこくっている女性《じょせい》たちの前を、頭を垂《た》れ、目をふせたまま足を引きずって通りすぎた。彼《かれ》らはまだ顔を世間《せけん》にさらすことになれておらず、また自分たちの命がまだどうなるかわからないこともじゅうぶんわかっていたからだ。

彼らの元指導者《もとしどうしゃ》ユサルは、ラクダが引く担架《たんか》に乗《の》せられて旅をしていた。エヴァンリンの重い大理石の玉の一撃《いちげき》を額《ひたい》に受けたために、彼はまだ脳震盪《のうしんとう》をおこしていた。たまに意識《いしき》をとりもどしたときには、うわごとをいったりわけのわからないことをいったりした。ときには頰《ほお》に涙《なみだ》を流していることさえあった。エヴァンリンは自分がやったことの結果《けっか》を多少心配そうに見ていた。

「あの人、正気をとりもどすと思う?」彼女《かのじょ》はベドゥリンの戦隊《せんたい》についてくることになった医者にきいた。老人《ろうじん》の医者はユサルの額にできた大きな青と黄色のあざに触《ふ》れて、肩《かた》をすくめた。

「頭のけがはわからんからなあ。明日になればよくなるかもしれんし、一年後かもしれん。あるいはまったくよくならないかもしれん」医者はエヴァンリンにほほえみかけた。「そんなに心配することないですよ、お嬢《じょう》さん。こんなやつに同情《どうじょう》は禁物《きんもつ》だ」

エヴァンリンはうなずいた。だが、完全になぐさめられたわけではなかった。自分がひとりの男を――どれほど悪い男であったとしても――よだれを垂《た》らしているような人にしてしまったことが気に入らなかったのだ。

そんな彼女《かのじょ》の気分も、オアシスにもどって二日目の夜には回復《かいふく》した。ホレシュ・ベドゥリン族が歓迎《かんげい》とお祝《いわ》いの祭をしてくれたのだ。

彼《かれ》らはスパイスの効《き》いた子羊《ひつじ》のローストや、パプリカをかたい皮がむけるように火の中でまっ黒になるまで焼《や》いてから、中に香《かお》りのいい米やベドゥリンがクスクスと呼《よ》んでいる軽くてふわふわした穀物《こくもつ》を詰《つ》め、サフラン、クミン、カルダモンで風味をつけて、ブドウとスライスアーモンドで飾《かざ》ったものを食べた。

ほかにもタジンと呼ばれる不思議《ふしぎ》な円錐形《えんすいけい》をした土鍋《どなべ》で、さまざまな香辛料《こうしんりょう》、ナツメ、アンズ、根菜《こんさい》などと一緒《いっしょ》に調理された羊や鶏肉《とりにく》のおいしい料理《りょうり》もあった。タジンの円錐形のふたは料理のスープから出る香り豊《ゆた》かな蒸気《じょうき》を中にとどめるために、肉が汁気《しるけ》たっぷりでやわらかくなり骨《ほね》からほろりと外れてしまう。

料理は手で食べ、焼きたての平たいパンはちぎってスプーン代《が》わりに使われた。指があぶらでべとべとになり、思わず食べすぎてしまうおいしい夕べだった。砂漠《さばく》であれだけきびしい思いをしたあとだから、これくらいのぜいたくは許《ゆる》されるだろう、とみんなが感じていた。

　ホールト、ギラン、エヴァンリン、ホラス、それからふたりのスカンディア人は、巨《きょ》大《だい》な火を囲《かこ》む席の中でもいい場所をあたえられていた。とりわけセレゼンとウィルには貴《き》賓《ひん》席《せき》が用意され、それぞれウマールとその妻《つま》のシエレマの隣《となり》に座《すわ》っていた。エヴァンリンはホラスにほほえみかけ、ベドゥリンの指《し》導《どう》者《しゃ》夫《ふ》妻《さい》と楽しそうにしゃべっている若《わか》きレンジャーのほうを指さした。年配の夫《ふう》婦《ふ》はウィルの話に大《おお》笑《わら》いし、ウィルは首をすくめると、自分が彼《かれ》らを楽しませることができてうれしいというようににっこり笑《わら》っていた。

「彼はどこに行ってもうまく窮《きゅう》地《ち》から逃《のが》れるわね」エヴァンリンはすこし物うげにいった。ホラスはたき火ごしに旧《きゅう》友《ゆう》の姿《すがた》を見てうなずいた。

「みんなに好《す》かれてるしね」とホラスは答えた。それからつけ加《くわ》えた。「なんといっても、彼のことを好きになる理由はいっぱいあるから」

「ええ」エヴァンリンはウィルに目を釘《くぎ》づけにしたままいった。そんなエヴァンリンを見ていて、彼《かの》女《じょ》の顔に一《いっ》瞬《しゅん》悲《かな》しい影《かげ》がよぎったのにホラスは気づいた。彼は礼《れい》儀《ぎ》上《じょう》許《ゆる》されるより多少荒《あら》っぽくひじで彼女をつっついていった。

「モモをスリングして〔訳注《やくちゅう》：スリングには（食べ物を）とるという意味と投石具《とうせきぐ》で投げるという意味がある〕くれるかな?」エヴァンリンはホラスに片方《かたほう》の眉《まゆ》をあげて見せ、それからにやっと笑《わら》った。

「本来の意味でいってる〔訳注：投石具で投げてくれという意味〕んじゃないでしょうね?」彼女《かのじょ》が憂鬱《ゆううつ》そうな気分をふり払《はら》ったのがうれしくて、ホラスはほほえんだ。『スリング』という言葉のシャレを彼女が無視《むし》できるわけがないとわかっていたのだ。ホラスは両手で顔をおおって、こわがっているふりをした。

「お願《ねが》いだよ!　それだけは勘弁《かんべん》して!」彼《かれ》がそういったので、ふたりとも声をたてて笑った。

ベドゥリン族は原則的《げんそくてき》には酒を飲まないが、ふたりのスカンディア人に敬意《けいい》を表して発酵《はっこう》したナツメヤシとモモから作ったブランデー、アラリキの瓶《びん》が何本か出されていた。いまエラクとスヴェンガルは、集まったみんなを楽しませ、かつ教育するために船乗《ふなの》りたちが歌う歌を聞かせるといってきかなかった。ふたりはかなりあやしくなってきた足をふんばって立ち、ザトウクジラに切ない恋《こい》をしたペンギンのユーモラスな物語をがなりだした。

砂漠《さばく》で暮《く》らす観客《かんきゃく》たちはどちらの動物も見たことがないために、二頭の大きさがどれほどちがうのかまったくわからず、物語のおかしさが全然通じなかった。メロディのほうもうけなかった。だが、彼《かれ》らは歌い手の熱意《ねつい》ともものすごい声量《せいりょう》に大いに拍手《はくしゅ》をおくったので、ふたりの海狼《シーウルフ》はスカンディア人としての名誉《めいよ》を保《たも》てたと満足《まんぞく》して席《せき》にもどった。

ホールトは静《しず》かだな、とギランは思った。よく考えてみると、こういうときにはホールトはいつも静かなのだった。ホールトの目はベドゥリンのアシャイフ夫妻《ふさい》としゃべり、笑《わら》っている弟子《でし》の生き生きとした若《わか》い顔にじっと注がれていた。

「彼はよくやりましたよ」ギランがいうと、ホールトはひげ面《づら》にめずらしく笑《え》みを浮《う》かべてふり返った。

「たしかに」とホールトもいった。

「彼ならやるってぼくがいったでしょう」にやにやしながらギランがいった。

認《みと》めてホールトはうなずいた。「ああ。そういってたな。きみのいうとおりだったよ」

数日前にホールトがいっていたことを思い出して、ギランは正面からホールトに向き合うように身体を動かした。

「でも、あなたもわかっていたんでしょう？　マーシャヴァにいたとき、ユサルはウィルがいるってことをわすれている、っていいましたよね。ということは、ウィルが生きのびたってわかっていたわけです。どうしてそれがわかってたんですか？」

その質問《しつもん》を考えながら、ホールトの顔は真剣《しんけん》になっていった。『わかっていた』というのはいいすぎだな。そうだと感じたんだ。わたしはいつでもウィルのことは身体で感じてきた。あいつのことは肌《はだ》でわかるってところがある。あいつがわたしのところに来た初日《しょにち》からずっとそう感じてきた」

「でも、そろそろ彼《かれ》を解放《かいほう》してやってもいいころなんじゃないですか？」とギランはやさしくいった。ホールトの目の中で悲しみとプライドがないまぜになっているのがわかった。やがてホールトはため息をついた。

「そうだな」

＊

祝宴《しゅくえん》がおひらきになってから、エヴァンリンの一行はウマールとセレゼンとともに小さなたき火を囲《かこ》んで座《すわ》っていた。シエレマがコーヒーをくばっていた。

「そろそろビジネスの話をしようじゃないか」とセレゼンがエヴァンリンを見ながら口をひらいた。「エラクの身代金《みのしろきん》の件《けん》についてだ」

セレゼンは期待《きたい》をこめて言葉を切り、エヴァンリンが金額《きんがく》を書いた証書《しょうしょ》と彼女《かのじょ》の印章《いんしょう》となる指環《ゆびわ》をとり出すのを待った。証書も印章もユサルからとりもどしていたからだ。

だが、エヴァンリンはそれらをとりだそうという気配《けはい》をしめさなかった。

「エラクの身代金？」そうきかれたので、セレゼンはいらいらとうなずいた。

「そうだ。あなたは彼《かれ》に身代金を払《はら》うと同意した。そのことをおぼえているはずだが」

と皮肉《ひにく》っぽくつけ加《くわ》えた。

エヴァンリンは何度もうなずいてから、しゃべりかけたが、やがて片手《かたて》を上げてしゃべるのをやめた。それから不確《ふたし》かなことがあるとでもいうように、セレゼンにいった。

「できれば身代金の意味をわたくしに説明《せつめい》していただけませんか？」

セレゼンは顔をしかめた。彼としてはこの件をさっさとすませ、だれかがこのことについてあまり深く考えないうちに決着してしまいたかったのだ。だが、そうはいかないようだった。

「身代金《みのしろきん》がなにかなんて、みんな知っていると思うが」と彼《かれ》は言葉をにごした。

エヴァンリンはセレゼンにほほえみかけた。「わたくしに合わせて説明《せつめい》してくださらない？　わたくしは頭の弱い女の子なんですもの」

たき火の向こう側《がわ》ではシエレマが笑《え》みを手でかくしていた。ウィルからこの話し合いの裏話《うらばなし》を聞かされていたウマールが、身をのり出して助け船を出した。

「わしがお手伝《てつだ》いしようかな。身代金とは第二者が第三者たる人質《ひとじち》を捕《とら》えているときに、第一者により支払《しはら》われるものだ」

「かかわっている人がたくさんいるんだな」とホラスがウィルにささやくと、ウィルはにやっと笑《わら》った。

「と、い、う、こ、と、は」とエヴァンリンがいった。「わたくしが第一者だとすれば、わたくしは合意した金額《きんがく》を第三者を捕えている第二者に対して支払うということですね？　これで合ってますか？」

「そうだ」とセレゼンが口もとを引きしめていった。エヴァンリンは困惑《こんわく》した表情《ひょうじょう》を見せて彼に顔をしかめた。

「だけど、あなたの立場としては、わたくしが六万六千リールの銀をユサルに払《はら》うなんて許《ゆる》せないんじゃないかしら？」

「ユサルにだって！」とセレゼンは叫《さけ》び、コーヒーにむせそうになった。「いったいぜんたい、どうしてユサルに支払《しはら》うんだ？」

エヴァンリンは無邪気《むじゃき》そうに両手を広げた。「だって、彼《かれ》が第二者でしょう？　わたくしたちが見つけたときにエラクを捕《とら》えていたのは彼ですもの。あなたではなくてね」と、意味ありげな間《ま》をおいてから、つけ加《くわ》えた。

「そんなものは言葉のあや、だ」セレゼンはえらそうな口調でいいかけた。だが、気持ちは落ちこんでいた。彼は一杯《ぱい》くわされたのだ。ここで話題を変《か》え、身代金《みのしろきん》のことはまたあとで話したほうが作戦上《さくせんじょう》いいかもしれない、と彼は思った。「そのうえ、ユサルを今後どうするかもまだ決まっていない」といった。

「いい指摘《してき》だ」とホールトが割《わ》って入った。「ユサルはこれからどうなるんだ？」

セレゼンはウマールを指さした。「それを決めるのはベドゥリンだろう。やつをどうしたいかね、アシャイフ・ウマール？」

ウマールは肩《かた》をすくめた。「あんなやつはいらんよ。ほしければあんたにやる」

この話し合いがはじまってから初《はじ》めてセレゼンが笑《え》みを浮《う》かべた。

「ああ、ほしいとも。やつは人殺《ひとごろ》しで反乱者《はんらんしゃ》だ。我々《われわれ》はマラロクに独房《どくぼう》を用意している。おぼえているかぎり、やつはずっと我々の目の上のこぶだった。やつがいなければ、ツアラギはずっとあつかいやすくなるだろう。じつをいえば、エムリキールがかなりのほう――」

セレゼンはしゃべりすぎたことに気づいて口を閉《と》じたが、もはや手おくれだった。彼《かれ》は自分の失敗《しっぱい》をかくすために咳《せき》の発作が出たふりをした。

エヴァンリンはセレゼンの咳が終わるのを待ち、それから彼のそでを引っぱって自分と目を合わさせた。

「かなりの『ほう』」と彼女《かのじょ》はセレゼンがためらったのをまねした。「あなたがいおうとしたのは『報酬《ほうしゅう》』でしょう？」

「そうだ」突然《とつぜん》きゅっと引きしめられたセレゼンの唇《くちびる》からその言葉が出た。

「そろそろ本題に入らせていただくわ」とエヴァンリンが切りだした。「実際《じっさい》にユサルを捕《つか》まえたのはだれかしら？　つまり、実際にユサルを打ちたおしたのはだれだったかしら？」彼女は考えこむように眉《まゆ》を寄《よ》せて星空を見あげた。それから寄せていた眉をはなしてうれしそうにいった。「あ、思い出した！　わたくしだわ！　わたくしが投石具《とうせきぐ》でやっつけたのよ！」

「この人のいうとおりじゃ」とウマールがにやにやしながらいった。「やつの運命を決める権利《けんり》のある者がいるとしたら、この人じゃ」

「ということは、あなたがさっき口にした『かなりの報酬《ほうしゅう》』をもらう資格《しかく》はわたくしにあるんじゃないかしら？」

　セレゼンは面倒《めんどう》な立場にいた。もしこの件《けん》について話しあっている場所がアル・シャバーやマラロクだったら、彼《かれ》の意見を支持《しじ》する多数の武装《ぶそう》した部下《ぶか》がいることで彼に有《ゆう》利《り》な交渉《こうしょう》を行うことができただろう。だが、ここでの一大勢力《いちだいせいりょく》はベドゥリンで、その指《し》導者《どうしゃ》はエヴァンリンを支持しているようだ。それに加《くわ》えて、エヴァンリンが主張《しゅちょう》することはある程度妥当《ていどだとう》だ、とセレゼンも認《みと》めていた。エラクが救出《きゅうしゅつ》されたときに彼を捕《つか》まえていたのは自分ではなかった。しかも、ユサルを倒《たお》したのはこのアラルエンの王女なのだ。厳密《げんみつ》に解釈《かいしゃく》すれば、このツアラギの指導者ユサルは彼女《かのじょ》の捕虜《ほりょ》だった。同じく厳密に解釈すれば、エヴァンリンはセレゼンに何の借《か》りもなく、彼のほうがエヴァンリンにその報酬をあたえなければならないのだった。こんなはずではなかったのだが、とセレゼンは思った。

「よろしい。では、とりかかりましょう」それまでの女の子っぽいふるまいをやめて、エヴァンリンが突然《とつぜん》ビジネス口調になった。「セレゼン、わたくしたちはあなたに対して借《か》りがあるとわたくしは思っています。でも六万六千リールではありません。それから、わたくしたちはウマールとベドゥリンの人々にも借りがあります。彼《かれ》らの助けがなければエラクはまだユサルに捕《とら》えられたままだったのですからね」

「我々《われわれ》は金のためにやったのではない。友情《ゆうじょう》からやったんだ」とウマールがいい、友情といったときにはウィルを指さした。わかっている、というふうにエヴァンリンはうなずいた。

「よかったらいつでも返してもらってもいいのです」といい、ウマールがあわてて金などいらないという身ぶりをしたので、彼女《かのじょ》はほほえんだ。「というわけで、こちらからの申し出はこういうことです。わたくしはウマールと彼のお仲間《なかま》に助けてくれたお礼として二万リールを支払《しはら》いたいと思います」

エヴァンリンは言葉を切って、火を囲《かこ》んでいる人々がこの申し出を了承《りょうしょう》したことをたしかめた。

それは妥当《だとう》な金額《きんがく》だった。エヴァンリンは先をつづけた。

「同じ金額《きんがく》をあなたにも支払《しはら》います、セレゼン。二万リールを。あなたにも多少の借りはあると思うからです」セレゼンがなにかいう間《ま》をあたえずに、エヴァンリンはつけ加《くわ》えた。「それから例《れい》のユサルを捕《つか》まえたものへの『かなりの報酬《ほうしゅう》』は辞退《じたい》します。ユサルはあなたにあげます。彼《かれ》をあなたの元において、両耳を切りおとすなり、井戸《いど》につきおとすなり、お好《す》きにどうぞ。わたくしは彼などいりません。これで公平じゃなくて？」

セレゼンはためらったが、やがて彼が本来持っている正義感《せいぎかん》が頭をもたげてきた。申し出の金額は実際《じっさい》四万リール以上《いじょう》の価値《かち》があった。彼女《かのじょ》はまったく金など出さずにそのまま帰ってしまうこともできたのだ。

「公平だ。ありがたく受けいれさせてもらおう」とセレゼンはいった。

エラクもうなずいて了承《りょうしょう》した。エヴァンリンはこの件《けん》全部をなかなかの政治的手腕《せいじてきしゅわん》でさばいた、と感心した。

「えらく心が広いな、王女」とエラクはエヴァンリンにやさしくほほえんだ。エヴァンリンは彼を見て片方《かたほう》の眉《まゆ》をあげた。

「いいえ、そんなことないわ。心が広いのはあなたのほうよ。あなたがその四万リールをわたくしの父に返すことになるんだから。わすれてないわよね?」

「あ、そうだ……もちろんだとも」エラクは心臓《しんぞう》をつかれるような気がした。スカンディア人は金を失《うしな》うとこのような気持ちになることが多かった。突然《とつぜん》、エラクはもうほほえんでいる気にはなれなくなってきた。

*

話し合いはその後まもなく終わり、エヴァンリンはホールトの腕《うで》に手をかけて自分のテントへともどっていった。ベドゥリンにもアリダにも聞かれる心配がなくなったところまで来ると、エヴァンリンは少し心配そうな様子でホールトのほうに向きなおった。

「で、ホールト、わたしのやり方、どうだった?」

ほかのみんなと同じく、エヴァンリンもほかのだれよりもホールトに認《みと》めてもらいたかったのだ。

ホールトは不愛想《ぶあいそう》なひげ面《づら》を彼女《かのじょ》のほうに向け、ゆっくりと首をふっていった。

「いやはや、わたしはたいへんな怪物《かいぶつ》を作りあげてしまったもんだ」それから笑《え》みを浮《う》かべるとエヴァンリンの手をやさしくたたいた。「あなたのことをたいへん誇《ほこ》りに思いますよ」

エピローグ

ウィルとホールトは森の端《はし》っこにあるホールトの小屋で、質素《しっそ》な木のテーブルに向かいあって座《すわ》っていた。

この五分間でもう五回目のことだったが、ウィルはちらりと目をやって、ユニフォームが清潔《せいけつ》できちんとしているか、ベルトの革《かわ》と二重鞘《さや》はちゃんとワックスで磨《みが》いて光っているかをたしかめた。できるだけ目立たないようにしながら、手を伸《の》ばして髪《かみ》をなでつけた。それから手の爪《つめ》を調べて、爪に汚《よご》れやあぶらが入りこんでいないか確認《かくにん》した。これも、前に確認してからまだ四十秒しかたっていない。

「ファッションショーじゃないんだから」とホールトがいった。彼《かれ》は完全にくつろいでいるようだ。いや、ホールトはいつでもくつろいでいるように見える。一方、ウィルはまるで猫《ねこ》のようにぴりぴりしていた。ウィルがひとつだけ感謝《かんしゃ》していることがあったが、それはクロウリーがホールトの結婚式用《けっこんしきよう》にと作らせた新しい正式なユニフォームを着なくてもいいことだった。伝統的《でんとうてき》に卒業《そつぎょう》の日には弟子《でし》は日常身《にちじょうみ》につけているユニフォームを着ることと決まっていたのだ。こんな日に、あの新しい白い絹《きぬ》のシャツと上質《じょうしつ》の革《かわ》のチュニックをずっときれいな状態《じょうたい》に保《たも》っている自信《じしん》などまったくなかった。いまごろはすでにきっとなにか染《し》みを作ってしまっていたはずだ。

「クロウリーはなにをしているのかな？」ホールトが所在《しょざい》なげにいった。そのとき、まるでそれを合図にしたように、小屋の正面にある小さなベランダで足音がした。突然《とつぜん》ドアが開《あ》き、頭を下げ、わきの下に革製《かわせい》の紙ばさみをはさんだクロウリーがとびこんできた。

「いや、いや、待たせてすまなかった！　途中《とちゅう》でじゃまが入ってな。だがとにかくやっと着いたというわけだ」

レンジャー隊《たい》の司令官《しれいかん》が突然姿《とつぜんすがた》をあらわしたので、ウィルは椅子《いす》からはじかれたように立ちあがり、気をつけの姿勢《しせい》をとった。これまでクロウリーが前にいても一度もこの姿勢をとらなければならないなんて感じたことがなかったのに、どうしていまはこうしたのだろう、とウィルは思った。クロウリーのほうも、ウィルを見てすこしとまどい、椅子に座《すわ》るようにと手ぶりでしめした。

「座《すわ》りたまえ、ウィル。おもしろいやつだな。立ってする儀式《ぎしき》なんてあまりないだろ」

「かしこまりました」とウィル。

ホールトはクロウリーに向かって片方《かたほう》の眉《まゆ》をあげた。「彼《かれ》はわたしにはあんないい方を一度もしたことがないぞ」

クロウリーは肩《かた》をすくめた。「おそらくわたしのご機嫌《きげん》をとろうとしているんだろうよ。わたしの気が変《か》わって、彼に卒業《そつぎょう》までもう一年勉強させるなんていいださないようにな」

ホールトはなるほどというようにうなずいた。「それはありうるな」

ウィルは神経質《しんけいしつ》そうに唇《くちびる》をなめながら、ふたりの顔にちらちらと目をやっていた。彼には卒業の日とはどういうものなのかよくわかっていなかった。もっと儀式めいたものがあると思っていたのだ。もっと「晴れの日感」がある、と。だが、クロウリーがいったように、彼らはレンジャーなのだ。やはり卒業の日もふつうの日と変わらないのかもしれない。ただ卒業するというだけで。

クロウリーはもうひとつの椅子《いす》を引いて自分もテーブルに向かって座り、革製《かわせい》の紙ばさみから書類《しょるい》を何枚《なんまい》もとりだし、羽ペンとインク壺《つぼ》も出した。そしてインク壺のふたをあけ、正式書類《しょるい》をぶつぶつ声に出して読みながら、書類をくっていった。

「よし！　さっさとすませてしまおう！　よし……貴殿《きでん》……ウィルは……この五年間レドモント領《りょう》のレンジャー、ホールトの弟子《でし》として訓練《くんれん》にはげみ、なんたらかんたら、なんたらかんたら。長弓、サックス・ナイフ、投げナイフ等レンジャーが用いる武器使用《ぶきしよう》に関《かん》し、必要《ひつよう》な水準《すいじゅん》まで上達《じょうたつ》した」

クロウリーは言葉を切ってホールトに目をやった。「彼《かれ》はそのレベルまで習熟《しゅうじゅく》しているな？　もちろんだ」と、ホールトが答える前に先に進んだ。「さらに、貴殿は国王に仕《つか》える信頼《しんらい》に足る役人でもある、なんたらかんたら、なんたらかんたら……」クロウリーはまた目をあげた。「こういう文書というものはほんとうに長ったらしいな。だが、とにかく読むふりはしておかなければ。で、なんたらかんたら、なんたらかんたら等々」彼は間《ま》をおいて何度かうなずき、それからつづけた。

「というわけで基本的《きほんてき》には……」とさらに数ページくると、自分が探《さが》していた箇所《かしょ》をみつけてつづけた。「貴殿はあらゆる面《めん》においてアラルエン王国の完全に機能《きのう》するレンジャーとしての立場と権威《けんい》を担《にな》う覚悟《かくご》があるものとする。これでいいか？」

クロウリーは両方の眉《まゆ》をあげてちらりと上を見た。彼が返事を待っているのだということにウィルは気づいた。

「いいです」あわててそういってから、それでは不十分《ふじゅうぶん》なときに備《そな》えて付《つ》けたした。

「はい。つまり……覚悟《かくご》は……できています。はい」

「そうか。それはよかった。では……もうひとつ細かいことを。きみにはレンジャー・ウィルという以上《いじょう》の肩書《かたがき》をあたえなければならないことは知ってるな。なにしろレンジャー隊《たい》の中にはほかに三人ウィルがいるのでね。ホールトの場合は問題なかった。ホールトはひとりしかいないからな。ふつうなら苗字《みょうじ》を使うんだが、きみは孤児《こじ》だった。で、きみの場合は過去《かこ》五年間のきみの業績《ぎょうせき》を反映《はんえい》した名前にしようと探《さが》したんだ。ウィル・ボア・キラー〔訳注《やくちゅう》：イノシシ殺《ごろ》し〕を考えてみた」クロウリーは顔をしかめた。「だが、これは気に入らなかった。モルガラスの橋をこわしたことを記念《きねん》してウィル・オ・ザ・ブリッジはどうかという者もいた。だが、これはウィル・オ・ザ・ウィスプ〔訳注：人を惑《まど》わす者〕とじつにまぎらわしいので、これも却下《きゃっか》した。最後《さいご》にきみの師匠《ししょう》が」といってクロウリーはホールトのほうを向いてうなずいた。

「きみの王国へのもっとも意味ある業績にちなんだ名前を提案《ていあん》したのだ。きみはアラルエンとスカンディア両国で条約《トリーティ》を結《むす》ぶように働《はたら》いた立役者《たてやくしゃ》のひとりだとホールトが指摘《してき》したのだ。あの条約《トリーティ》は我《わ》が国の歴史《れきし》の中のひじょうに重要《じゅうよう》な一里塚《いちりづか》だ。で、その提案《ていあん》とは、きみは今後ウィル・トリーティとして世に出る、ということだ。どうかな、気に入ったかね？」

ウィルはゆっくりとうなずいた。「たいへん気に入りました。ありがとうございます、クロウリー……殿《との》」とウィルはいいなおした。こういう場では正式ないい方をしなければならないだろうと思ったのだ。

「すばらしい！　というわけで、きみはこれからはウィル・トリーティだ！」クロウリーは書類《しょるい》の下にその名前を書きこみ、それをウィルのほうにまわすと羽ペンをわたした。「下に署名《しょめい》したまえ。それで終わりだ」

クロウリーはウィルが羊皮紙《ようひし》の書類の下に署名するのを見守っていたが、終わると満足《まんぞく》そうに両手でテーブルの上をポンとたたいた。

「よし、これですべて終わった！　おめでとうウィル、これできみはレンジャーだ。よくやった！　なにか飲み物はないのか？」と最後《さいご》の言葉はホールトに向けていった。

ウィルは、あ然《ぜん》として座《すわ》っていた。これだけ？　彼《かれ》が予想していたのは……いや、なにを予想していたのかはよくわからなかったが、こんなに軽い、即席《そくせき》のような『ここに署名《しょめい》しろ、はい、これできみはレンジャーだ』というようなものでなかったことはたしかだった。

「これだけですか?」と思わず口から出た。

クロウリーとホールトはわずかにまごついたような目配せをした。それからクロウリーは考えこむように唇《くちびる》をすぼめた。

「フーム……きみの訓練内容《くんれんないよう》をあげて、業績《ぎょうせき》にふれ、きみが矢のどちら側《がわ》がするどいかをわかっていることを確認《かくにん》し……新しい名前も決めたし……これでいいはずだが……」

そのとき、クロウリーの顔にわかった、という表情《ひょうじょう》が広がり、彼《かれ》が目を大きく見ひらいた。

「そうだった！　あの銀の……あれをわたさなきゃいけなかったな、そうだろ?」そういってクロウリーは自分の首にぶら下がっている銀のオークを支《ささ》えている鎖《くさり》をつかむと、軽くゆすった。これは一人前のレンジャーであることをしめすバッジだった。それから彼はあちこちのポケットに手をつっこんで顔をしかめた。

「ここに入れたはずなんだが！　ここにあったのに！　いったいぜんたいどこに……待てよ。ここに入ってきたときに、なにかが落ちる音がした！　落としたんだ。ちょっと玄関《げんかん》を見てきてくれないか、ウィル？」
あまりのことに言葉も出ないまま、ウィルは立ちあがってドアに向かった。取っ手に手をかけながら、ウィルはまだテーブルに向かって座《すわ》ったままのふたりのレンジャーをふり返って見た。クロウリーは早く外にいけ、というふうに手を払《はら》った。ドアをあけ、ベランダに一歩ふみ出したときも、ウィルはまだふたりのほうをふり返っていた。

「おめでとう！」

すくなくとも四十の口から大きな歓声《かんせい》があがった。ぎょっとしてウィルがふり返ると、外の空き地のところに彼《かれ》の友人全員が集まっていた。お祝《いわ》いのためにおかれたテーブルの周《まわ》りで、みんな満面《まんめん》の笑《え》みを浮《う》かべている。アラルド公、ロドニー卿《きょう》、レディ・ポーリーン、マスター・チャブもみんないた。昔の孤児院仲間《こじいんなかま》だったジェニーとジョージもいる。それからレンジャーのユニフォーム姿《すがた》の者も十人以上《いじょう》いた。みんなウィルがこの五年間で出会い、一緒《いっしょ》にやってきた仲間たちだ。それにおどろいたことに、エラクとスヴェンガルもいて、ウィルの名をがなりながら頭の上で巨大《きょだい》な斧《おの》をふりまわしている。彼らのそばにはホラスとギランが立っていて、やはりそれぞれの剣《けん》を頭上で大げさにふりかざしていた。あそこに近づくのは危険《きけん》だな、とウィルは思った。

第一声が終わると、みんなは歓声《かんせい》をあげたり彼《かれ》の名前を呼《よ》んで、笑《わら》い声をあげ、手をふった。

クロウリーとホールトも一緒《いっしょ》にベランダに出てきた。クロウリーは身体をふたつ折《お》りにして大笑《おおわら》いしている。

「ああ、きみがいまのその姿《すがた》を自分で見ることができたら！」といって彼は笑いすぎてぜいぜい息を切らした。「きみの顔ったらないぞ！　いや、おかしい！　『これだけですか？』」クロウリーはウィルの哀《あわ》れな口調をまねて、ふたたび身体をふたつに折って笑った。

ウィルは責《せ》めるような目でホールトを見た。彼の師《し》はにやっと笑った。

「おまえの顔は見ものだったよ」

「弟子《でし》全員にこんなことをするんですか？」とウィルはきいた。

ホールトは勢《いきお》いよくうなずいた。「みんなにだ。最後《さいご》の瞬間《しゅんかん》に頭でっかちになるのを止めるためだ。弟子には決して秘密《ひみつ》をもらしてはいけない、と誓《ちか》わせられるんだ」

ホールトはウィルのそでにふれてから指さした。

「だが、こんなことをしてもらえるのは、よっぽど幸運な者か、よっぽど優秀《ゆうしゅう》な者だけだぞ」

ウィルは彼《かれ》が指ししめすほうを見て、のどに熱《あつ》いものがこみあげてきた。アリスとエヴァンリンがたがいに並《なら》び、あいだに小さな赤いサテンのクッションを持って、空き地を彼のほうにゆっくりと歩いてきていた。

灰色《はいいろ》がかったブロンドで背《せ》が高く落ちつきはらったアリスは、優雅《ゆうが》な外交特使《がいこうとくし》のドレスをまとっていて美しかった。

はちみつ色に近いブロンドで、おてんばでにやにや笑《わら》っているエヴァンリンも、彼女《かのじょ》ならではの美しさだった。

そしてふたりのあいだにあるクッションには、木々のすき間から差《さ》しこんでいる午後おそい日ざしを受けて輝《かがや》く、鎖《くさり》に通したシンプルな銀のオークの葉がおかれていた。この五年間ウィルががんばってきたすべてを象徴《しょうちょう》するものだ。それがいま彼のものになるのだ。

アリスとエヴァンリンは一緒《いっしょ》にそれをクッションからとりあげると、集まった人々が盛大《せいだい》な歓声《かんせい》をあげる中、頭をたれているウィルの首にかけた。それから、同じ衝動《しょうどう》にかられたのか、ふたりはウィルにキスをした。アリスは左の頬《ほお》に、エヴァンリンは右の頬に。

それからふたりはおたがい相手をきっとにらんだ。

「さあ、パーティをはじめるぞ！」とあわててクロウリーがいった。それから、ウィルの腕《うで》をつかんで、彼《かれ》を祝《いわ》おうと待ちうけている友人たちのほうに引っぱっていった。

＊

レドモント城《じょう》の年代記に記されるようなパーティだった。翌朝日《よくあさ》がのぼるころになってもまだ祝い客が残《のこ》っていた。ウィルといちばん古くからの友人であるホラスはベランダに座《すわ》って、最後《さいご》まで踊《おど》っていた客たちがよろけながら空き地を抜《ぬ》け、家路《いえじ》に向かうのを見ていた。

「ようやくレンジャーになったって気分かい？」とホラスがきいた。

ウィルは悲しそうに首をふった。「すべてに圧倒《あっとう》されてしまっている、という感じだよ」そういってしばらくしてから、うちあけるようにいった。「数週間前にはこんなことの覚悟《かくご》ができるとは思わなかったよ」

「で、いまは？」とホラスが先をうながした。

「いまは、自分で覚悟ができたと思えるまで待っていたら、一生待ちつづけなければならないってことがわかったよ」

若《わか》き騎士《きし》はうなずいた。「それよりうまいいい方はないよ。ぼくたちがスカンディアからもどってきて、ダンカン王がぼくにナイト爵《しゃく》を授《さず》けてくださったときに、ぼくもまったく同じ気持ちだった。『ぼくにはまだ覚悟ができていない』って、ずっといいたかった」

「だけどできていたじゃないか」とウィル。

ホラスはうなずいた。「ああ。たぶん先生たちは自分たちがやっていることがしっかりわかっているんだろう。ホールトはおまえのことが大好きなんだよ。ぼくたちがマーシャヴァで捕《とら》えられていたとき、おまえがかならずやってきてぼくたちを助けだしてくれるってホールトにはわかっていたんだ。おまえが今日卒業《そつぎょう》したのを見て、ホールトは誇《ほこ》らしいにちがいないよ。彼《かれ》の歩んだ道をずっと辿《たど》ってきたんだから」

「辿るにはたいへんな道だった」とウィルがいった。「だからこそ、自分にはまだ覚悟ができていないと思ったんだと思う。ホールト先生みたいに賢《かしこ》くも優秀《ゆうしゅう》にもなれないし、あんな勇気《ゆうき》も持てないとわかっていたから。ぼくは絶対《ぜったい》に先生みたいにはなれない。クロウリーも今日いっていた。ホールトはひとりだけだ、って」

ホラスはウィルを真剣《しんけん》なまなざしで見つめ、彼《かれ》を賞賛《しょうさん》しながら過去《かこ》五年間にこのすばらしい若者《わかもの》について自分が見知ったことすべてを考えていた。

「おまえはホールトとまったく同じにはなれないかもしれない。だけど、その差《さ》はそんなに大きくないよ」といった。

それからふたりは背中《せなか》をもたせかけ、木々のあいだから太陽がのぼってくるのを見つめた。

「一日のいちばんいい時間だな」とウィルがいった。

「うん」とホラスも同意した。「朝ごはんはなにかな?」

（第九巻につづく）

ジョン・フラナガン
John Flanagan

オーストラリアを代表する児童文学作家。テレビシリーズの脚本家として活躍中に、12歳の息子のために物語を書きはじめる。その作品をふくらませ、本シリーズの第一作目として刊行。シリーズを通してニューヨークタイムズベストセラーに60週以上ランクイン、子どもたち自身が選出する賞や国内外の賞・推薦を多数受賞、人気を不動のものとする。シドニー在住。
公式HP www.rangersapprentice.com.au

入江真佐子
Masako Irie

翻訳家。国際基督教大学卒業。児童書のほか、ノンフィクションの話題作を多く手がけるなど、幅広いジャンルで活躍中。翻訳作品に『ラモーゼ　プリンス・イン・エグザイル』上下巻（キャロル・ウィルキンソン作）『川の少年』（ティム・ボウラー作）『シーラという子』（トリイ・ヘイデン作）『わたしたちが孤児だったころ』（カズオ・イシグロ作）『ラッキーマン』『いつも上を向いて』（マイケル・J・フォックス著）など多数。東京都在住。

アラルエン戦記⑧
奪《だっ》還《かん》　下
2016年2月29日　第1刷発行

作者　ジョン・フラナガン
訳者　入江真佐子

発行者　岩崎弘明
発行所　株式会社岩崎書店
〒112-0005 東京都文京区水道1-9-2
電話 03(3812)9131［営業］
03(3813)5526［編集］
振替 00170-5-96822
印刷・製本　三美印刷株式会社

ISBN 978-4-265-05088-8　NDC930
352P 19cm×13cm

Published by IWASAKI Publishing Co., Ltd.
Printed in Japan

落丁本・乱丁本は小社負担でお取り替えいたします。
ご意見ご感想をお寄せください。
E-mail : hiroba @ iwasakishoten.co.jp
岩崎書店HP : http://www.iwasakishoten.co.jp